東方學研究叢書

中國百年國難文學史
（1840-1937）
下冊

王向遠　等著

目次

第六章
「五卅」及一九二〇年代國難文學

在屈辱的「二十一條」和巴黎和會談判之後，一九二一年十一月十二日至次年二月六日，在美國國務卿休斯的倡議下，華盛頓會議召開。雖然中國代表提出「七項原則」，要求破除「二十一條」並讓各國尊重中國「領土之完整及政治與行政之獨立」，但同時也不得不認可美國所謂的「門戶開放」、「機會均等」政策。這只不過是打破了日本獨占中國的局面，而置於美、英、日等帝國主義共同宰割之中。[1] 於是，華盛頓會議之後，美、英、日帝國主義抓緊扶植各派軍閥，軟硬兼施，通過經濟侵略、文化滲透、軍備競賽等手段加大了入侵中國的力度。一九二二年四月奉直大戰的爆發就是他們各自的後臺老闆利害衝突發展的必然結果。

一九二二年初，發生了香港六萬工人罷工事件，一九二三年發生了京漢鐵路工人遭軍閥屠殺的「二七慘案」，中國民眾與帝國主義的矛盾進一步加深。一九二四年七月，北京成立反帝國主義大同盟，全國各地許多工商學團體提出了廢除不平等條約的主張。八月，上海學生聯合會總會等三十餘團體組成廢約運動大同盟，也成立反帝大同盟。與此同時，日本加緊了對中國的經濟掠奪，五月七日，上海日本紡織同業公會決定不承認工會，要求租界和中國當局嚴加取締。十五日，內外棉十二廠聲稱「無紗」，拒絕工人進廠。工會活動分子顧正

1　張憲文：《中華民國史綱》（鄭州市：河南人民出版社，1985年），頁170。

紅帶領工人湧入廠內。大班川村對顧連開數槍，顧正紅傷重身亡[2]，十多人受傷。事發之後，上海日本紗廠工人立即罷工以抗議，上海各大學學生也紛紛到街頭募捐，救濟死難工人家屬。但租界當局竟以「擾亂社會治安」的罪名逮捕了文治、上海兩大學的六名學生[3]，並揚言在五月三十日公審。五月三十日這天上午，上海工人和學生在公共租界各馬路散發傳單，抗議日本帝國主義暴行。當局出動武裝巡捕，拘捕學生，到當天下午，僅南京路老閘捕房就拘捕了一百多人。聚集在老閘捕房外的數千群眾義憤填膺，要求釋放學生，英國捕頭愛伏生竟調集巡捕，用排槍向群眾射擊，造成多人傷亡，這就是震驚中外的「五卅慘案」。慘案發生後，民意沸騰、舉國同憤，北京學生第二天即回應，全國各大都市學生也先後罷課，進行反帝示威運動。然而，英帝國主義仍繼續援用武力壓迫政策。六月十一日有漢口慘案發生，六月十三日有九江衝突，六月二十三日爆發沙基慘案，七月二日與三十一日又分別發生了重慶慘案與南京慘案。「五卅」系列慘案的創傷尚未平復，喪心病狂的帝國主義又於次年挑起了「三一八」事件和萬縣「九五慘案」。

在二十年代末所發生的一系列國難事件中，最讓人髮指的是一九二八年五月三日的「濟南慘案」。為阻撓北伐軍隊，日本田中內閣以「保護僑民」為藉口出兵進駐濟南，在市內各馬路構築工事，敷設電網，步步為營。當北伐軍部隊進入濟南時，日本軍隊竟尋釁開槍。五月三日，日本軍國主義按照預謀向國民黨北伐軍駐地發起了大規模的軍事進攻，將北伐軍七千餘人繳械。日軍還以種種藉口在濟南燒殺擄

2　相關敘述見中國社會科學院近代史研究所編：《日本侵華七十年史》（北京市：中國社會科學出版社，1992年），頁234。

3　北洋政府內務部檔案，轉引自張憲文：《中華民國史綱》（鄭州市：河南人民出版社，1985年），頁225。

掠，無所不為，僅五月三日這一天，被日本侵略者野蠻屠殺的中國軍民就在一千人以上[4]。

一九二○年代就是這樣一個國難頻仍的年代，並由此而產生了以「五卅」為中心的「一九二○年代國難文學」。

第一節　一九二○年代的國難文學

一九二○年代的國難文學，是中國百年國難文學史上的一個重要時期。與上述的歷次國難文學相比，一九二○年代的國難文學的總體特點是，傳統文學形式固然仍有使用，但不再是創作的主流，新詩、新劇、新小說成為主要的樣式，因而基本上納入了新文學的範疇。整個一九二○年代十年的國難文學，以「五卅」國難文學為高峰、為界碑，分為前期和後期兩個階段。

一　一九二○年代前期的國難文學

「五卅慘案」爆發之前的幾年是一九二○年代國難文學的前期階段。雖然較之二十年代以前，無論是新文學的推廣、文學社團的組建還是新文學觀念的宣傳都大有進步，但在這幾年反對帝國主義的國難文學並不是文學創作的主流現象，原因主要有兩點。首先是外部時代環境。第一次世界大戰之後，遠東局勢發生了新的變化，各大列強加劇了掠奪中國的競爭。一九二一年十一月十二日至次年二月六日舉行的華盛頓會議之後，列強間的矛盾看似有了緩和，實則更加隱蔽和激

4　《濟南慘案》（濟南慘案外交後援會，1928年6月）。轉引自中國社會科學院近代史研究所編：《日本侵華七十年史》（北京市：中國社會科學出版社，1992年），頁278。

烈，進入了假手於軍閥加劇爭奪戰的新階段。所以，在「五卅」之前，中國人的視線多被軍閥混戰所占據，直皖戰爭、直奉戰爭、粵桂戰爭等成為中國時局的核心問題。由於沒有像「五九」、「五四」那樣與帝國主義直接對峙的事件發生，於是有人便暫時忽略了隱身於軍閥之後的帝國主義，而將矛頭對準內訌。就是一些能同時審視內訌與外侵的有識之士，也仍然是對內批判有餘，而對外認識不足的。反映到文學作品中，「軍閥」、「丘八」的字眼遠遠多於「帝國主義」，可見當時中國人對於「國難」的認識還停留在表象層面。其次是文學內部的環境。由於中國的新文學尚處於啟蒙和實驗階段，對外國文學的模仿較多，情緒性的、形而上的戀愛主題氾濫，缺乏對於沉重現實的關注。正如茅盾所說：「我們的初期的作品很少有反映著那時候全般的社會結構的；雖然後半期比前半期要『熱鬧』得多，但是『五卅』前夜主要的社會動態仍舊不能在文學裡找見。」「『生活』的偏枯，結果是文學的偏枯……」。[5]鑒於上述原因，這一時期國難文學創作不成規模。儘管如此，仍有一些優秀的國難文學作品問世，而貫穿此期國難文學的主旋律可概括為：弔古傷今與呼喚革命。

現在可以查到的二十年代前期較早的一首國難詩歌，是發表於一九二二年五月四日長沙《大公報・現代思想》上的，〈「五一」與「五四」〉。弔古傷今與呼喚革命的主旋律在這首詩中體現得非常充分。作者通過對「五一」與「五四」兩個特殊紀念日的宗旨概括和精神發掘，號召尚處於迷夢之中的中國人認清現實，齊心協力爭取民族的自由和平等。這首詩將對帝國主義的批判和對國民性的批判熔於一爐，強烈地體現出作者對於民族處境的痛心和呼喚全民革命的拳拳之志。

---

5 茅盾：《現代小說導論（一）》，收入蔡元培等著：《中國新文學大系導論集》（上海市：良友復興圖書印刷公司，1940年），頁98。

曾琦發表於《少年中國》第四卷十一號（1924年3月）的〈感事書懷偶成七絕〉可以稱得上是二十年代前期國難詩歌的最高成果。這首詩由七首七言絕句組成，在每一首絕句之後附有一段文言解說或評論。古體之嫻熟，古文之老道，在當時的中國並不是稀罕事，因為新文學運動方興未艾，仍然有相當多的人繼續用文言創作。所以，單是字句的精鍊鏗鏘並不能說明這首詩作的過人之處，它的特點主要還在於視角的選擇和國家意識的彰明上。這首詩的詩題是「感事書懷」，「事」與「懷」分別可以對應上述的「視角選擇」和「國家意識」。作者以寬廣視角組織成文，「事」在詩歌中來自古今中外各個方面，既有法國總統對德復仇之見，林則徐六卻英夷之功，還有書生民團定大亂之舉。凡是與國事相干，於救國有益的事件都收入詩中，以資參詳。而這一取材標準正是作者欲抒之「懷」的體現，即：國家主義。曾琦一生閱歷豐富，曾得「標榜國家主義的政客」之稱號，這首詩所體現的也正是強烈的國家主義情緒。雖然這些年，對「國家主義」和「民族主義」持批判、否定的聲音有壓倒之勢，但放在當時的時代背景下考慮，「國家主義」正是迫切之需。由愛國主義和民族精神交融而成的「國家主義」，以關於國家主權的理論為核心，強調國家組織與功能，關注國家利益和安危，這些對當時的中國來說可謂切中要害，當為中國人意識之亟需。然而，做夢的人多，幻想的人多，幻滅和逃避的人多，真正站出來以國民姿態關注國事、為國事出謀劃策的人只是少數。所以，不管曾琦其人在往後的歲月裡有過怎樣的政治痕跡，他鮮明的「國家主義」意識和清醒的國民姿態都是當時環境下的一個典範，而這些自然也成就了此篇詩作的高標卓識。不管他取材的視角投向哪裡，都是在強調「國」的概念，呼喚像法國總理那些切實「擁護國權之人」，像林則徐那樣堅定禦侮的「愛國之士」，並力圖從中外歷史裡尋求治國安邦的良策。全詩結尾所道出的正是一個知識分

子欲從故紙堆中讀解天下，欲以自己的方式救國治國的精神狀態：

> 千秋掌故久羅胸，治國經邦道不窮，
> 莫笑書生多腐氣，應知古國有雄風。

> 予以為欲治今日之中國，必須熟中國之歷史，觀既往以察將
> 來；必能得政治之要道，神而明之，存乎其人，典章制度，抑
> 在其次。蓋在百年以內之中國，皆為非常時代，處非常之世，
> 而欲以常法治之，幾何其不失敗，故或有笑予之泥古者，予則
> 亦笑其人之泥今也。[6]

與曾琦詩歌懷古傷今的厚重感不同，蔣光赤同樣作於一九二五年之前的〈在戰爭中〉更多體現了作家對於現實政治的關注。這首詩形式相當自由，由七個小節組成，如同幾個散而不亂的片斷，共同構成了作家對當下時局的體察。在這裡，「難」的對象主要指向平民百姓，通過對戰爭目的的追問，對戰爭殘暴性的描寫和對軍閥、帝國主義狼狽為奸嘴臉的刻畫，詩歌揭示了「無辜百姓總是利益爭奪戰爭的最大犧牲者」這一普遍道理。在詩歌末尾，通過一位青年人的話「要想他們不爭打，除非我們把他們打下去」[7]，詩人表達了他呼喚革命風暴到來的心聲以及希望停止軍閥混戰，求取和平安寧的心願。當然，這種宏願的實現必得依靠於中國廣大有志青年。

在〈在戰爭中〉，中國青年的形象處於文末的壓軸位置，是迎來革命、獲得和平的希望，但在蕭楚女的散文〈青年們，請看漢口的車夫〉中，作者則表達了對中國青年的批評和擔憂。這篇短小的散文因

6　曾琦：〈感事書懷偶成七絕〉，《少年中國》（1924年3月），卷4，第11號。

7　蔣光赤：〈在戰爭中〉，《文學周報》（1924年9月29日），第141期。

事而發，真摯自然，由漢口人力車夫自發反對日人惡行與外交軟弱之
事而起，由彼及我，為廣大中國青年的不作為或少作為而痛心和慚愧。

> 可憐的中國——可憐的人類，反抗黑暗，力爭人道的，卻只
> 有這幾個無不識，亥豕莫辨的車夫！感激、慚愧、憤懣、嘆
> 息，一時交集於一點——朋友們，我們走出去，別人都說：
>
> 「他們是有學問的！」
> 「他們是讀書的先生！」
> 「他們是我們中國的有望的青年！」
> 「他們是反抗強權為人類謀幸福的知識階級！」
> 現在，怎麼樣呢？請看漢口的人力車夫。[8]

　　通過這樣的比照，作者實際上是在警醒包括自己在內的「自我感
覺」良好的中國青年們：愛國、救國不分貴賤，當下的中國更需要行
動而非語言，再冠冕堂皇的頭銜也不抵一番實實在在的作為。
　　在上述詩歌與散文之外，這一時期還有一些零散的音樂作品，它
們在傳播時事和鼓舞民眾方面起到了重要作用，比如刊於《學生文藝
叢刊》第八集（1924年8月）上的兩首歌曲〈二十一條〉和〈國恥紀
念〉。《學生文藝叢刊》這個刊物把絕大部分空間給予了在校學生。這
種低姿態和開放立場有助於避免刊物選稿的偏見和風格的僵化，通過
刊登處於嘗試、成長狀態的學生文藝給刊物注入新鮮活力。而且，這
也為及時了解國家接班人的精神狀態和思想傾向搭建了寶貴的平臺。
「五卅」之前，刊載國難文學作品的刊物可謂鳳毛麟角，《學生文藝

8　楚女（蕭楚女）：〈青年們，請看漢口的車夫〉，《中國青年》（1924年4月26日）。

叢刊》作為其中之一，不僅體現了此刊物的敏銳嗅覺和責任意識，而
且讓人們看到了中國年輕一代心憂國事的良好狀態。刊登的作品雖然
多是學生們的文藝實驗，但仍然不乏優秀之作，比如第八集上的小小
說〈五九〉。

　　這篇小小說不足千字，情節也非常簡單，講述的是「我」在「五
九」國恥紀念日當天無意間聽到兩個日本人對話的事。「五九」是中
國屈辱簽訂「二十一條」的日子，愛國青年們在這一天上街遊行，
「以喚醒各界的夢昧」，誰想卻受到了隔壁兩個日本人的嘲笑：「我看
他們要和我國為難，也未免太不自量了。我們試打開歷史一看，他們
不但明末受我們的累，就是元鐵木真那樣野蠻，也只能欺侮歐洲，而
不能淩辱我國；何況現在這貧弱到奄奄一息的中華民國呢！我想他們
這五分鐘熱度的癡蟲，雖日日忙著遊行叫喊，也總叫不醒他們國人的
夢昧，只愈覺得可憐罷了！」「我」深感其辱，想要破牆過去猛打一
場，但最終只落得一聲嘆息，「唉！同胞呀！」這篇小小說結構緊
湊，以對話為主，用文字將「我」的所聽所思直觀呈現出來，彷彿一
出心理戲。值得指出的是，在這篇以對話為主的小說中，聽者「我」
的聲音始終是缺席的。縱觀全文，「我」始終在場，始終在思考與回
應，但始終沒有發出過聲音。好不容易在小說末尾有所轉機，「我」
似乎將要破壁而去，言辭激蕩的時候，作者卻以一個無奈的嘆息結束
了全文。所以，日本人的聲音占據整篇小說的主要位置，是「一種很
刺激很強烈的聲音」，而感到被欺侮的「我」卻難以發聲。這一設計
其實與現實構成了照應關係——不管日本再怎麼無理、非正義，卻總
是強權和強勢的絕對把持者，在它的強大聲勢下處於正義方的中國反
而成了啞巴。另一方面，「我」的嘆息還來自中國反帝現狀的不如人
意：國民不團結、不齊心，反帝手段盲目，五分鐘愛國熱度。我們的
國民既是如此，又有何臉面因日人的嘲諷而怒髮衝冠？這篇小小說在

二十年代的國難文學中並不起眼，但作者對「聲音」的巧妙取捨，卻委實讓人對此作另眼相看。

　　進入一九二五年，由於時代局勢和文壇氛圍的壓抑狀態，此時的國難文學創作在弔古傷今的情緒之外，開始更多更強烈地呼喚革命風暴的到來。魯迅在「五卅」前三個月寫出小說《長明燈》，以深刻的寓意表現戰鬥的姿態，難怪李大釗一讀到這篇小說就指出，這位文學巨人是要「滅神燈」，「要放火」[9]。早在一九二二年，郭沫若曾借〈上海的清晨〉[10]一詩預言「在這靜安寺路的馬路中央，終會有劇烈的火山爆噴」，而在「五卅」爆發之前，應修人和胡也頻也分別以〈黃浦江邊〉和〈瘋狂者的漫歌〉表達了各自對革命的前瞻。

　　由應修人、潘漠華、馮雪峰、汪靜之四人組成的湖畔詩社，是被稱為「真正專心致志做情詩」[11]的一個團體。然而，個人主義的吟唱不免走入頹廢和狹隘，而就當時中國的時局來看，也沒有成就這種浪漫之風的氣候。所以，在二十年代中期左右，湖畔詩人們的創作普遍開始轉向，有了新的思想內容和更大的氣象。作於一九二五年春天的〈黃浦江邊〉是應修人轉向的一篇標誌之作，在吟唱愛情和大自然之外，詩人迸發出憂國憂民的激憤之音，在一定程度上突破了個體悲歡而寄寓了更為嚴肅和沉重的主題。這首詩無論在取材上還是情緒上都和白居易的〈琵琶行〉有相似之處，只不過「同是天涯淪落人」的感嘆在此轉化為了「同是天涯亡國民」的失國之痛。詩歌講述「我」一連三個早上看見一位印度老人獨自呆望飄揚著萬色旗的黃浦江，從而猜想也許印度老人將黃浦江當作了自己國家的恒河，以寄託亡國之痛。印度老人與「我」經歷了相似的命運，懷有相似的憂傷與無奈：

9　易明善：〈李大釗與魯迅〉，《四川日報》（1979年5月6日）。

10　收於郭沫若1928年出版的詩集：《前茅》。

11　朱自清：〈現代詩歌導論〉，收入蔡元培等著：《中國新文學大系導論集》（上海市：良友復興圖書印刷公司，1940年），頁352。

> 滿臉的皺紋，已說出你一生憂傷，
>
> 家國已沒有了，你還老當益壯，
>
> 印度老人，唉！你何用獨自淒涼，
>
> 你在這江邊，想像你底故鄉，
>
> 我又哪兒呢──去認我底「故鄉」？[12]

　　一方面，〈黃浦江邊〉結構齊整、音律優美、意象生動，是一首不錯的國難詩歌。另一方面，這首詩延續著湖畔詩典型的憂鬱氣質，若以「國難」主題的標準來衡量，則其在視野、胸襟的廣度和氣質的硬朗上仍有待錘鍊。

　　胡也頻的《瘋狂者的漫歌》和《狂人日記》構思相仿，以一個瘋狂者的身份來鞭笞黑暗，以高昂的激情呼喚革命風暴的來臨。瘋狂者是黑暗中的鬥士，他看清所有的虛偽、奸詐，認清一切「腐臭的氓眾」和「冷酷的賊徒」[13]，他是鐵屋裡的清醒者，是地獄裡的拯救者，他呼喚光明的太陽將所有的殘暴和罪惡悉數燃燒。這篇散文詩情緒激昂、文采華美，將國恥之痛、鬥爭之氣和文學之美，完美地融於一爐。

　　在「五卅」事件爆發前夕，熊佛西的獨幕劇《當票》的問世，堪稱「五卅」國難文學的先聲。結合五卅之前中國話劇界的狀況來看，《當票》無論在藝術、思想還是時代意義方面都有突出之處，文學史對此應予以足夠的注意與評價。[14]

---

12 修人（即：應修人）：〈黃浦江邊〉，《支那二月》（1925年5月），卷1，第4號；又見樓適夷、趙茂興編：《修人集》（杭州市：浙江人民出版社，1982年）。

13 原載《京報》副刊《民眾文藝周刊》（1925年4月14日），第17號。又見《胡也頻選集》（福州市：福建人民出版社，1981年）。

14 筆者查錄相關資料的過程中發現，學界對熊佛西的研究多集中在他的劇場實驗、後期戲劇創作、農民戲劇運動和戲劇教育等公認的幾大方面上，而對他的畢生創作缺

《當票》是熊佛西在紐約留學期間根據記憶寫成的，由王統照刊出。在劇本之前，王統照結合文壇近況寫了一段高調的介紹兼劇評：

> 近年來我們文壇上的收穫，以戲為最少，而尤以有精彩的獨幕劇少有人作。近代戲劇的潮流，傾向於獨幕劇的表現，也如同短篇小說一樣的需要。……
>
> 佛西君前在「燕大」便好研究如何創編劇本，如何實地排演，他對於此道確乎有特別的經驗可毋庸介紹。前幾天他由紐約寄來這篇「當票」的獨幕劇，其中穿插的巧合及人物的計劃如何，不必多說，就在他們的舉動中已可將外人在租界內之橫行，中國貧民階級之生活與苦痛，以及甘心作奴隸者的惡毒行為表露無餘。看去雖似平淡無奇，而讀後卻令人難於忘卻，我以為這便是此劇本成功的要點，更不必論及表演他的能如何動人了。總之我以為熊君此劇在中國近幾年的獨幕劇中，確是少見的作品。……[15]

獨幕劇創作不僅是當時時代的趨勢，也是為熊佛西本人所非常重視的。他曾在一九五七年六月二十四日給《劇本》雜誌寫信時談到：

少系統全面的嚴謹梳理）。比如，大量研究者關注的都是熊佛西的第一個劇本集《青春底悲哀》和寫於「五卅」之後的〈一片愛國心〉、〈甲子第一天〉等幾個名篇，而對《當票》這類不出名的戲劇不予提及。還有的研究者雖然提及《當票》但卻出現史實錯誤。在〈熊佛西戲劇創作漫議〉中，林碧珍對熊佛西畢生的創作做出了細緻耙梳，稱《當票》是「未發表」的作品）。實際上，《當票》連載於《晨報副鎸》（1925年6月23日、6月26日，6月27日，7月1日和3日）。雖然確實是發表過的作品，但登載似乎並不完整。從內容上看，六月二十七日和七月一日之間應該還有一部分。但這並不妨礙我們對劇本整體品質的把握。

15 《晨報副鎸》，1925年6月23日。

「獨幕劇是文藝型式的一種，是戲劇型式中的匕首，它最富戰鬥性，在演員方面也最經濟、最經便。我認為要寫出一個好的獨幕劇是非常艱難的工作。獨幕劇雖更便於廣大的業餘劇團上演，但目前一般大劇院、團似乎有輕視上演獨幕劇的傾向，我認為必須糾正。其實獨幕劇，幾十年來，在配合革命的宣傳教育上曾起過積極作用。這一有力的武器今後在宣傳社會主義的建設事業上必能發揮更積極的威力。因而，我們今後仍應大力提倡獨幕劇的寫作和演出。」[16]獨幕劇的特點也符合熊佛西「單純主義」的戲劇藝術觀念。他認為貪大求洋的演劇是無法面向民眾的，而主張「挑幾個主要角色，表現一個精彩的思想，採用簡略的背景，減少觀眾的負擔」[17]。《當票》以漢口租界為背景，布景簡單，上場人物不過十人左右，故事思路也很清楚：以觀眾熟悉的生活畫面去表現外國人仗勢欺人的強盜嘴臉。在劇中，除了有名有姓的幾位，如徐阿保、徐三姐、老李、王麻子、安德生之外，挑夫甲、乙、丙、丁、戊都是陪襯人物，即「群眾演員」。這五個角色雖然承擔著與主要演員搭戲、推進戲劇情節的職責，但更多的卻是為了實現「趣味」。「趣味中心論」是熊佛西戲劇創作的核心理念，他認為「戲劇是以觀眾為對象的藝術。無觀眾即無戲劇。無論你的劇本藝術何等的高超或低微，假如離開了觀眾的趣味與欣賞力，其價值必等於零，等於無戲。」「我們究竟需要什麼樣的戲呢？簡言之，大多數的人看得懂，大多數的人看得有趣的戲劇，就是我們需要的戲劇。」[18]這五個以「眾賭棍」身份出現的人物以日常生活中常見的聚賭場面帶給觀眾以熟悉感和生活味，給「道理」的展開營造了自然適宜的氛圍。為了體現「趣味」，熊佛西還特意把賭棍們平日賭牌時的俏皮話原封

---

16 熊佛西：《熊佛西談獨幕劇》（1957年6月24日），載《劇本》第8期（1957年）。
17 熊佛西：《熊佛西戲劇文集》（上海市：上海文藝出版社，2000年），頁625。
18 熊佛西：《熊佛西戲劇文集》（上海市：上海文藝出版社，2000年），頁619。

不動地搬上了舞臺，比如「你一面叫人不要管，你自己為什麼又插嘴呢，你真是『馬路上的電燈，只照得見別人，照不見自己』！」。

　　除了對日常生活場景惟妙惟肖的描寫之外，劇本還生動刻畫了外國巡捕的暴戾。作者先是通過三姐的口鋪墊其兇殘：「唉，你還不知道租界上的巡捕房嗎？他們實在比我們中國前清的皇帝還要兇橫萬分！你們看看街上的那些巡捕一個個不是像閻王樣嗎？何況洪鬍子是裡面的翻譯老爺，當然可以隨便處治我們這種窮人！」之後，在表現巡捕與民眾發生糾紛的戲劇高潮部分，進一步對其不分青紅皂白，濫抓無辜的強盜嘴臉進行了描摹，如「安德生仍是一副冷漠相：『他的媽死了？他的媽死了怪我們什麼事？哼？忘八蛋！』」。

　　全劇結構簡單，篇幅短小，在此高潮部分落幕，留給觀眾深思和回味的空間。於高潮處收筆似乎是熊佛西的創作習慣，《醉了》等其他創作也是一到高潮便戛然而止，留有餘味。不過，就《當票》而言，筆者認為還是落幕過早了。話劇藝術最吸引人的地方一是語言，一是戲劇衝突。雖然有對衝突的發生進行「延宕」的講求，但一旦蓄勢飽滿就應該充分發揮，使衝突引發的張力得以釋放，讓觀眾享受到戲劇藝術獨特的刺激效果和震撼力。所以，《當票》剛到引人入勝處便急急收場，著實可惜。另外，此劇副名為《漢口租界虐待華工的寫真》，顧名思義，則當對外國人虐待中國人的事件做主要描寫。然而，此劇用了五分之四的篇幅來寫中國人的賭博和內部衝突，最後涉及外國巡捕的五分之一卻又倉促收場，不能不說這是作者在結構布局上的一個失當。除此問題之外，該劇還有一些諸如前後矛盾，穿幫漏餡的小問題。

　　既然《當票》產生於中國話劇的草創時期，我們自然不應當對它的藝術水準求全責備。一些不足之處反倒因為是對那個時代文人藝術追求的真實記錄而具有了寶貴價值。熊佛西在衝突安排上的失當以及

對生活語言或場景的過多照搬，正體現了他力求做「觀眾看得懂的
戲」、「有趣的戲」的努力，體現了當時「戲劇民眾化」的可貴探索。
在「五卅國難戲劇」集中出現之前，同時包含反帝思想和大眾化戲劇
語言的創作寥若晨星，熊佛西以前瞻的思路發「五卅國難戲劇」之先
聲，以精悍的獨幕劇創作貢獻出時效性、大眾性、思想性並重的國難
戲劇範式，其眼光之長遠、意義之卓著，難怪王統照要迫不及待地將
之刊登於《晨報副鐫》的《滬案特號》上了。

「五卅慘案」發生後，一九二〇年代中期，出現了以「五卅慘
案」為中心的國難文學創作熱潮，即「五卅國難文學」，本章第二、
三節將集中加以評述與研究。

二　一九二〇年代後期的國難文學

「五卅慘案」及「五卅」國難文學創作高潮過後，一九二〇年代
後期的國難文學創作，其題材多集中於一九二六年「三‧一八慘
案」、一九二八年「濟南慘案」和一九二九年的中東路事件上。

「五卅」烈士的血還未乾，不到一年又發生了段祺瑞政府槍殺
「反對八國最後通牒」請願群眾的慘案，各界人士及時用悲憤的文字
記錄或聲討了這次暴行。由於和慘案在時間上的臨近，《晨報副鐫‧
詩鐫》實際上成了「三‧一八慘案」的紀念專號。編刊者之一的聞一
多專誠撰文〈文藝與愛國——紀念三月十八〉，既是詩刊開幕的序
言，也是對慘案沉痛的祭奠，更闡明了在特殊年代下文藝與政治不可
割離的聯繫：「鐵獅子胡同大流血之後詩刊就誕生了，本是碰巧的
事，但是誰能說詩刊與流血——文藝與愛國運動之間沒有密切的關
係？……所以陸游一個七十衰翁要『淚灑龍床請北征』，拜倫要戰死
在疆場上了。所以拜倫最完美，最偉大的一首詩也便是這一死。所以

我們覺得諸志士們三月十八日的死難不僅是愛國，而且是最偉大的詩。我們若得著死難者的熱情的一部分，便可以在文藝上大成功；若得著死難者的熱情的全部，便可以追他們的蹤跡，殺身成仁了。因此我們就將詩刊開幕的一日最虔誠的獻給這次死難的志士們了！」[19]這一期刊登的詩歌有：於庚虞的〈不要閃開你明媚的雙眼〉、饒孟侃的〈天安門〉、楊世恩的〈「回來啦」〉、聞一多的〈欺負著了〉、徐志摩的〈梅雪爭春〉、劉夢葦的〈寄語死者〉、〈寫給瑪麗雅〉等。由於多是文化文學界的有名人物執筆，這些詩歌用語古雅，體式整齊，情感強烈而有蘊藉，較之「五卅國難詩歌」的參差不齊，在品質上可謂有了巨大進步。另外，蹇先艾還用遵義土話作了一首〈回去！〉，以妹妹的口吻譴責時事，勸哥哥回家，情真意切。

> 哥哥，走，收拾鋪蓋趕緊回去！
> 這亂糟糟的年生做人才難！
> 想計設方跑起來搞些啥子？
> 我們不是因為活得不耐煩。
>
> 哥哥，你麻俐點兒來看畫報：
> 哎，這一帕啦整得來多慘道！
> 男人們精打光的滋牙瓣齒，
> 女客夥只剩下破褲子一條。
>
> 哥哥，你沒聽倒他們透殘忍！
> 周家小哥也白癡癡送了命。

19　《晨報副鐫·詩鐫》，1926年4月1日，第1號。

一個個大齊活像凶神惡煞，
曉得他是衛隊亥是愛國軍？

哥哥，你應該去望望張姐姐，
她那天紅東東周身盡是血；
聽說她的同學也吃啦大虧，
僕在地下硬是動兜動不得！

哥哥，我生怕你也不走好運，
你去咧，我實在幫嫂嫂傷心。
爭回，男男女女著得真不少，
那個又捨得不欠他的親人！

哥哥，走，收拾鋪蓋趕緊回去！
這亂糟糟的年生做人才難！
想計設方跑起來搞些啥子？
我們不是因為活得不耐煩。[20]

　　除此之外，〈三月十八日慘案目擊記〉、〈三月十八〉、〈致死傷的同胞〉、〈誰是凶手？〉等文章將悼文、紀實散文和思想隨筆結合在一起，在紀念慘案死傷者的同時抒發自己對於時事的議論。徐蔚南〈生命的火焰〉和楊振聲〈阿蘭的母親〉都以小說的形式描寫了女學生在「三一八慘案」中的犧牲：「在執政府的衛隊屠殺民眾的時候，阿蘭

20　《晨報副鐫‧詩鐫》，1926年4月1日，第1號。詩後有注：「年生＝年頭；搞些啥子＝做些什麼；蔴俐點兒＝快些；一帕啦＝一群人；亥＝還；兜＝都；爭回＝這次；不欠＝不惦記。」

就像一隻怯弱的小綿羊，竟被屠殺了。」(〈阿蘭的母親〉[21])、「一粒屠殺同胞的槍彈射進她的左胸的上部，她本能地向上一躍，意志還命令她向前衝，但是身子不由她作主，仆倒在地下了。……她永久帶著微笑的嘴唇為人類爭自由幸福而光榮地犧牲了。但是她的生命的火焰卻永久地，永久地，在人類面前熱烘烘地燃燒！」(〈生命的火焰〉[22])。無論是哪一種方式的犧牲，她們無辜的鮮血都在刺痛中國人的神經，都在激勵後來者為了愛國大業而不息抗爭。

　　一九二〇年代末，隨著盤踞青島的日軍侵入濟南，更大的一次屠殺流血事件——濟南慘案——發生了，而且此次事件的性質也與一九二〇年代前期的事件有了截然差別：不是洋工廠的帝國主義條款和霸行，也不是帝國主義扶植下的軍閥殺人，而是日本帝國主義公然的軍事入侵！一九二八年五月三日，日本軍國主義按預謀對山東濟南發動了大規模軍事進攻，這一天被日本侵略者野蠻屠殺的中國軍民在一千人以上[23]。特別令人髮指的是，日本侵略者以慘絕人寰的手段慘殺了中國戰地政務委員會外交處長、山東特派交涉員蔡公時。三日深夜，木庭大尉率日軍包圍了山東交涉署，衝入搜查。特派交涉員蔡公時用日語表示抗議：「我們是外交官，這裡是非戰鬥單位，不許搜查。」日軍將蔡捆綁起來，用刺刀逼他跪下。蔡公時不屈，日軍官令割下蔡的耳鼻，剝光衣服，肆意侮辱，終將蔡公時殺害，其下屬十七人盡被槍殺。侵略者還毀屍滅跡，交涉署僅有一人（張漢儒）僥倖逃出虎口。[24]對蔡交涉員遭遇的非人待遇和他的剛直不屈，邱仰山的紀實散

21　《現代評論》卷3第68號（1926年3月27日）。

22　《文學周報》第218期（1926年3月28日）。

23　《濟南慘案》（濟南慘案外交後援會，1928年6月）。轉引自中國社會科學院近代史研究所編：《日本侵華七十年史》（北京市：中國社會科學出版社，1992年），頁278。

24　羅家倫：〈在濟南事變中的經歷〉，收入《重要史料初編》緒編（一），頁167；〈慘案紀實〉，《革命文獻》第19輯，頁3555及以下各頁。轉引自中國社會科學院近代史研究所編：《日本侵華七十年史》（北京市：中國社會科學出版社，1992年），頁278。

文〈蔡交涉員被害經過〉，李夢羅、盧野馬合寫的短劇《濟南血》都給予了詳細而生動的刻畫。馮玉祥在短詩〈詠五月三日〉中也氣憤地寫到：「外國代表蔡公時，生生撻死挖出心和肝。」[25]

在熱情謳歌抗敵英雄的同時，作家們也對小人物在「濟南慘案」中無私忘我的表現給予了充分肯定和褒贊。袁昌英的《前方戰士》和楊振聲的《濟南城上》，是此期兩部表現小人物大作為的優秀獨幕劇。兩劇雖然短小，但在對人物形象的塑造上卻相當鮮活飽滿。比如《前方戰士》寫小卒處於「賣國保家」和「愛國捨家」的兩難抉擇之中，作者匠心獨具地安排了「幻景」的出現。這增強了文藝感不說，也通過將小卒的思想鬥爭「表演」出來的形式讓觀眾對他捨小家保國家的無私精神有了更為直接和深刻的體認，在渲染革命崇高氛圍的同時加強了戲劇的感染力。

此外，舊曲填新詞的俗文學仿作在這一時期也有出現，如調仿「路遙知馬力」的〈五三慘案新戲詞〉等。日本入侵之後，一九二九年的中東鐵路事件也讓更多人認清了俄日這紅白兩大帝國主義的險惡居心，這在戲劇《對話短劇》和《中東血》中均有表現。

第二節　「五卅」詩歌

「五卅國難文學」是一九二〇年代中國國難文學的高峰。凡是在「五卅慘案」激勵下創作的反帝愛國作品都屬「五卅國難文學」，在時間上既包括「五卅慘案」發生後不久的應時之作，也包括經過時間沉澱之後的紀念和回憶作品。

在「五卅」國難文學中，首先要論述的是「五卅」國難詩歌。

---

25 《國民周報》卷1第2號（1937年5月14日）。

　　「五卅慘案」一出，舉國同憤，江河齊哀，對帝國主義的仇恨、對犧牲者的哀悼和對家國貧弱的怨怒彙聚成一種複雜的情感，蕩滌著每一個中國人的心胸。無數愛國人士以筆作矛，以文為槍，將自己的特殊心情留在了那些形式簡單但情緒熾烈的詩行中。不管主題傾向有怎樣的差別，這些詩歌都因為強烈、真摯的情感而顯得綺靡瑰麗，也因為堅定的信念和頑強的抗爭之志而顯出高亢大氣之象。

一　激昂高亢的戰歌

　　戰歌是「五卅國難詩歌」的主體部分。這類詩歌多是應時之作，由事而發，不吐不快，以異常飽滿的激情和高亢的鬥志吹響反帝的號角，呼喚國民起而抗爭。這類詩歌往往藝術形式較為簡單，喜用口號式、傳單式的精短語言，似投槍一般迅捷、鋒利和到位，以快節奏的吶喊和激情澎湃的宣言向帝國主義發起挑戰。這類詩歌，我們可以稱之為「戰歌」，在戰歌中，熱血的主題和主戰的強音最為鮮明。

　　首先，五卅國難詩歌的最鮮明的特色就是「血色」。

　　這些戰詩多是在第一時間緣事而發，所以作者們往往選取最刺激他們神經的場景入詩。在「五卅慘案」中，沒有什麼比外捕開槍殺人的場景更讓中國人震驚的了，也沒有什麼比南京路上血流成河的慘景更讓人記憶深刻的了。所以，「血」成了這類詩歌不約而同的主題選擇，如〈血花的爆裂〉、〈血歌〉、〈我們在血海之中浮沉〉、〈江漢血波〉、〈流血的紀念日〉、〈血光照耀的五月〉等。

　　馮乃超的〈上海〉共四個詩節，每一節都以「上海簡直一個戰場！」開頭，其激憤之情溢於言表。上海本是自家國土，卻活生生淪為戰場，列強在這裡爭鬥，國民在這裡遭奴役，秩序全無、正義絕跡，難怪詩人會憤怒，會哀傷。如果說〈上海〉抒發的是詩人面對國

土變戰場的忿懣，那麼孤鳳的〈初到上海〉則將上海視作列強們的商
場和樂園，對其醜惡嘴臉有了更細緻的描摹，比如：

> 黃浦灘，黃浦灘樓頭的洪鐘在響，
> 黃浦江，黃浦江中的小艇跟著起伏的波流蕩漾；
> 到了上海，到了這被列強占據了的商場！
>
> 馬路上的紅燈，不停息地錯縱交流，
> 租界上的巡捕在馬路上踏，踏，踏地巡遊；
> 啊，帝國主義的武裝使者喲，多麼地雄赳！[26]

　　無論是戰場、商場或樂園，上海都是作為一個屈辱的意象出現
的。隨處可見的洋人建築，密密排列的工廠作坊以及被奴隸的中國人
和驕縱的洋人，這所有的景象都指向被殖民的屈辱。在為紀念「五
卅」而作的組詩〈血字〉中，殷夫也單列一首〈上海禮贊〉表達了對
上海的複雜感情。雖然上海承載了太多恥辱，但它同時也是新生的起
點，是衝破殖民、尋求獨立的開端，詩人渴望著一次涅槃。
　　因「五卅」事件而創辦的《熱血日報》，不僅是中國共產黨的第
一份日報，而且可以說是五卅時期對「五卅慘案」反應最敏捷，最早
刊登「五卅國難文學」的一份報紙。其名「熱血」呼應了事件的流血
性質和國民的戰鬥姿態，極具革命浪漫主義色彩。《熱血日報》的發
刊詞也是一首「血色」主題的鋒芒犀利的散文詩：

> 洋奴，冷血，這是一般輿論所加於上海人的徽號了！可是現在

---

26 《文化批判》第五期（1928年5月15日）。

全上海市民的熱血，已被外人的槍彈燒得沸騰到頂點了；尤其
是大馬路上學生工人先生的熱血，已經把洋奴冷血之恥辱洗滌
得乾乾淨淨。民族自由的爭鬥是一個普遍的長期的爭鬥，不但
上海市民的熱血要持續的沸騰著，並且空間上要用上海市民的
熱血，引起全國人的熱血；時間上要用現在人的熱血，引起繼
起者的熱血。創造世界者占有冷的鐵，而我們弱者只有熱的
血；然而我們心中果然有熱的血，不愁將來手中沒有冷的鐵，
熱的血一旦得著冷的鐵，便是強者之末運。……[27]

　　帝國主義的冷血和中國人民沸騰起來的熱血在此構成鮮明反差，
「五卅」是一筆血債，而我們也必將要求以鮮血來償還。顧勳的〈可
憐的一幕〉以「血」的駭人場面警醒中國人奮起抗爭：「村裡所有的
少婦都被姦污了！／所有的孩壯丁都皮破血流了！／河裡的水都成血
了！」[28]死者的血不會白流，這血將灌溉紅花，激勵更多後來者，「光
榮的死者呀！你們的頭顱已如炮彈的炸發，你們的血液將灌出鮮豔的
紅花。讓將來脫去一切壓迫的人們，把你們的墳墓算為自由的搖籃
罷！」[29]朱自清的〈血歌〉可謂對「血色」主題最為集中的體現，不
僅以「血」為題，而且每一行詩幾乎都有一個「血」字。通過營造漫
天血光、遍地血色；紅的血、熱的血、長流的血；血的手、血的眼、
血的口等鮮血盈滿的畫面將五卅慘狀以文學方式加以再現。作者不寫
慘劇過程，而只是摹寫這種血色感覺和心理衝擊，帶給讀者強烈的閱
讀體驗。

---

27 瞿秋白：《熱血日報・發刊詞》，《熱血日報》，1925年6月4日。

28 顧勳：〈可憐的一幕〉，《熱血日報》，1925年6月6日。

29 蔣光赤：〈血花的爆裂〉，收入新詩集《哀中國》（漢口市：長江書店出版，1927年1月）。

　　這種熱血澎湃、鬥志激昂的反帝情緒在絕大多數中國人那裡，並非「五分鐘熱情」那麼短暫。即使「五卅慘案」過去一年、兩年或更長時間，只要帝國主義欠我們的債未還、仇未雪，血色主題就仍然是國難詩歌的一個重要主題。劉一聲作於「五卅」次年的《五卅週年紀念放歌》就仍以血的記憶、血的仇恨開篇：「民眾的血還在燃！／強盜的心還在顫！／分明是昨天前天的爭鬥啊！／怎說就忽忽到了一週年！？」[30]在主體部分，作者所回憶和再現的也仍是當時那血拼的悲壯慘景，可見「五卅」當天帝國主義的行徑對中國人的刺痛是多麼深。在詩歌「後曲」部分，作者以高漲的戰鬥熱情呼籲民眾起來抗爭，堅持抗爭，牢記國難，光耀革命。從回顧國難到激勵更大範圍、更長時間的反帝鬥爭，這基本上已成為「五卅」之後紀念性作品的習慣套路。馮乃超作於一九二八年一月的《流血的紀念日》也不出此結構。

　　「五卅」是發生在五月的血案，於是，「五月」、「血」就成為「五卅」國難詩歌中的兩個基本的意象。

　　其實，「五月」形成為一個文學意象，並不起於「五卅」。在「五卅慘案」之前，發生於五月的大事就已經不少，如發生國際工人運動的「五一」、與簽署「二十一條」有關的「五七」、「五九」國恥日以及「五四」愛國運動等。在此基礎上，「五卅慘案」的爆發無疑加重了五月的紀念意義，使「五月」作為一個意象被越來越多地運用到文學創作中去，成為國難歷史與反帝情感的象徵。

　　「五卅」次年，葉聖陶作紀念性質的〈五月〉一詩，力圖驅散「五月」帶給人們的恐怖氣氛，以團結奮發、合力愛國迎接光耀的五月：「我們高呼燦爛的五月！我們高呼光榮的五月！我們高呼奮發的

---

30 劉一聲：〈五卅週年紀念放歌〉，《中國青年》第121期（1926年5月30日）。

五月！」[31]在以「五月」為意象的國難詩歌中，黃藥眠的〈五月歌〉
以「血紅的五月」為主旋律，可以稱得上是一篇典範之作——

> 啊，五月，
> 血紅的五月，
> 帝國主義者的槍彈，
> 工人們的血！
> 啊，五月，
> 血紅的五月，
> 帝國主義的刺刀，
> 青年們的血，
> 啊，五月，
> 血紅的五月，
> 帝國主義者的炮彈……
> 民眾們的血！
> 啊，兇殘的帝國主義者的刀槍，亂打，亂掃，
> 工人們的血，青年們的血，民眾們的血流湧如潮，
> 流到南京路的血通紅，流到沙基路畔的血通紅，
> 流到全中國的血通紅：通紅！
> 通紅，通紅！[32]

　　這一段是這篇百餘行長詩中的一節，在這首詩作中，詩人吟唱了
發生在「五月」的三個事件：「五一」、「五四」與「五卅」。對每一個

---

31 《文學週報》第224期（1926年5月9日）。

32 《創造月刊》卷1第12號（1928年7月10日）。

事件，都安排了精短吟嘆與長句抒情相結合的方式，情緒充沛、氣勢
跌宕，富於節奏的變化和音韻的轉折。詩人採用相似的對應結構使主
幹章節前後呼應，連節成體。在主幹部分之外的「副歌」部分，作者
大量使用排比式長句，交待事件背景、場面和影響，力圖塑造各個事
件的全景。長短句式的搭配使用恰到好處地滿足了情感渲染的需要，
有張有弛，音律協調。這篇詩作除了結構形式上的精心布局之外，在
思想內容方面也很有特點。詩人不僅高唱五月戰歌，還冷靜地審視和
思考：「啊，頑固的老人會在那裡嘆息噓吁，／說現在的青年竟會殺
人放火，／但我覺得在這不合理的組織之下，／惟有殺人放火的才值
得我們謳歌！」[33]時代已經不同了，在局勢的逼迫下我們只能起而戰
鬥，奮而抗爭，如果仍舊文質彬彬地講理、麻木不仁地苟活那只能是
坐以待斃。另外，對於那些不關心國事的癡夢者，那些「低首下心」
的被奴隸者以及那些「五分鐘熱度」、懼怕戰鬥風暴的假愛國者，詩
人都用犀利的言語進行了揭露和鞭笞，顯示了自己在動盪環境中的清
醒頭腦與長遠眼光。

　　在黃藥眠之後，戴伯暉於一九三○年上半年作過一首相似的詩歌
〈血光照耀的五月〉，分「赤色的五一」和「血腥的五卅」兩個部
分，仍然以發生在五月的具體事件為點，來串聯起對「五月」的面的
認識，抒發反帝愛國的情緒。

　　「五卅慘案」之後，以「五月」為意象的文學大都貫穿著濃烈的
反帝情緒，到一九二八年濟南「五三慘案」發生之後，「五月」這一
文學意象的反帝涵義更進一步得到了加強，並有了更為具體的指向
性──反對日本帝國主義。正如沈起予在〈中國的五月與日本帝國主
義〉中所說：「中國因為地理，物資，次殖民地……等條件的關係，

33 黃藥眠：〈五月歌〉，《創造月刊》卷1第12期（1928年7月10日）。

成為日本帝國主義侵略的對象已久，故日本帝國主義強迫中國訂不平等條約，高壓中國的各種運動，其事實早不可屈指，其時日亦自不限於五月。不過二十一條，濟南慘案都發生於『五七』、『五三』，而五卅事件與五四運動等，都是直接間接與日本帝國主義有關係，所以中國的五月，簡直形成了日本帝國主義血濺中國的紀念月了。」[34]

在對「血色的五月」歌哭的同時，「五卅」國難詩歌所表達的最集中的情感主題，是主戰的熱望。「主戰」主題與「血色」主題相得益彰。呼籲開戰、渴求為國犧牲的詩句隨處可見。

作於「五卅慘案」後不久的〈偉大是「能死」〉是一曲典型的表達主戰情緒的戰歌，情緒飽滿，音韻鏗鏘，呼喚「男兒」與「婦女」一同隨他去衝鋒：

> 你呢？你們呢？
> 告訴我，快快告訴我，一會兒我軍急進，
> 那我就要高唱戰歌去殺敵；
> 其實我真歡樂——哪管他樓閣造起未造起。
> 我們唱起戰歌吧，戰歌！戰歌！
> 呵！我們的男兒呵！哎！我們的婦女！
> ⋯⋯
> 嘿！血似夕陽一般紅！
> 嘿！春雷暴動！嘿！醒來獅遍滿山中！
> 嘿！把那敵人的腦袋也當土塊玩弄！

34 沈起予：〈中國的五月與日本帝國主義〉，《拓荒者》卷1，第4、5期合刊（1930年5月）。

嘿！殺殺殺！衝鋒！衝鋒！

嘿！我們的男兒呵！殺殺殺！

嘿！我們的婦女呵！衝鋒！衝鋒！衝鋒！

這山河被戰火燒熔，

莫使「地獄管理權」當我們的生死簿

握在敵人的手中；

願戰火將一切燒熔呵！將一切燒熔！

偉大是「能死」！願偉大將一切捆攏！

偉大是「能死」！願偉大將一切捆攏！[35]

　　素有「狂飆詩人」之稱的柯仲平果然出手不凡，他的詩作以吶喊
式的語句一泄內心愁苦，酣暢淋漓，激情澎湃，適合大聲朗誦。〈我
要喝加料的白乾酒與紅葡萄〉也是一樣，以狂人的姿態高呼「耐不住
了！耐不住了！／我們兒女的戰火都在熊熊燒！」，「耐不住了！耐不
住了！／快釀你加料的白乾酒與紅葡萄！」，好讓生者酣飲上戰場，
讓烈酒與戰火一併燃燒，「戰火燒，戰火燒，所有國土統被戰火
燒！」，「征服了！征服了！所有的國土統被征服了！」[36]。

　　〈祈戰死〉、〈我們的中國〉、〈人類光榮底起點〉等詩作雖然也秉
持主戰強音，但在行文上則顯得比較持重。除此之外，五言〈哀京
華〉、七言〈青滬慘案致痛〉、樂府〈滬案新樂府〉等古體作品也都以
各自的形式抒發了作者的滬案感想與反帝熱念。

　　在評價投槍型國難詩歌時需要注意以下兩點：一、時效性。這些

---

35 仲平（柯仲平）：〈偉大是「能死」〉，《語絲》第31期（1925年6月8日）。

36 柯仲屏（柯仲平）：〈我要喝加料的白乾酒與紅葡萄〉，《洪水》卷2第17號（1926年5
　　月16日）。

詩歌可以說是中國人對國難事件第一時間的文學反應，時效性強。詩作中留有強烈的即時情緒和鮮明的時代印跡，以速寫式手筆和吶喊型語言見長。二、文學性。由於這類詩歌偏重速寫和吶喊，所以即使音韻鏗鏘、琅琅上口，在形式上也難免欠缺打磨，且思想比較單一淺顯，多激情的口號而少深度的思考。

二　哀悼與反思之詩

「五卅慘案」一出，舉國同憤。伴隨著各種悼念活動，大量悼亡詩也紛紛被創作出來，構成「五卅國難詩歌」的又一大主題。這些悼亡、悼念詩無論在詞句內容還是風格情調上都比較趨同，都圍繞著「悲」、「憤」兩大主題展開。中國人的無辜慘死是「悲」的核心，也是「憤」的起點。所以，對「五卅」犧牲者的無限悲愴和對帝國主義兇殘行徑的極端憤恨交織成這一系列悼亡詩的主旋律：因悲而起，由悲轉憤，悲憤交織，哀悼之情與復仇之氣並生。

這類詩歌主要由情而發，不需要什麼特別的文學技巧和深思熟慮，人人皆可為之，所以數量也比較大，代表詩篇有〈血淚語——哭被殺諸同胞〉、〈血花繽紛——悲悼滬案犧牲者〉、〈復仇……雪恥〉、〈弔五卅以來殉難諸烈士〉、〈致語被慘殺的同胞〉、〈給死者〉、〈被槍射的人——我的哭悼詩，我只哭著他們的痛苦〉、〈祝先我而去者〉、〈光榮的犧牲〉、〈血——弔慘死的同胞〉、〈牆角的創痕〉、〈五卅悲歌〉、〈哭王宗培烈士〉、〈榮歸——為「五卅」之餘痛而作！〉、〈哭國鈞〉、〈悼戰士〉、〈在黑夜裡——致劉華同志之靈〉、〈血祭〉、〈烈士靈前〉、〈哀思〉、〈哀聲〉、〈悼五卅烈士〉等。

「五卅」死難者大部分是學生，所以在悼念者的隊伍中學生也占據著主要位置。在學生們創作的哀悼詩中，北大學生歐陽蘭的〈血花

繽紛——悲悼滬案犧牲者〉是比較突出的一篇。詩歌開頭寫道：「切
齒痛心地受著外人的欺侮，／暗無天日呵，只聽見反抗的呼聲！／街
上的死屍一條條的躺著，／未來的犧牲者卻又像萌生的春芽！」上文
舉出的哀悼詩多以呼喚死者的形式開頭，如「同胞們呀」、「朋友們
呀」、「烈士呀」等等，但歐陽蘭的這首詩卻是以一種內結之氣開篇，
然後用相當詩意而幹練的語句描摹出慘案景象，給人以不俗之感。雖
然「悲」、「憤」仍然是這首詩的主旋律，但作者顯然沒有把太多筆墨
用於悲哀的哭泣，而是從一開篇就讓人體會到潛藏在內心的不平之氣
和抗爭之志。在接下來的三個詩節中，作者將重心落在「抗爭」、「復
仇」之上：「死吧！我那些愛國的英雄，／揭破了雲頭，光明即在天
際！」、「我們預備流血吧！預備用鮮血去狂喊狂衝吧！」、「血花繽
紛，為了國，莫怕犧牲！」[37]，詩行鏗鏘有力，全詩也因為這份難得
的英氣而較之其他悼亡詩更顯剛健。這首詩作於一九二五年六月九
日，載於六月十二日的《猛進》，隨後歐陽蘭又以畹蘭的名字在六月
十七日的《婦女周刊》上發表了〈文學家究竟有什麼用處〉一文。文
中說：「我真奇怪，自滬案發生後，在這樣一個重大的刺激之下，為
什麼總不見有一個文學家出來狂喊？……於是我的問題出來了：『文
學家究竟有什麼用處？』」[38]這篇文章問得極是時候，從一個大學生的
角度切中當時文壇的敏感問題，呼籲社會探討時代、國家與文學的複
雜關係。而歐陽蘭本人身體力行，用〈血花繽紛〉來「狂喊」，來彰
明其所認為的文學在國難時期的要務。

　　燕志俊〈被槍射的人——我的哭悼詩，我只哭著他們的痛苦〉在
大量悼亡詩中也是獨特的一篇。正如題目所說，這首詩主要扣住犧牲

---

37 《猛進》第15期（1925年6月12日）。

38 畹蘭（歐陽蘭）：〈文學家究竟有什麼用處〉，《婦女周刊》（1925年6月17日）。

者的「痛苦」來展開。從子彈射出到穿透身體，再到血泊中的掙扎，這一系列慢鏡頭將「痛苦」放大，使讀者獲得強烈的感官刺激，並在這一身臨其境的過程中深刻體察殉難者之偉大。

哀悼之後，更有反思。

反思型的五卅國難詩歌，可以說是投槍型詩歌經過時間與思想沉澱之後的結果。它們不僅堅定反帝，還反思中國屢遭淩辱的深層原因，為反帝愛國事業的深入推進尋求理性的良方。從「五卅慘案」等一系列國難事件來看，責任方自然是非人道的帝國主義，但慘案之所以得逞並擴散，實在也和受難方的國家狀態與國民心理大有關聯。對國家意識強烈的國民來說，每一次國難的發生都意味著對國民性進行檢討的需要。

一九二〇年代，知識分子與作家的國民性批判最集中針對的是中國民眾的麻木與不覺悟。這也體現在「五卅」國難詩歌中，詩人們的反思，首先表現在對麻木的國民精神狀態——麻木、遲鈍、昏聵、不關心國事、圖一己之利，在國難當頭的危急時刻也依舊自求營生而無動於衷——的針砭。

常熟縣立中學學生龐翔勳發表在《學生文藝叢刊》第二卷第六集上的〈國恥啊！可羞啊！〉是最早一篇反思國民性的「五卅」國難詩歌。一九二五年六月，正是「五卅」血潮洶湧全國之時，大量報刊都在刊登投槍、匕首式的激昂文字，而《學生文藝叢刊》卻首先刊出了這篇冷靜反觀國民狀態的詩作，可見其姿態的成熟理性。這首詩由兩個部分組成，第一個部分包含四組畫面，刻畫了不關心國事、只圖一己私利的商人、農夫、武人、官僚的形象，表達了救國青年們的孤獨之感，第二部分鼓勵有志青年不灰心，不氣餒，將救國事業堅持到底——

唉！
救心救國的青年呀！
你雖然喊破喉嚨，
可是他們都在夢裡啊！

噲！
我親愛底青年呀！
你不要因為這樣就灰心呀！
你仍舊本著澎湃的熱血；
鼓著熱氣；
望前做去！
做救國的中流砥柱，
當頭棒喝，
他們終有一天可以喚醒的啊！

　　一個國家的貧弱，在很大程度上首先是因為民不起，民不爭，缺乏起碼的國家意識和責任感。所以，要國家強盛，必得先喚起廣大民眾。〈知更會歌〉、〈哀中華（五卅血淚）〉、〈血的教訓〉、〈我的祖國〉、〈哀中華歌〉、〈哀睡獅〉、〈血字〉等詩歌都通過對國難事件的反思疾呼沉睡的、癡迷的、麻木的民眾起來，疾呼中國這個「東亞睡獅」醒來！

於是我環顧了一下左右，
尋夢的弟兄酣眠依舊；
我把警鐘搖了個震動天地，
他們還是迷離昏瞶著，

　　　捨不得拋開一隻夢鄉的枕頭！

　　　我不得不把這責任加任自身：
　　　要捨命打倒敵人，打倒敵人！
　　　將醒的健兒們起啊，時已到，
　　　去爭中華自由的祖國英魂！[39]

　　也有人慨嘆：「嗟匕[40]睡獅子，甚矣其愚盲。／寄語為國者，鑒彼睡獅王。／綢繆於未雨，禍至為之防。／遵行善終始，民族磐石強。」[41]

　　中國人的愚昧不僅體現在昏睡上，還體現在不識大局的內爭上。「五卅」國難詩歌對內部問題的檢討，首先表現在對軍閥混戰的譴責上。國難當頭，軍閥不但不以國家為重，反而聽任帝國主義的教唆，在自己的國土上與自己人大打出手。其豆相煎的結果只能是「鷸蚌相爭、漁翁得利」，讓帝國主義好處占盡。正如顧君立在〈樂府三章〉其三〈強祖國〉中所言：「同室操戈乃自戕。鷸蚌不顧漁在旁。豆剖瓜分劇堪傷。桑土綢繆盍早防。同心同德周克商。桓公匡合公衣賞。智慧勝力柔勝剛。何事怒臂如螳螂。五族共和禁虎倀。僇力一心保我疆。制梃從教御虎狼。懿歟祖國之榮光。懿歟祖國之榮光。當共地久與天長。」[42]其他如〈時局抒感〉、〈五卅慘案有感〉等作品也都通過對同室操戈的譴責表達了齊心救國的拳拳之心。

　　其次，內部爭鬥還表現為更廣泛的自相攻擊、謾罵及仇殺。西諦

39　《小說月報》卷16第7號（1925年7月）。

40　「匕」，即「彼」。——筆者注

41　《大公報副刊・現代思想》（1925年8月12日）。

42　《學生文藝叢刊》卷2第6集（1925年6月）。

（鄭振鐸）作於一九二五年七月的〈泥澤〉與〈為中國〉兩詩都表達了對這一問題的思考。〈泥澤〉是一首寓言詩，通過一隊夜行人互不信任、互相攻擊的故事引出「合群是力」的箴言。在〈為中國〉中，作者則將國民團結的希望寄託於夢境：「我不知道我是在夢中或是非夢，／但我很清楚的聽見這些話：／『我們應該各捐前嫌，為中國而攜手前進。』」[43]周毓英一九二六年二月於《洪水》上發表〈且哭且罵且咒且狂歌〉，在文前附有一短詩，也道出了「五卅」烈士屍骨未寒之際中國人愚蠢相爭的盲目：

> 五卅之役慘死烈士國，
> 你們之死於祖國無益，
> 還遺累了一位先導的朋友。
> 你們的子孫呢，咳！不要說起，
> 墳土未乾，爭賣祖宗屍體，
> 開著大門在室內並火。
> 拋下五卅慘死的民不論，
> 惟殲滅朋友兄弟是務。
> 想滅亡祖國的帝國侵略者呢？
> 忘了，忘了，久已忘了。
> 不要污穢他們受賄賂，
> 他們都是富有家產的貴公子！
> 貴公子的愛國運動！
> 穿洋服的愛國運動？

---

43 《小說月報》卷16第7號（1925年7月），又見《文學週報》第183期。

　　「五卅慘案」這一場血腥的國難事件，對許多將醒未醒之人來說
是一次巨大的刺激，對許多有志於愛國奉獻的青年來說也是一次行動
的良機。無數人在慘案之後站出來搖旗吶喊或是以筆代槍，表達一己
之見。然而，許多人的反帝宣言和愛國抱負不過是一張張空頭支票。

　　只有嘴上功夫，沒有實際行動是這種空頭支票的主要表現。晉思
在〈我的勇士〉中，通過詩意的形象表現了只有一時之氣而無堅定意
志和愛國主見的年輕人的虛弱無力。詩題〈我的勇士〉遂成為譏諷的
反語。陳寒玉的〈血的教訓〉以激越的情緒和犀利的語言直斥「癡人
們」的愛國幻夢：「我的癡人！／莫妄想了；／十字架上的血，／只
是說教者的資料；／得救還須流你自己的血。」[44]對這些反帝愛國的
說教者而言，愛國是假，惜命才是真。蔣用宏的〈鴻毛〉一詩同樣揭
示了假愛國者們的懦弱姿態，並道出了愛國就不怕犧牲，救國就不懼
代價的錚錚誓言——

　　　　如果愛你的國，
　　　　就不應當遺棄她；
　　　　若是要遺棄她，
　　　　又何必說愛她。
　　　　你愛她要表示你的熱忱，
　　　　這才不虛生在這個國家。
　　　　若是對她遺棄而憤然捨去，
　　　　那又如何對得住她？
　　　　……
　　　　要救國必要有犧牲；

---

44 《小說世界》（愛國運動紀念專刊）卷11，第1號（1925年7月3日）。

但犧牲須有相當的代價。

自殺的代價在哪裡？

難道不是罪惡嗎？

這徒然是自暴自棄，

辜負了社會與國家。

──是無用的懦人，

是虛生於國者！

懦弱而缺乏勇敢的朋友們呵！

我敢大聲在你們面前喊吶。

我們為什麼生存？

不要賤視自己而自甘踐踏。

既到了這人間世一行，

就應當力自振發。

我們的熱血不能有一刻的停流；

我們是生存的競爭者啦！[45]

　　除了愛惜自己、懼怕犧牲的口頭愛國之外，「五分鐘熱度」也是空頭支票的一種。這種人往往缺乏自己的判斷和思考，隨大潮而起，熱度來得快也退得快。王獨清〈我歸來了，我底故國！〉、黃藥眠〈五月歌〉和殷夫〈血字〉都體現了這種「五分鐘熱度」退潮之後的悲哀，民眾的狀態在經歷了短暫的激情之後又復歸麻木、懦弱和愚昧。這三篇詩歌均作於一九二八、一九二九年，「五卅慘案」才過去不久，民眾的反帝熱情就已大打折扣，這不能不讓愛國文人和愛國志

---

45 《小說世界》（愛國運動紀念專刊）卷11第1號（1925年7月3日）。

士們寒心。難怪王獨清會寫道：「像這樣的故國於我何有？只向我送著無限的失望，悲哀……」[46]

三 通而不俗的歌謠

歌謠的創作在「五卅國難文學」中也顯得比較突出。簡單地說，歌是有韻律能詠唱的口訣，謠多是流傳民間沒有韻律的口訣。作為民間口頭創作的一種主要形式，歌謠以其簡短明快的風格和深厚的民俗氣息深受群眾喜歡，在不斷傳唱和發展的過程中成為民風民意的載體和知識分子了解民情的管道。「五卅慘案」之後出現了大量形式各異、聲腔有別，但都以反帝愛國為內容的國難歌謠，這些具有濃郁地域特點和歷史文化色彩的創作在第一時間「唱」出了這個時代特殊的聲音。

「五卅國難歌謠」形式多樣，既有外來的西方樣式，也有本土的傳統曲譜。十九世紀末，西方簡譜經由日本傳入中國，一九〇四年的《學校唱歌集》是中國第一本自編的簡譜歌集。到了二十年代，隨著國難事件的頻繁發生和愛國運動的迅速展開，簡譜也開始成為中國國難歌謠的嶄新樣式。一九二四年，《學生文藝叢刊》以國恥紀念為題刊登了兩首以簡譜寫成的愛國歌曲：〈二十一條〉和〈國恥紀念〉。雖然兩首歌曲體制短小，填詞方式呆板，但學生們的創作體現了當時以音樂手段來愛國的取向和西方文藝融入中國的實際情況。「五卅」之後出現的〈對英主戰宣傳歌〉、〈熱血歌〉、〈打倒帝國主義歌〉等歌曲有了更長的譜曲和更加上口的歌詞。音樂才子黎錦暉譜寫的〈熱血歌〉音節深沉悲壯，歌詞簡短有力，「響滔滔，響滔滔，一聲聲像波

---

46 王獨清：〈我歸來了，我底故國！〉，《創造月刊》卷1第9號（1928年2月1日）。

濤」；「心頭血，心頭滾，一滴滴放光明」，非常具有感染力。在使用
西洋簡譜的同時，黎錦暉、孔另境等人也用中國民間傳統樂譜工尺譜
進行創作，比如發表在長沙《大公報副刊‧湖南平民教育周報》上的
〈追悼五卅至六二被英寇槍殺諸烈士歌譜〉和〈哀悼滬上被難諸同
胞〉。雖然使用西洋和本土樂譜的創作在如何擴大歌曲的影響力和接
受面上進行了有益的嘗試，但此期國難歌謠最主要的形式還是借民間
已有的曲調，僅僅更換部分歌詞來進行的創作。這些曲調都是傳唱已
久、歷史深厚，為地方老百姓所喜聞樂見的俗曲俗調，如「五更
調」、「三嘆五更」、「十二月花名（孟姜女調）」、「京劇武家坡調」、
「路遙知馬力調」、「無錫景調」、「滬劇」、「泗州調」（長沙俗傳的四
川調子）、「十恨」、「胖娃娃調」（鄭榮密一帶農村流行的民間曲調）、
「傷心歌」、「蓮花鬧」（亦稱「蓮花落」、「蓮花樂」，由來已久的紹興
地方曲藝）以及分別流行於南北方的「彈詞」和「鼓詞」等。群眾熟
悉的音樂形式和國難內容的結合創造出了生動而不乏嚴肅，通俗而不
失思想的獨特的「五卅」國難歌謠：

〈救國十二月花名〉（用蘇州唱春調）
（勿要吵；勿要鬧；聽我唱支救國新春調）
正月裡來是新春　　奉勸同胞要熱心
洋人待我心腸狠　　亡國以後難做人
二月裡來暖洋洋　　可恨日本矮東洋
收括金錢真屬害　　來到中國開工廠
三月裡來是清明　　工人做工真傷心
矮奴隨便來打罵　　工人受苦賠吞聲
四月裡來是黃梅　　顧正紅殺死血滿衣

學生追悼工人死　英國巡捕捉進去
五月裡來是端陽　南京路上來演講
巡捕對準把槍放　許多同胞把命傷
六月裡來熱難當　學生工人關捕房
五月卅日捉進去　六月初一罷市場
七月裡來七秋涼　帝國主義逞兇強
不平條約凶如虎　海關租界會審公堂

八月裡來桂花香　工人學生立志強
熱心來把商家勸　堅持到底要激昂
九月裡來是重陽　同胞救國心要長
不平條約推翻盡　條約不去國快亡
十月裡來小陽春　全×同胞要齊心
目前有句要緊話　第一團體×得緊
十一月裡雪風飄　如今中國不得了
洋人跑進如狼虎　裡面軍閥一團糟
十二月裡過年忙　再勿革命苦難當
全國國民齊心起　大家來做革命黨[47]

《南京路大流血》
（仿京劇武家坡調）〔第一二調〕

　　〔西皮倒板〕一馬來到英租界（原板）。不由人　一陣陣　淚

47　〈救國十二月花名〉，《熱血日報》第10期（1925年6月13日），又見長沙《大公報副
　　刊‧現代思想》，1925年6月25日。

灑胸懷　鐵的槍　橫的屍　血濺臺階　欺同胞　在路中　沒有
軍械　碧眼兒　在中華　示威槍殺　願同胞　辦交涉　勿再退
讓　勸國民齊心起　一致對外　我這裡　把此事再說從頭　請
諸君　站立定　細聽根芽

（續二段）〔倒板〕　提起此事淚不乾　（快西皮）　學生們
演講在先施前　自從矮奴敢行兇　「日本人」槍殺「顧正紅」
那一日　大會開追悼　學生們　沿途演說喊聲高　說的是「帝
國主義」要打倒　一切「不平等條約」盡取消　「碧眼賊」一
見心惱怒　下令逮捕拘入牢　「莘莘學生」義氣高　「赴湯蹈
火」救同胞　願同入獄受煎熬　不願背義把命逃　古時有個
「左伯桃」「羊角哀」捨命全故交　同心合意義氣好　青史之
上美名標　難得學子熱心存古道　要學那甘同生死救同胞　一
旁賊子心咆哮　霎時毒計上心苗　密令著「黑炭」動槍炮　那
「亡國奴」就把此鋒交　此時中國眾「同胞」躲的躲來逃的逃
「犧牲殉難諸烈士」　橫的橫來倒的倒　一霎時血肉橫飛南京
道　不由人「咬牙切齒」哭豪淘　以後但願眾同胞　齊心起來
救中國　不要一時仗著血氣鬧　要把那「五分鐘熱度」記得牢
否則反被敵奴笑　不信試看「念一錄」　請君屈指細一算　蒙
奇恥連頭帶尾已經十載多[48]

　　在此僅錄兩例，其他如〈罷市五更調〉、〈泗州調‧大流血〉、〈五
卅紀念曲〉（無錫景調）、〈國恥（蓮花落）〉、〈雪恥蓮花鬧〉等歌謠都
很有代表性。總的來說，這些舊曲新唱具有以下特點：一、形式上充
分顧及廣大群眾，特別是農村民眾的審美趣味，在沿襲地方曲藝舊制

---

48 夢醒：〈南京路大流血〉，《熱血日報》第11期（1925年6月14日）。

的基礎上賦予陳曲舊調以新鮮活力。二、內容上，在簡要交待國難史實之餘更側重對民氣、民心的喚起。對於國難環境下賣國為奴、「五分鐘熱度」等負面行為，歌謠也及時給聽眾打了預防針。三、語言上以白話為主，乾淨俐落、通俗易懂，便於民眾學習和傳播。基於這些特點，有學者便直接將國難歌謠等同為「俗文學」創作，定位於民間文學。而實際上，一般所謂的俗文學「是出生於民間，為民眾所寫作，且為民眾而生存的」[49]，這樣的俗文學能夠為文人知識分子以及政治官員提供了解民風民情的圖本，使他們能夠直觀特定環境下民眾真實的思想和心理狀況，從而調整自身的文化、政治策略。「五卅慘案」之後，知識界以及政治界也迫切希望聽到民眾對於此事件的態度，所以紛紛開始徵集平民的俗文學，正如應「五卅慘案」而生的《熱血日報》所言：「我們很想收集這種平民作品。因為只有在這作品裡，我們才能夠看見國際帝國主義壓迫下的思想和情緒。我們現在得到了這一首，先發表出來。如愛讀本報者肯以自己搜集所得的寄來，我們一定擇尤[50]發表。」「這一首」指的是用上海話講唱的〈罷市五更調〉。從早期成果看，「五卅國難歌謠」確實屬於俗文學，產生在民間，表達平民的真實思想。但是，從筆者收集上來的所有歌謠作品看，「五卅國難歌謠」的創作主體其實還是知識分子。證據主要有以下幾個：首先，有頭有臉的名人創作了數量不小的歌謠。從署名看，章克標、顧頡剛、黎錦暉、孔另境、竇谷聲、戴培元、楊世清、北觀別墅等名流都曾親自創作國難歌謠。其次，社會文化團體也加入創作，比如為《熱血日報》編寫了大量愛國俗曲的「平民導社」，編寫了《滬案唱詞》發表於天津《大公報》的「南大滬案後援會」等。再

---

49 鄭振鐸：《中國俗文學史》（北京市：商務印書館出版，2005年），頁3。
50 注：擇尤，原文如此。

次，對這些創作的解說也透露了知識分子「小眾」群體才是國難歌謠的創作者。比如，孫伏園在給顧頡剛〈傷心歌〉的「敬按」中以及長沙《大公報》編輯在〈愛國曲〉之後的解說中都點出了這些歌謠是特別由知識分子所寫，用作愛國運動中的傳單的事實。「無悔」在解說北觀別墅〈科學救國大鼓書〉的同時更強調「由我們編了歌詞請他們（民間講唱藝人——筆者注）唱。」[51]可見，由於局勢緊張，變數難料，費時費力的「搜集」遠不能跟上時代之需，況且很多信息閉塞的地方連國難大事尚不能知曉，又何談國難俗文學的創作呢？基於愛國宣講的緊迫性和中國現代知識分子的啟蒙意識，「五卅」國難歌謠很快由自下而上的「收集」、「了解」、「聆聽」，變為了作家詩人親自動手寫作的作品。

俗文學的一大特點在於其語言，如鄭振鐸所說「相當的粗鄙俗氣。有的地方寫得很深刻，但有的地方便不免粗糙，甚至不堪入目。」[52]「五卅」國難歌謠雖有俗文學的樣式，但在語言方面則缺少光彩。孫伏園在為〈傷心歌〉所作按中曾說：「有不合北京話口氣的又經潘介泉先生修改過的。文字裡面注意的有幾點：一、少用乃至不用特別的或新鮮的名詞，為民眾腦筋中所沒有的；二、不用標點，恐怕民眾因為一時沒有看慣標點而把全文不看了；……」[53]可見，注重宣傳的效果和得體性是造成國難歌謠用語呆板，缺乏生氣的一個主要原因。所以，我們讀到的大量五卅國難歌謠，都是通而不俗的，就是說，這些歌謠雖然很好地做到了「通」，但「俗」方面卻被捨棄了。比如，歌謠作品雖然包括四川、河南、江蘇等多地的俗曲樣式，但從歌詞看，方言成分卻很少，而且最顯示俗文學趣味的插科打諢、俚語

51 《京報副刊》，1925年8月9日。

52 鄭振鐸：《中國俗文學史》（商務印書館出版，2005年），頁3-4。

53 《上海慘劇特刊》（1925年6月12日），第5期，見《京報副刊》，第177號。

諧趣幾乎都被說理和吶喊所取代乾淨了，留下的是很少幾個還帶有些民間「俗」味的詞句：

> 這樣民眾縱然多。
> 再多也不值什麼。
> 糞坑裡的蛆婆千千萬。
> 可能扛起一付磨？

　　　　　　　　　　　　　　　　　——節錄自《國恥歌》[54]

> 口裡愛國暗裡行。可惱這些假斯文。
> 你若知趣快滾蛋。那個給你小銅板。
> 鼻子抹了一把灰。得縮頭時學烏龜。

　　　　　　　　　　　　　　　　——節錄自《國恥蓮花落》[55]

　　另外還有一些作品不俗反雅，除充滿「帝國主義」、「資本階級」、「強權」、「復興」、「租界權」、「領事權」、「國際裁判」等時代大詞之外，還充滿了文人創作的雅氣：「文明世胄」、「英魂不朽」、「破釜沉舟」、「外抗強權，誓必蕩平群寇；內謀國是，洗清污垢，重整神州。」俗曲配雅詞，難免有些彆扭，而且也會影響傳播效果。可見，文人作俗詞以圖宣傳，實在有些力不從心。

　　對於主要由知識分子仿作的「五卅」國難歌謠如何評價呢？阿英曾就「一二八」事變之後出現的國難歌謠作過一篇〈上海事變與大眾歌曲〉，從「封建餘孽」的總體判斷出發，對當時出現的大眾歌謠從

54　《共進》（半月刊，1925年6月15日）），第84期，「上海慘殺案特號」。

55　恬夫：《大公報副刊・湖南平民教育周報》（長沙市，1925年7月14日）第81號，《大公報副刊・體育》特刊（長沙市，1925年7月15日），《大公報副刊・現代思想》（長沙市，1925年7月19日、20日）。

十個方面加以徹底批駁。鑒於「一二八」事變與「五卅」系列事件在時間和本質上相關聯，而且阿英在文中提及的歌謠無論從題名、形式、內容還是腔調、語氣上都多有相似之處，所以，阿英所開列的「十宗罪」對我們評價「五卅國難歌謠」仍有參考價值，在此不妨稍加論析。

第一，阿英指出「封建餘孽的歌曲作家對於上海事變的起因，和他方面的封建餘孽作者一樣，是完全的不理解。」[56]他舉例說，歌謠中講日本帝國主義者的行徑，只是說他們「弗講理性」、「喪盡天良」、「貪心不足」、「生性殘忍」、「要逞強」、「起黑心」等，這種理解是「非常唯心的」，是缺乏思想內涵和深度的。形容帝國主義者的上述詞語也大量出現在「五卅國難歌謠」之中。如果阿英稱封建餘孽的歌曲作家對事實認識不清，理解不了的話，那麼，讓我們看看當時先進的共產黨人是如何敘述的吧。中國共產黨的第一張日報《熱血日報》因「五卅事件」而誕生，此期絕大部分國難歌謠都出自這張報紙，由瞿秋白和「平民導社」編寫。然而，我們在這份報紙上看到的仍然是與「封建餘孽歌曲作家」相同或相似的描寫：「他們自己稱文明做出事來沒理性」，「一味的極惡窮凶」、「東洋個猢猻早成黑良心呀」、「逞兇強」等。對於《熱血日報》上同樣的「寡識」、「短見」和「唯心」，不知道阿英又會作何論斷，但可以肯定的是，這些敘述其實和理解力之高低沒有關係，之所以用這些帶有程度輕，認識不足之嫌的詞語是為了宣傳的目的，為了讓老百姓看得懂，為了用生活化的語言讓他們明白敵人之可恨。

第二，阿英指出有些歌謠對統治階級和帝國主義認識不清，以至

---

56 在這部分，凡是「阿英指出」、「阿英說」、「阿英認為」等內容均出自阿英著：〈上海事變與大眾歌曲〉，《現代中國文學論》，收入《阿英全集》（合肥市：安徽教育出版社，2003年），卷1，頁615-632。

造成對民眾的「欺騙」和「麻醉」。就收集到的「五卅國難歌謠」
看，這個現象在五卅時期還沒有出現。除了《熱血日報》對統治階級
和帝國主義的批判之外，其他如天津《大公報》等也刊載了內容符
實，認識正確的歌謠。比如〈五卅慘劇通俗歌〉說道：「公使團。除
英日。也主公理。冤報冤。仇報仇。恩怨要分明。海牙會。講公平。
敢把事實。訴與他們聽。國際裁判。若能生效力。也教那海天冤枉五
卅案。到底伸一伸。」[57]就「五卅慘案」之後中方與國際公使團交涉
的史實來看，英國曾在事後力圖拉近與國際各國的關係，以向中國共
同施壓，但是其他列強並未配合。「先是法國與美國的法官在工部局
會審公廨上宣判被拘學生無罪，接著北京公使團又因發現上海公共租
界當局『秘密動員令』而排斥上海領事團參與交涉。中國方面則利用
『英捕射殺無辜學生』的宣傳，採取有效的分離策略，使英國孤立
化。」[58]當英國極力阻止六國委員發表調查報告書時，法國公使瑪太
爾（Damien Comtede Martel）仍把報告原文寄往巴黎公布[59]，顯示了
公正姿態。可見，「公使團。除英日。也主公理」的說法是得當的，
有利於幫助民眾看清事實真相，避免盲目排外。另外，〈十恨〉[60]等歌
謠對中國政府在對外交涉上的「糊塗」做了正面批評；徐少雲所編
《五卅慘案》[61]也就當時「六國委員」和我方所提「十三條」等歷史
做出了合理的敘述。

---

57 《大公報》（天津市，1925年6月27日）。

58 晨報編輯處、清華學生會：《五卅痛史》（臺北市：文海出版社，1986年），頁89，
　　Harumi Goto-Shiba-ta, Japan and Britain in Shanghai, 1925-1931. New York: St. Martins
　　Press, 1995, pp. 19, 39, 30。轉引自馮筱才：〈滬案交涉、五卅運動與一九二五年的執
　　政府〉，《歷史研究》（2004年），第1期。

59 British Documents of Foreign Affairs, p. 176，《五卅外交史》，頁38-39。轉引自馮筱
　　才：〈滬案交涉、五卅運動與一九二五年的執政府〉，《歷史研究》（2004年），第1期。

60 《大公報》，1925年6月28日。

61 《大公報》，1925年6月28日。

　　第三，阿英稱封建殘餘的歌曲作家「只盲目的擁護領袖崇拜英
雄，真正的抵抗日本帝國主義的部隊，十九路軍士兵和廣大的群眾反
而不被注意。」與此不同，「五卅國難歌謠」歌頌的都是無辜犧牲的
學生、工人、老百姓，呼喚的也不是英雄的個人行為，而是全部群眾
的集體愛國主義。「五更裡。嘆無聲。全中國。老和小。義憤共填
膺。劉光權。陶銀壽。憤激投海。工商學。抱雲恥。眾志已成城。募
捐款。助工人。經濟決交。全國更決心。文明世胄。本性真剛烈。誓
與那碧眼短驅異種奴。抵死拼一拼。」（〈罷市五更調〉[62]）、「唯有我
四萬萬眾好同胞。一致去奮爭。」（〈五卅慘劇通俗歌〉[63]）、「這個冤
仇誰能報，報仇之人我國民。」（〈滬案唱詞〉[64]）、「大家起來大家
醒。全靠我們是群眾。」（〈群眾歌〉[65]）這些歌謠唱群眾、喚群眾，
充滿了聯合一致、共抗帝國主義的豪情。

　　第四，對一些在阿英看來非常阿Q主義的想法和做法，他也在
《上海事變與大眾歌曲》中給予了譏諷和批評。其一，是阿Q主義
的幻想，指一些類似「殺盡倭奴永太平」、「掃除日本」、「中國勝，中
國強」等的歌謠。阿英認為封建殘餘的歌曲作家「因自己階級的無力
與沒落，大部分是用種種空幻的想頭來陶醉自己」，「他們的這些希
望，在事實上，只是一種幻想的自我陶醉而已，稍有常識的人，決不
會如此誇張的。這真是道地的阿Q主義的精神。」他所謂的這類
「幻想」也充斥在「五卅國難歌謠」中。固然這類內容有空想的成
分，但在國難環境下教民眾去想像勝利又有何妨呢？讓民眾在承受苦
難的片刻以阿Q式的希望聊作慰藉又有什麼不可以的呢？《熱血日

62　《熱血日報》，1925年6月10日。

63　《大公報》，1925年6月27日。

64　《大公報》，天津市，1925年6月18日。

65　《熱血日報》，1925年6月6日，「平民歌」欄。

報》等先進刊物也多有此類激勵話語，所以這本不是一個「階級」差別的問題，而是阿英又過於看重階級鬥爭而將這些歌謠的宣傳使命和鼓舞功能給暫時忘記了。其二，是阿Q主義的國罵。「封建餘孽的歌曲作家，他們對於日本的進攻的答覆，另外的一種方式，則是謾罵式的洩憤，反映著典型的阿Q主義的精神。」「在他們的歌裡，幾乎是看不見一個『日本帝國主義』，大部分是謾罵的稱呼，什麼『倭奴』呀，『倭鬼』呀，『害人精』呀，『賊老』呀，『黑魚精』呀，『烏龜』呀，可以說是應有盡有。」除了上面的稱號之外，「五卅國難歌謠」中還有「倭東洋」、「日本矮子」、「猢猻」等。筆者認為，這些不登大雅之堂的罵語正是國難歌謠的獨特點和閃光點所在。首先，這些詞惟妙惟肖，精彩詼諧，實在能起到洩憤和動員的目的。其次，這些稱號多半來自民間智慧，用在文人創作的國難歌謠中，既能加重「俗」的色彩，便於民眾接受，也能更好服務於宣講和傳播的目的。相比〈蓮花落〉等歌謠，《熱血日報》上的仿作歌謠明顯地使用了更多「帝國主義」、「革命黨」，甚至「資本階級」這樣的階級話語。這是為阿英所樂見的，只是恐怕一個「帝國主義」的帽子不如一句「倭鬼」、「烏龜」的罵語更能深得民心吧。走與民為親的無產階級道路的阿英，怎麼就不能矮下身段與民眾一起俗氣與「沒落」呢？

第五，阿英稱這些歌謠「在形式方面，也一樣的顯出了枯窘，糜爛，與沒落的精神」。因為，「就是形式方面，他們所運用的，也不過是『無錫景』，『五更調』，『泗洲調』，『毛毛雨』，『十二月花名』，『哭七七』，『挖花歌』，幾個萎靡不振的淫蕩的調門，從內容到形式，是一貫的反映了封建社會的沒落，然而，這些殘餘，是依舊有麻醉勞苦大眾的相當力量。」他列舉的這幾個調門，有一半以上也是「五卅」時期常用的俗曲曲調。這些曲調都是民間的小曲小調，格調當然比較市井和生活化一些。「五更調」歷史悠久，起源較早，南北朝時期曾

被列為相和歌辭清調曲之一。其所表現的內容依時代變化從軍旅、徵人題材到佛門故事不等，在宋元之後，成為青樓歌妓的習唱小曲，確實有不少無病呻吟和豔情之作。但是到辛亥革命時期，「五更調」也成為醒世歌謠的來源，一九〇四年的一首〈愛國歌〉「一更裡，月初升，愛國的人兒心內明，錦繡江山須保穩，怕的是人家要瓜分。……」就是舊瓶裝新酒的很好體現。在二、三〇年代，俗曲配國事的形式已然成為對民眾進行愛國宣傳的普遍方式，正因其俗方才可能廣泛傳播，所以，阿英在此用「也不過是」的語氣責備調門的淫靡，實在有些不著邊際、無關痛癢。再者，像「無錫景」這樣的江蘇民間小調是以唱地方風光景物為內容的，樸實自然，何談「萎靡不振」或是「淫蕩」呢？看來，阿英此說還是武斷了。江蘇常州出生的瞿秋白就利用這些廣為流布的地方曲調在《熱血日報》上做足了以俗曲唱愛國的功夫，其良苦用心較之一面講「文藝民眾化」，一面又片面排斥民間藝術形式的阿英來得聰明和現實得多。

在〈上海事變與大眾歌曲〉一文的最後，阿英還談到「封建殘餘歌曲作家隊伍」中較高尚的一流，即能夠在國難歌謠中表達對統治階級之不滿的一群。這群人用歌謠陳述國事，批判政府，表現出清醒和理智，但最終同樣沒得到阿英的肯定：「他們不滿意當前的統治，他們反對日本帝國主義進攻中國，但是他們沒有辦法，除去憤恨諷刺而外，結果是只有『救國有心權力小，任人宰割任人傷』，是毫無辦法可想的。雖然在認識上，這一班封建餘孽的作家，是比較進步一點，可是詳細的研究起來，他們是一樣的成了統治階級的工具，在文學活動的各方面，來散播封建殘餘勢力的影響，來麻醉勞苦大眾，來企圖穩定地主資產階級的統治，來進攻革命。」看來，只要不是無產階級，就有千錯萬錯。滿腦子的「階級」、「主義」妨礙了阿英對國難環境下社會各界共同抗敵的大局的觀察和認識，也讓他在做好一個「無

產階級革命者」的同時沒能做好一個客觀稱職的「文藝批評者」。這些歷史教訓值得後來的研究者警戒。

第三節 「五卅」散文、小說與戲劇

由於篇幅短小、體式自由，國難詩歌具有最強的實效性。但同樣是因為篇幅的問題，詩歌的描寫對象往往局限於事件的某個側面或總體情況，而難以再現事件的詳細經過。在這種情況下，行文同樣自由但文本空間更大的散文就凸顯出了其優勢。在「五卅慘案」之後，各大報刊刊出了大量時事散文，記述慘案經過，抒發政治意見，在此特收錄其中文學性較強的作品組成「五卅國難文學」的散文部分。

一 充滿臨場感的散文

「五卅慘案」激起全民性的反帝熱浪，數次光顧南京路或參與各種紀念遊行的人不計其數，他們對慘案經過與民眾反應親聞親見，並用散文特寫的方式加以記錄。對這批圍繞慘案與紀念活動的散文，我們可以通過它們在敘事與抒情上的不同側重來進行分類。

首先，以敘事為主的散文從不同角度對「五卅事件」和民眾運動進行了記錄，是再現事件經過、了解事件本質的寶貴資料。〈五月三十日的下午〉、〈暴風雨〉、〈走過 W 學校的門口〉、〈決議罷市之一日〉、〈我親眼所見之上海英捕慘殺華人〉、〈上海英日人八次慘殺我國同胞始末〉、〈中華老人〉、〈遊行之後〉、〈一個大廈大學學生被難後的報告〉、〈傷心片片錄〉、〈傷心慘目的實在情形——上海學生代表沈育貧君所親見的狀況〉、〈街血洗去後〉、〈五月卅一日急雨中〉、〈六月一日〉等作品都是「五卅」系列事件散文特寫的典型。其中，〈五月三

十日的下午〉、〈上海英日人八次慘殺我國同胞始末〉、〈一個大廈大學
學生被難後的報告〉、〈傷心慘目的實在情形〉、〈街血洗去後〉、〈五月
卅一日急雨中〉生動再現了「五卅慘案」的慘景，其餘篇目則反映了
「五卅慘案」之後民眾遊行、募捐、講演以及再次罹難的經過。

　　〈五月三十日的下午〉、〈暴風雨〉、〈街血洗去後〉、〈五月卅一日
急雨中〉以及〈六月一日〉敘事生動、描摹有力，是「五卅國難散
文」的名篇，正如許豪炯所說：「這些篇章，成為以文學形式反映
『五卅』事件的名篇而永留青史」，「五卅時期的散文特寫，及時而真
實地反映了火熱鬥爭，淋漓盡致地表現了時代精神，藝術形式上有較
大的創新，在中國現代散文史上占有燦爛的一頁。」[66]上述四篇散文
皆出自名家之手，謂其「名篇」絲毫沒有誇大之意，因為無論從敘述
的明白曉暢，筆力的老練到位，還是從思想意義的深度上看，這幾篇
散文都表現突出，成功地做到了以文學方式還原國難事件，將文學美
感、歷史畫面與思想旨趣熔於一爐。歷來學界對它們的研究也很多，
比如：在《五卅時期文學史論》中，學者許豪炯闢專節對幾篇作品進
行了詳細品讀，冰心在《漫談散文》中說：「……魯迅先生的〈一件
小事〉和葉聖陶先生的〈五月卅一日急雨中〉就是我學生時代給我印
象最深的極好的散文！」[67]；在對沈雁冰、鄭振鐸和葉聖陶的專題研
究中，上述作品也歷來受到重視。另外，〈論抗戰時期的報告文學〉
（尹鴻祿，《蘇州大學學報（哲學社會科學版）》1993年1月）、〈略論
「左聯」對報告文學的紹介和理論研討〉（唐鴻棣，《貴州社會科學》
1990年12月）、〈弄潮兒向濤頭立——漫談散文的時代感〉（毛樂耕
《當代文壇》1985年3月）、〈滿腔鬱怒寫真情——讀〈五月卅一日急

---

66 許豪炯：《五卅時期文學史論》（上海市：上海社會科學院出版社，1997年），頁202-
　　203。

67 冰心：〈漫談散文〉，《文藝報》第1期（1982年）。

雨中〉〉（劉錫慶，《名作欣賞》1983年2月）等單篇論文也對這些散文
進行了肯定。

　　在名家名作之外，還有大量不知名者的創作。心冷（即：何心
冷）發表在《國聞周報・南京路之血》特號上的〈決議罷市之一日〉
詳細記述了五月三十一日上海各路商界商議罷市，並向租界當局鄭重
提出條件的全過程，敘事清晰並富有熱情，是一篇不錯的紀實散文。

　　「五卅慘案」之後，中國「四大副刊」之一的《京報副刊》應時
而動，自一七三期到一八九期陸續出版了由清華學生會主撰的《京報
副刊・上海慘劇特刊》（1-12期），之後直到二八九期又陸續出版了由
北京大學學生會主撰的《京報副刊・滬漢後援專刊》（1-7期）以及由
救國團主撰的《京報副刊・救國特刊》（1-16期）等專刊專號，大力
支持反帝愛國運動。上文提及的〈我親眼所見之上海英捕慘殺華人〉、
〈上海英日人八次慘殺我國同胞始末〉、〈中華老人〉、〈遊行之後〉、
〈一個大廈大學學生被難後的報告〉、〈傷心慘目的實在情形——上海
學生代表沈育貧君所親見的狀況〉都是刊登在這些愛國特刊上的散
文，它們以紀實為主，在將自己所知的國難真相布告中國人的同時更
大聲疾呼、立志復仇：「此外並有英兵數名，手執短銃，腰掛大刀，
威風凜凜。每遇華人立路旁談論者，輒用槍頭亂打作獰笑狀，其欺人
之甚，手段之毒，倍於猛獸。噫！見此而不傷心疾目者。真可謂全無
心肝矣。枚恨不文，不能將目觀慘情，胸中塊壘，一一活陳於中國人
前。願我中國人閉目細思，存海可涸山可移而報仇之心不可變可
耳。」[68]「我們聽了，在漫漫的長夜中，預備旗子，印刷傳單，直望
到東方明亮！」[69]「以後目標之能否達到，完全看我們努力的程度如

68　胡家枚：〈我親眼所見之上海英捕慘殺華人〉，《京報副刊》（1925年6月8日）。

69　桂生（周桂笙）：〈中華老人〉，《上海慘劇特刊》第9期（1925年6月16日），收入
　　《京報副刊》第181號。

何。我們不要忘去那天所受的激刺，我們更不要忘去繼續奮鬥！」[70]。

　　其次，偏重抒情的散文是民眾以飛揚的文采和鮮明的愛憎為此次國難留下的真情寫真，如〈「血梯」〉、〈這支討厭的自來水筆〉、〈講演之後〉、〈烈風雷雨〉、〈天安門前〉、〈幹幹幹！〉、〈乙丑的端午〉、〈犧牲者得著代價了〉、〈聽說！想起──六、血！淚！汗〉、〈慘傷之事〉等。

　　〈「血梯」〉和〈烈風雷雨〉作為王統照這一時期的散文代表作，是其一貫的詩人情調和迸發的愛國激情有機結合的產物。精心打磨的語句被灌以國事當頭的沉鬱深邃，使得整個文章充盈飽滿，具有張力：「不要安靜的！不需安靜的！我們要實現吐火的夢境，我們要撞碎血鑄的洪鐘，我們要用這金蛇般的電光逼射出紅色的光亮，要用震破大地的雷霆來擊散陰霾。這樣情熱的當中，豈容得躊躕，恐怖！這疾風暴雨的日子裡，正是狂歌起舞的時間！為要求精如日星的生活，為要求燦如朝花的將來，我們便情願狂醉，情願在水火中相搏戰，情願將此混沌的世界來重行踏反，重行鎔化，重行陶鑄。」[71]

　　〈天安門前〉、〈犧牲者得著代價了〉等散文，風格和王統照的相似，在語句表達上也頗見水準。〈犧牲者得著代價了〉以繁密的意象和典麗的修辭開篇，給人以深刻印象：「赤日炙人的炎威下，如蟻般的人群在擁擠著。炎日的淫威，那裡敵得過沸騰的熱血？人群的熱血是沸騰了，沖起啊！衝破了陰澹淒慘的層雲。狂呼啊！悲鳴啊！慷慨誠摯的吶喊啊！繁音繚繞著彌漫在空際，纏綿不斷的繁音啊！直射入那些在昏沉萎靡的人們的心坎上，死一般昏沉的人們啊！心弦上驚

---

70 陳銓：〈遊行之後〉，《上海慘劇特刊》第9期（1925年6月16日），收入《京報副刊》第181號。

71 王統照：〈烈風雷雨〉，《晨報副刊》第1211號（1925年6月17日），收入《這時代》（生活書店，1934年10月）。

荒[72]的迷惘的震顫著，纏綿的繁音直刺入他們心弦裡震顫的波紋上，熱烈烈的尖刺激入他們的心坎裡：驀然的、強毅的嘹亮的繁音，激醒了他們昏沉的迷夢。」[73]

　　另有一些抒情散文，雖然文字功夫不如上面的文章，但作者也以自己的方式給予了彌補。李遇安的散文就屬於這種情況。單從文章主體部分看，他的〈講演之後〉和〈幹幹幹！〉並不突出，敘述多、修辭弱，部分地方還有「流水帳」之嫌，但作者在各個段落之後都加上口號式語句──「一二三，二二三，幹幹幹，幹幹幹！」或「一二三，二二三，三二三，九九八十一，我想嘔吐。我想嘔吐！」這不僅使全文結構更為緊湊，而且達到了直抒胸臆的效果，大大提升了文章的韻律感和感染力。

　　對「五卅」慘案中死傷者，《國聞周報》特在《南京路之血》專號上列表撰文加以紀念，如二十一歲的尹景伊、十七歲的陳虞卿、十四歲的鄔金華等。各大報刊也闢出專版刊登弔唁死者、關懷傷者的文章，如〈何秉彝烈士等之死〉、〈悼尹景伊──英國人槍下的犧牲者〉、〈哭弟虞欽〉、〈悼劉華同志〉、〈祭五卅烈士文〉等。〈悼尹景伊──英國人槍下的犧牲者〉和〈哭弟虞欽〉兩篇文章將悼念者的巨大痛楚表現得尤為透徹，催人淚下。

　　「五卅」國難一出，「有人為國而死，有人為國而斷指，更有數萬人為國而病瘁矣（指因雨感冒）。民氣如此弩張，而國仇不報者，吾不信也。」[74]民眾以各自的方式表達愛國之情，所以倒在戰場之外的烈士也不在少數，〈哀感──悼段盛模君〉、〈哀悼段盛模君之投河〉（及續）、〈記吳恒慈烈士〉等篇都表達了對戰場之外的無名烈士

---

72 原文即如此，未作改動。

73 《京報附設之第二種周刊》，《民眾文藝周刊》第32期（1925年8月11日）。

74 金琦：〈斷指血書誓死救國〉，《湖北檔案》第5期（2000年）。

的祭悼。段盛模是一個熱血青年，因青滬漢廣粵諸慘案相繼發生而義
憤填膺、悲痛欲絕，遂悒鬱投河而死，想藉以激發中國人的愛國決
心。他死前留下「……國破兮身安寄？國亡兮家何托？內亂×已兮且
及時而投河！」的絕命辭，讓生者「心靈深處的幽弦，湧起悲梗的情
緒，幾乎要狂呼蒼天，而痛哭出來了。」[75]〈哀悼段盛模君之投河〉
這篇祭弔散文文辭素雅，悲風盈滿：「你自青滬慘案發生後，你就把
你縷比的纖維，穿著悲憤激昂的瓔珞，佩在你純潔的頸項。整天价有
『無限江山』、『……觸目愁斷腸。砌下落梅如雪亂，拂了一身還滿』
的悲感。」[76]

　　與段盛模不同，南洋附中學生吳恒慈則是因受「五卅慘案」刺激
過大致瘋而死，終年十七歲。追溯這些烈士們的軌跡，哀惋與崇敬之
情並生，南京路的血未乾，烈士們的死將喚醒更多後來者，正是：
「嗟海內之皆濁兮。唯烈士而獨清。嘆神州之皆醉兮。唯烈士而獨
醒。感外患之日亟兮。恨同室之紛爭。憤同胞之被殘殺兮。義不與共
戴天。悲南京路上之流血兮。祈挽救我主權。哭烈士之長逝兮。胡蒼
天之不弔。懵淒增欷其無已兮。涕泗氾濫而追悼。雖喋血之可慘兮。
永傳英譽於乾坤。」[77]

　　「五卅」慘案一年過後，出現了一批紀念性的散文，如〈五卅慘
案〉、〈五卅快到的呻吟〉、〈禱告〉、〈五卅紀念〉、〈去年的五卅和今年
的五卅〉、〈五卅慘案之感言〉、〈五卅節的上海〉、〈南京路上──目擊
的今年的「五卅」〉都是寫在「五卅慘案」一週年的紀念作品。

　　〈五卅慘案〉、〈五卅紀念〉、〈去年的五卅和今年的五卅〉以及
〈五卅慘案之感言〉這四篇文章都出自一九二六年五月三十日出版的

---

75 蔣先啟：〈哀感──悼段盛模君〉，《大公報副刊‧現代思想》，（1925年7月13日）。
76 程共和：〈哀悼段盛模君之投河〉，《大公報副刊‧現代思想》，（1925年7月13日）。
77 薛宜耕：〈祭五卅烈士文〉，《民立學期刊》創刊號（1928年7月）。

小冊子《五卅紀念》，由國立廣東大學秘書處出版部編刊。四篇文章
有一個共同特點，就是思路清晰、頭腦冷靜。它們對「五卅」事件發
生一週年以來的反帝動態和民氣、民力的變化有著敏銳的觀察，思想
性突出，也帶有一些「說教氣」，文學性則略顯薄弱。張長弓的〈五
卅快到的呻吟〉在檢討國民反帝狀態的同時也照顧了文章的文學性和
可讀性。從開篇的夢境到文末的清醒反思，整篇文章流暢自然，以文
學想像的筆法勾勒眾生醜態，批判民氣的鬆懈。反帝，需要激情，更
需要韌性和耐力，「五分鐘熱度」終究於事無補。其實，紀念日的意
義正在於此，當人們即將忘卻國恥國難之際，以紀念日的契機再現過
去的屈辱瞬間，以中國人的鮮血再次刺激中國人幾近麻木的神經，將
反帝愛國的事業繼續往前推進。〈五卅節的上海〉和〈南京路上——
目擊的今年的「五卅」〉是紀念性散文中偏重紀實的兩篇，對「五
卅」週年紀念日上發生的事件和活動進行了詳盡記錄，使人得以了解
民眾鬥爭的實情，並從中汲取前進的動力。誠然，有一些民眾掉了
隊，有一些民眾再度麻木或昏睡，但我們仍然欣慰地看到，在「五
卅」這一天大批民眾自發走上街頭，他們承續先烈的精神無畏地向帝
國主義宣戰，他們的所作所為讓人再次看到革命成功的曙光。

　　〈上海慘案紀念〉、〈五卅的回憶〉和〈五卅悲歌〉作於三〇年
代。彼時的國難有了更多新內容，但「五卅」帶給中國人的記憶依舊
深刻，「長留黃埔灘頭一片月，年年照碧血」[78]，無論何時，「五卅」
志士的精神都是反帝大業的強心劑！

　　由於題材的特殊性，遊記在「五卅國難散文」中並不多見，〈京
漢路宣傳滬案記〉是特殊的一篇。這篇遊記發表在一九二五年十月二
日的《清華周刊》上，作者是清華學生，所記載的是北京各校滬案後

78　周侯於：〈五卅悲歌〉，《蘇中校刊》第84、85期合刊（1933年）。

援會聯合發起的一次「遠道」宣傳「五卅」的活動。按照出行順序，遊記分為四個部分：出發前、太原道上、鄭州道上、隴海道上和京漢道上，線路清晰、布局合理。除了路線的明晰之外，一篇好的遊記還應當超越單純的「記事」，在記述中帶給讀者寬廣的視野和新鮮的啟示。〈京漢路宣傳滬案記〉在流暢的敘述之外，正好兼顧了這兩個方面，讓讀者看到超出於一次出遊之外的東西，並在此基礎上進行思考。

首先，時局一瞥。此次出遊途徑太原、鄭州、開封、洛陽、許昌、偃城、信陽等地。作者對各地局勢都做了詳細記述，其共同之處是：軍閥爭鬥、丘八橫行，民眾大都難以聊生，又遑論宣傳國難、團結反帝之大業？比如在洛陽，丘八橫行地方、蹂躪鄉民的程度之巨令人駭然：「……人力車雖有三四十輛，但頃刻間已盡被丘八爺抓去，稍有不願，即拳打足踢，繼以皮帶藤鞭，兇悍可怕，嚇得我全身打震，不敢雇車，眼看所有車輛盡被抓去。斯時舉目四屬，盡為丘八，窮民衣服襤褸，面有饑色，殺氣森森……」。惟有地方學生在「五卅」國難上表現得較為敏感和激動，但一沒權二沒勢三少資金的狀況終究難成氣候。國難當頭，短視的軍閥只知自相爭鬥、魚肉百姓，根本無視反帝愛國運動，難怪文章裡充滿了「此地救國運動因兵災之餘，無可為力」的無奈慨嘆。作者一行二人，僅是此次滬案宣傳活動的一組，如果其他小組也有遊記留世，那麼，當可構成彼時中國時局的部分縮影。

其次，雙向收益。雖然所到之處皆因內亂而妨礙了救國，但作者他們仍舊艱苦作戰，見縫插針，盡力宣講國難。他們或「召請當地各界聯合會工會學生會代表及其職員，開聯席會議，交換意見，並以與建議多種，頗蒙採納。」或「在車中，當眾演講，散發傳單，極受注目……」或「開各界代表大會，演說亙三小時之久，散會後又為學生聯合會重訂會章，指示救國進行事宜，均一一領命。」他們帶去的救

國方案給各地民眾以鼓舞和指示，一定程度上實現了此次出遊的宣傳目的。另一方面，他們也在行走的過程中得到了教訓和教育。身處象牙塔的青年，雖然擁有滿腔的愛國熱誠和報國大志，但對國家的真實國情卻缺乏實地了解和深入體察，這難免造成他們的想法脫離現實，愛國停留在概念和想像之上。所以，從這個角度看，此次出遊正好開闊了他們的眼界，使他們從書本之外的現實中汲取救國的靈感。正如作者自己所感嘆的：「況久羈清華，於土匪世界及戰後社會狀況，一無所知，亦可藉此機會身入重地，經歷經歷，方算不虛此行，遂不顧一切，奮身前往。」[79]

　　無論是出遊宣講這一行動本身，還是這篇遊記散文，都在暴露一些問題的同時引發了探究性的思考，具有可貴的價值。唯一不足的是，作者本人未對出遊的得失體會做出任何總結，而只是平淡收束了全文。從讀者的閱讀期待出發，這不能不說是一個遺憾。

二　小說的多側面敘事

　　五卅「國難」小說數量不多，有的是直接以「五卅慘案」為背景，有的以「五卅慘案」後的人與事為題材，還有的雖然在文本中未直接涉及「五卅慘案」，但卻是受到「五卅慘案」及其餘波的刺激而揮筆而就的反帝愛國小說。

　　「五卅國難小說」的人物形象，種類豐富、血肉豐滿，正是其最大的一個亮點。

　　首先是無辜百姓的形象。

　　任何一場運動或事件，只要白熱化到流血衝突的程度，都無可避

---

79 《清華周刊》卷24第4號（1925年10月2日）。

免地會殃及普通百姓。這些受到傷害的人都不是事件中衝鋒在前的英雄，而只是一些按照平常狀態自然生活的人，比如老人、兒童、店徒、船夫等。本該遠離戰火的一群弱者在流血事件中不幸淪為無辜的犧牲者，他們的鮮血是對帝國主義殘酷暴行的最有力指控。

　　「五卅慘案」剛剛發生，刊於六月四日《晨報副刊》上的短篇小說〈死了？〉即以淒涼的筆調勾畫了一副弱者遭受戕害的圖景。小說由三個敘事層次構成，主體部分講隔壁張家未滿六歲的五兒猝死的事情。小說雖然沒有明確說孩子的死因，但從鄰里的議論看，孩子應該是洋人、軍閥流彈的犧牲品。在此基礎之上，作者嵌入了兩件小插曲作為全文的第二個層次：聽小妹妹說的小貓捕食麻雀一事與前天自己阻止瓦匠捕鳥一事。兩個事件在這裡增強了小說對以強欺弱的控訴：「我告訴你們吧：你們的親愛的，早膏了軍閥的口吻了！你們別找了！你們別找了！你們別悲痛了！你們是弱者呀！你們的親愛的是死了！」滿目皆是弱者之死，皆是無辜的鮮血，難怪作者會在文末以極其沉鬱的聲音悲鳴道：「呀，中國人死了麼？中國人也就這樣地死了麼？」「呀！一切都死了！」[80]

　　同樣是以兒童為描寫對象，戴平萬的〈小豐〉相比〈死了？〉在故事結構和人物塑造上顯得成熟，並具有革命的氣息。阿英說「戴平萬所描寫的人物的對象，最主要的有兩種，其一是革命兒童和流氓無產階級兒童，其二是革命的農民；他雖然也描寫其他的人物，但那些是不主要的。」[81]〈小豐〉是他以兒童為表現對象的代表作，既生動描摹了兒童的天真爛漫，也寫出了親歷沙基慘案對他的成長的意義，

80　《晨報副鐫》第1204號（1925年6月4日）。

81　阿英：〈關於《都市之夜》及其他——戴平萬的短篇的兩個主要的描寫對象〉，《文藝批評集》（上海市：神州國光社，1930年5月）。收入《阿英全集》（合肥市：安徽教育出版社，2003年），卷1，頁410。

刻畫了「小豐的革命性在這一次流血中的生長」[82]。小豐的父親是鐵路工人，所以他長期受到無產階級革命情懷的薰染。「五卅慘案」之後，小豐從父親的語言、學校裡關於帝國主義的宣傳畫和自己懵懵懂懂的理解中生發出對於帝國主義的仇恨。然而，遊行過程中洋人的放槍和小夥伴阿明的慘死才真正讓小豐對帝國主義有了直觀的認識，血的事實也才真正燃起了他的愛國熱情：「明天一早，我也不吃早飯，便瞞過爸爸和媽媽，走到學校裡去，召集開會……提議……通過……散傳單……演講……我一定要把那黑巨人帝國主義的強橫，阿明的慘死，向他們報告；鼓勵他們一同聯合起來，把那個黑巨人斫做肉醬！……」[83]。這篇小說結構緊湊，人物形象豐滿，難怪阿英會評價說：「這一篇小說，是戴平萬短篇中最好的一篇，是對於反帝運動很有力量的一篇，在他筆下出現的小豐真如他的父親所說，『這孩子也可以做打倒帝國主義的後備隊呢。』」[84]

　　黎錦明發表在《晨報副刊》一九二五年六月和七月上的兩個短篇〈店徒阿桂〉和〈船夫丁福〉以短小的故事講述了國難環境下的小人物之死，是兒童題材之外以弱者為對象的代表篇目。店徒阿桂的形象是國難中被戕害的無數小人物的縮影，他不懂革命、不諳時事，因為老闆吩咐外出追帳才被迫融入街上的遊行隊伍，並完全無意識地隨人群高呼口號。但就是這些被裹捲進混亂局勢的小人物最終充了帝國主義槍下的冤魂。作者對阿桂死亡的過程做了細緻入微的描寫，對無辜

---

82 阿英：〈關於《都市之夜》及其他──戴平萬的短篇的兩個主要的描寫對象〉，《文藝批評集》（上海市：神州國光社，1930年5月）。收入《阿英全集》（合肥市：安徽教育出版社，2003年），卷1，頁410。

83 平萬：〈小豐〉，見《都市之夜》（上海市：亞東圖書館，1929年）。

84 阿英：〈關於《都市之夜》及其他──戴平萬的短篇的兩個主要的描寫對象〉，《文藝批評集》（上海市：神州國光社，1930年5月）。收入《阿英全集》（合肥市：安徽教育出版社，2003年），卷1，頁410。

者的鮮血寄予了深沉的憐憫，並以對帝國主義卑劣嘴臉的揭露來結束
全篇：

> 最後他的胸口忽沉重的動了動，他睜了睜眼，似乎他還看見身
> 邊那一隊得著勝利凱旋的英兵，露出慘怖的笑容望著他，用腳
> 蹴他。
> 「See Here lay a died small animal!」他永永聽到這句話帶嘲的
> 聲音，永永的藏在他靈魂的內部，一直到——[85]

　　對弱者生存處境的同情和對英人兇殘嘴臉的刻畫在〈船夫丁福〉
中得到更大發展，體現在船夫丁福所受的非人虐待中。身體上和精神
上的侮辱給了丁福莫大的刺激，他決定逃跑，但終被英人殘害，拋屍
江上，他遠方的妻兒翹首盼來的只是一個淒慘的噩耗。可見，當外侵
來犯、國家與個體遭受雙重苦難的時候，即使是小人物和弱者，也一
樣會選擇反抗——哪怕死亡，也要捍衛作為一個人的權利和整個國家
的尊嚴。這種悲劇性精神也同樣體現在小說《懦怯者》中，一個內爭
戰場上的懦怯者卻在抵抗外侵的戰場上英勇獻身，以他的血氣表白了
愛國心。
　　其次是青年學生的形象。
　　「五卅事件」的導火線是工人與帝國主義資本家的衝突，但慘案
卻是以學生為主體的。這不僅僅是一個參與者的問題，還關涉到近現
代中國知識界及知識分子群體的變化。隨著一九〇五年科舉考試的廢
除，軍人、工商業者等新興集團呈現崛起之勢，知識分子已經不再是
社會的中心。正如余英時所說，知識分子在現代中國面臨著「邊緣

---

85 黎錦明：〈店徒阿桂〉，《晨報副鐫》第1215號（1925年6月28日）。

化」[86]的處境。羅志田則進一步指出,在知識分子「邊緣化」的同時,另一些邊緣知識分子也在逐漸興起,比如學生集團[87]。誠然,回顧中國近現代的歷程可以發現,許多重大的歷史政治事件中都有學生集團積極的身影,而他們也成為了社會各種政治勢力爭取的對象。「五卅事件」也不例外,學生們群情激昂、積極參與。然而,大量學生的自發參與所導向的直接後果則是大量學生的犧牲。正如顧明道在〈淚花血果〉中所說,「首先犧牲的當然是學生」[88]。是這些愛國青年的勇氣震動了全國,是他們無辜的鮮血警醒了癡夢裡的中國。

國存是讀書的基本前提,在當時的時局之下,青年們熱血沸騰、義憤填膺,及至有些衝動言行都是可以理解並令人起敬的,如楊邨人所說:「我們萬分敬佩這次滬案中的上海男女同學們。你看呀,他們的精神何等的勇敢,他們的態度何等的嚴重!他們只知道抵抗強權,他們只知道一個犧牲,他們不知道什麼是性命。他們為正義而死,他們為愛國而死,他們的肉體雖然死,他們的精神永留在人間!同學們呀!『當仁不讓,見義勇為』,我們起起起,起來援助呵!要知道:亡國奴如喪家狗,國亡之後,讀書也無用處呵!」[89]他發表在《晨報副刊》上的〈女健者〉以紀實筆法刻畫了慘案當日學生們四處奔走、遊行抗議以及與巡捕周旋的景象,通過勇敢的女學生形象帶給讀者身臨其境的震撼之感。

與〈女健者〉不同,《小說世界》上的三個短篇〈愛兒〉、〈慘怖之日〉和〈淚花血果〉並不試圖再現慘案過程,也不以事發地點為故

---

86 余英時:〈中國知識分子的邊緣化〉,收入余氏:《中國知識分子論》(鄭州市:河南人民出版社,1997年)。

87 羅志田:〈近代中國社會權勢的轉移:知識分子的邊緣化與邊緣知識分子的興起〉,《開放時代》(1999年),第4期。

88 《小說世界》(愛國運動紀念專刊)卷11第1號(1925年7月3日)。

89 楊邨人:〈著於〈女健者〉文末〉,《晨報副鐫》第1221號(1925年7月9日)。

事背景，而是不約而同地從遇害學生親人的角度來看待這場慘劇。在
這些文本中，「學生」這一社會身份也體現為兒子、兄妹、愛人等具
有人情意味和家庭色彩的角色，使小說充滿痛失親人的悲傷感。值得
注意的是，雖然三個文本都在呈現「國」難對小「家」的傷害，但作
者情感與理智的天平仍然是偏向「國」的。同樣，具有人情特徵的兒
子、兄妹、愛人等身份最終也未取代「學生」這一被賦予了家國責任
感的社會角色。無論多麼悲慘的「家」的災難最終都因為愛「國」這
一理由而被消弭和昇華了。最典型的例子是程小青的〈愛兒〉。十八
歲的華競雄是華家獨子，在「五卅事件」中被巡捕打死，這對於華家
來說無疑於晴天霹靂。華母在聽到消息的剎那就暈過去了，眾人只得
瞞著患目疾在床的華父。小說一開頭就極力渲染悲涼感，將這個家庭
在突如其來的災難下的慘景描繪得逼真感人。隨著敘事的深入，因
「悲」而起的壓抑感越來越重，讓人在悲憫之餘也開始審視這場國家
事變帶給個體家庭的創傷。但到小說末尾，悲哀之氣卻一下子被一種
崇高、振奮的情懷所替換。已經知道真相的華父代替作者將個體、家
庭的災難上升到民族主義和愛國主義的層面：

> 「這分明是競兒的血，已把我們的國旗染了一染。」
> 「並且因他一人的死，也許可以使別的人們減少幾分做牛馬的
> 可能！這不是應當稱快的麼？」
> 「夫人，當二十年前，我國外交上恥辱的刺激，你和我不是親
> 愛的麼？因此，我常憂我們百年的時候，也許找不到一塊乾淨
> 的墓地！現在我們競兒的血，已把我們中華的土地洗了一洗，
> 至少也可以給我們留數尺的墓地！這不是也應當稱快的麼？」[90]

---

90 《小說世界》（愛國運動紀念專刊）卷11第1號（1925年7月3日）。

　　愛國主義的結尾固然是國難文學常用的方式，但讀罷這篇小說仍然使人不禁要問：是什麼讓華父堅信兒子的流血是值得、有意義的？為何一個失去獨子的家庭應當為了「國」的意義去「稱快」？為何作者要安插一個突兀的愛國主義的結尾，而不肯或不能將悲哀情緒延續到最後？

　　歷來，反思流血犧牲，反思學生愛國方式，反思個體生命價值與國家歷史使命之衝突的文字在國難環境下往往遭到埋沒或打壓。國難文學由此往往表現出千篇一律的呼喊愛國、歌頌犧牲的基調，缺少有獨立思想和反思精神的作品。從這個角度看，倒是〈店徒阿桂〉有可圈點之處。因為作者不僅寫了阿桂無辜送命的場景，還細緻描寫了他不由自主地被捲入遊行隊伍的過程：

> 他一面走一面後顧，因為人眾和隊伍是迎他來的；他只想發覺他們的目的地和集合的地點。可是步伐遲緩了，差不多豪沒有進行，不覺間反轉向後來——跟著人眾一同走，口裡也只是亂嚷，——和他們一同嚷。他現在群眾化了。彷彿他憑空來了一個和他百死莫？的仇敵，使他滿腔充滿了憤慨與悲哀。
> 「打倒帝國主義！……收回租界！」他和人眾一同嚷，往前面只？去，可是越擠便越擠縫不開，四圍的人眾把他壓在腰脅底下使他連吸氣也費工夫。
> 「打——打——打倒……收回……」他還是亂喚，以為大敵就在前面，四圍都是他的朋友兄弟們，在一同抗拒。[91]

　　作者的筆調是冷峻的。對國家局勢毫不知情的阿桂在「不覺間」

---

91 《晨報副鐫》第1215號（1925年6月28日）。

被捲入革命浪潮，並在「不覺間」送命。站在普通群眾的角度看，集
體主義力量和「革命」、「愛國」話語在很多時候是充滿危險的。在集
體的激情之下，個體的理性很難得到理解和支持，最普遍的結果就是
個體的聲音被群聲淹沒或同化。對沒有文化，不諳時事的老百姓而
言，一個響亮、崇高的口號或是一場眾人的轟轟烈烈的遊行就能讓他
們熱血澎湃，自願跟隨甚至犧牲性命。雖然〈店徒阿桂〉毫無例外地
也有一個標準的反帝愛國的結尾，但對於阿桂無意識地跟隨遊行隊伍
的細緻描寫卻透露了作者在愛國主義主流聲音之外的一點個人質疑與
反思。至於青年在國難之際的責任問題以及需要什麼樣的國民問題
（個人主義的／具有犧牲精神的）則在國難日甚的三〇年代成為知識
界普遍關注的話題。當時，形成了以《大公報》為核心，包含《獨立
評論》、《時代公論》等刊物的輿論媒介，社會各界精英紛紛對此問題
發表了自己的見解。[92]

　　從小說的文體形式上看，五卅國難小說的特點，就是出現了一些
寓言性、幻想性作品。如〈五月辍舞記〉、〈槍口的故事〉和〈兩兄
弟〉等。

　　〈槍口的故事〉假託小槍口的口吻譴責了英國捕頭濫殺無辜的殘
暴。「慈和」的小槍口的主人是「一個陰森的人物，喜歡用頭腦想著
用槍打著人的事……」[93]。小槍口是忠實於主人的，但對主人陰森的
想法感到非常憂慮。還沒來得及勸說主人，小槍口就被架到主人肩
上，它最不願意看到的事情發生了。主人有罪，小槍口卻無能為力。
全文在小槍口的憤怒和無助中收筆。同樣是抨擊帝國主義行徑，同樣

---

92 馮峰：〈「國難」與「造國」：思想界的國家意識〉，《「國難」之際的思想界——1930
　　年代中國政治出路的思想論爭》（西安市：三秦出版社，2007年），第二章。

93 《小說月報》卷16第7期（1925年7月）。

是呼喚和平、反對暴力，但在眾多國難文學中，這篇短文尤其感人。寓言體裁的恰當運用使得國難文學的寫作更加血肉豐滿、形象逼真。

　　自「五卅慘案」發生以來，關於「公理」與「強權」的話題再次成為人們關注的焦點。胡寄塵的〈兩兄弟〉以寓言的形式對此問題做出了簡單明瞭而極具說服力的闡釋。作者寫「強權」和「公理」同是一個農夫的兒子，在農夫死後分了家。「強權」分得貧瘠的土地，「公理」分得肥美的。若干年後，他們各自的子孫已經不知道同是一個祖宗，於是「強權」「利用他擅場[94]的工商政策來侵略公理的生計。他的工廠和商場布滿了公理的土地，公理不得不俯首聽他的命令。不然他就用兵力來壓迫了。」顯然，這裡是在隱射當時強權壓倒了公理的現實。隨後，「強權」逐步意識到缺少「公理」自己也不能存活的道理。「他們一旦失了公理的互助，就立刻起了恐慌。不得已只好改變了他們侵略的政策，用友誼的態度和公理互助度日。」長期互助的結果就是，「強權把一切欺人的手段都拋棄了，把以前所訂一切的不平的條約都取消了……從此公理與強權就變了好朋友。強權因為改變了政策，也覺得強權二字不好，索性把這兩個字不要了。也就改稱公理。」[95]公理改造了強權，最後世界上只存在公理。在國難當頭的時期，作者以想像表達了他對於公理必將戰勝強權的信念。通過寓言這種形象、直白的文體，作者不僅將自己認為正確的道理以輕鬆、愉快的方式講給讀者聽，而且還照顧到了兒童的閱讀和理解需求，讓關於「強權」與「公理」的複雜內容變得簡單易懂。從作者胡寄塵的生平來看，他確實是一個關注並熱衷於兒童文學創作的人，擅長兒童詩歌、童話創作，曾將當時譯述的〈大人國〉、〈小人國〉改寫為兒歌，

94　「擅場」：原文如此。
95　《小說世界》（愛國運動紀念專刊）卷11第1號（1925年7月3日）。

並編輯了《繪圖兒童詩歌》等。他寫的多篇小故事被收入《二十世紀中國名人兒童作品精選》。

除寓言性小說文體外，「五卅」國難小說中還有一些幻想小說和未來小說，如〈X〉、〈烈士之墓〉、〈血衣〉、〈幻夢〉等。在內容上，這類小說主要有兩種類型：以幻想形式寄託強國希望；借假想之未來寫當下之現實。前一類的代表作是〈幻夢〉，小說寫少年獨坐案前，讀著新聞竟不覺入睡。夢中國勢一片大好：「軍閥合作對外；政府與英日絕交，凝聚力陡增；外族尊中華為聯盟國盟主；中華實業興旺、鐵路發達、礦產富饒。」[96]這個少年的幻夢實際上代表了國難時期無數中國人的憧憬。〈烈士之墓〉和〈血衣〉分別將故事發生時間設定在「五卅慘案」之後的第三年和第六年，以假想的未來場景來發抒對於當下「五卅事件」的認識。〈血衣〉沿襲了「紀念」、「追懷」的套路，〈烈士之墓〉則以「五卅」剛過不久烈士之墓就遭到中國人盜竊和英人毀掘的故事表達了作者對於國民反帝愛國「五分鐘熱情」的擔憂。素有「戲劇喜劇大師」之稱的徐卓呆寫起小說來也很有趣味。他的未來小說〈X〉以獨一無二的構思表現了他在文學上的創造力和滿腔愛國熱情。小說敘述了在 X 年，英國利物浦華租界中發生的一場大風潮：

> 其時利物浦華租界中對待主人翁的英國人頗不平等。真把英國人當作奴隸看待。華租界內最不平等的，是英國人有納稅權而無選舉權。此外種種虐待英人的地方也一言難盡。小而言之，租界的公園中不許英國人出入，也是一種很不應該的事。總之那時的中國人，已退化到野蠻時代，所以一切只講強權，不明

---

96 《學生文藝叢刊》卷3第7集（1926年9月）。

公理。……那知學生愈來愈多，中國人到此他的惡劣脾氣要放
出來了。……便命手下巡捕，開放一排排槍。居然那些手無寸
鐵的英國學生，死了許多。其餘的都逃散了。中國人一想，一
不做，二不休，索性弄些武裝的中國商團，借保護華人生命財
產為由，在各處尋事，見路上有英國人行走，便把刺刀去亂
刺。……[97]

讀者一看就知道，徐卓呆的這篇小說通過簡單的角色對換和想像
加工，其實意在反諷「五卅事件」中禽獸一般的英國人。寫「不肖子
孫」的野蠻行徑，其實處處是再現「五卅」事實，處處是在揭露英國
人殘暴的醜態。從正面暴露英人作為的國難作品可謂多矣，但這篇小
說從反面加以譏諷，使文字頓生一種充滿智慧的趣味性。作者在
「按」裡寫到：「這小說尚未完結。因為作者對英國人頗表同情。憤
恨自己子孫如此不肖，行同禽獸，不講人道。所以氣得擱筆了。」看
到這裡，讀者在會心笑過之後，自然更生發出對作者憤然擱筆的強烈
共鳴。

小說敘事角度的更新與變化，是「五卅」國難小說在藝術表現上
的一個突出特點。

所謂敘事角度的變化，就是由被損害的中國人的角度，轉換為外
國帝國主義加害者的角度。上述的國難文學都是站在中國人的立場，
以遭受帝國主義摧殘的中國人視角來敘述國難，抨擊強權。而刊登於
《創造月刊》第二卷第一、二號上的兩個短篇〈帝國的榮光〉和〈一
封英兵遺落的信〉則提供了以帝國主義者的眼睛來審視國家衝突的新
角度。這兩篇小說不約而同地借用了「外國兵士」這一身份來進行換

---

97 《小說世界》（愛國運動紀念專刊）卷11第1號（1925年7月3日）。

位敘述。這是因為外籍士兵是帝國主義政策的直接執行者，也是中國民眾在國難環境下直接接觸的對象，所以他們對中國的政治野心、霸權行徑更為了解，同時對被凌辱國家的民生真相也更有發言權，是作家在進行換位創作時容易首先想到的角色。

鄭伯奇的〈帝國的榮光〉敘述了一九二六年被派遣到上海的 M 軍艦兵士山下次郎的所見所聞。在中國，他非但沒有看到國內資本家政府所宣傳的支那人的惡毒，反倒看到了日本兵對普通百姓的野蠻盤查。與芳枝小姐的接觸更引發了他對自己所幹的事業和所崇奉的「帝國的榮光」的質疑：

> ——是的，我們是為維持發揚「帝國的榮光」來的。但是究竟什麼是「帝國的榮光」呢？我現在警備 café Sakura，我保護著芳枝等等讓英美的軍官去嫖，那是「帝國的榮光」麼？那麼「帝國的榮光」簡直是我的不榮光，是我的苦痛，是我的仇敵！在街上檢查「支那人」的行李，那算「帝國的榮光」麼？那算是無聊，那算是滑稽。保護那位偷運嗎啡的紳士是「帝國的榮光」麼？也許是的。也許「帝國的榮光」就是要保護那些變相強盜的。那麼，呸！滾你的，什麼「帝國的榮光」。
> 想到這裡，他陡然覺得心地開爽了許多。他覺得今天才自己明白了，他覺得要是給芳枝把這道理講了，飽嘗了苦痛的她，一定是很能理解的。
> 想到這裡，他覺得確實有一道光明在眼前。他自己先高興起來了。新的興奮又充滿了他的全身。[98]

---

98 《創造月刊》卷2第1號（1928年8月10日）。

　　根據山下的徹悟，這裡的這道「光明」自然指的是「社會主義」。他又高興、興奮起來了，他準備再次戰鬥。文章雖然到此結束，但結尾部分這個「棄暗投明」的典型寫法讓讀者並不難猜測後面的故事：他看透資本主義社會的罪孽，積極投身社會主義革命，幫助中國受苦受難的民眾，甚至影響更多的日本人覺醒於帝國主義的深淵，云云。從山下在社會信仰上的這個急轉彎以及小說的結尾方式中可以見出，這篇小說在以換位角度給國難文學的創作增添了一些新意的同時，也將我們引向了另一類文學。在此，對這類文學先按下不表，來接著看另一篇換位小說。

　　段可情的〈一封英兵遺落的信〉講述作者在一個廢棄的臨時兵營撿到一封「完整沒有貼郵票」的信，便拆開來，在朋友和字典的說明下讀了這封英兵的信。在這封寫給媽媽的信裡，這個英兵「我」敘述了自從他到上海執行任務以來的各種觀感。和〈帝國的榮光〉裡的山下次郎相似，「我」也是受了英國愛國宣傳的鼓動，帶著一種文明人對野蠻人特有的優越感和使命感來到中國的。但是「我」親眼看到的並非英國愛國教育中那個野蠻、暴戾的黃色種群，而是一個溫文爾雅的文明古國。「我」是一個有人道主義關懷的士兵，在中國坐人力車會多給錢，被派去擔任防務的時候會覺得窘迫，因為長官的命令不得不遵守，而他又絕不忍心「去打死那些可憐而無辜的中國人」。「若是真要開槍去打殺一個中國人，那嗎好像一顆子彈打中自己的心一樣的難過」，在心理上「我」是和這些「下層支那人」平等的，「我們」都是受壓迫的下層階級。所以，「我」在信中強烈地流露著各國無產階級團結抗爭的意願：「使他們脫離羈絆後，我們才能回到我們安樂的家庭，並且還要聯合世界被壓迫的階級，共同努力，去打倒壓迫階級後，我們才能永遠享受和平而免去戰爭。」「我」的階級覺悟非常高，但奇怪的是，在行動上卻沒有任何表示，而且在部隊結束了南華

的戰事之後，還將繼續北上戰鬥。「我」只是一個勁兒地告訴母親：
「我希望我們能早些離開中國，因為我再不願看見中國的人民，依然
在幾層壓迫之下生活著。也許北方的戰事能早些結束，那麼在今年冬
季，就能與我親愛的媽媽見面了。」[99]可見，這種「棄暗投明」仍然
是在觀念領域進行的，和〈帝國的榮光〉一樣，對於「後事」讀者只
能想像。

　　現在回到前面提及的「另一類文學」的問題。〈帝國的榮光〉寫
主人公頓悟「社會主義」這條光明前程，〈一封英兵遺落的信〉則因
為遍布的「階級」話語沖淡了「反帝」色彩而加重了階級鬥爭的傾
向。這不禁讓人要問，兩篇小說是純粹反映國難，控訴帝國主義的國
難文學呢，還是為某種階級意識和革命目標服務的階級文學？兩篇小
說發表於一九二八年八月和九月，在這一年有一件文壇大事，那就是
從年初開始的對「無產階級革命文學」的宣導。刊登兩文的《創造月
刊》正是「無產階級革命文學」理論建設和創作實踐的大本營。在論
戰漸入高潮時，鄭伯奇曾指出，一九二八年的中國文壇有兩個最引人
注目同時也是很可喜的現象，一是「新刊物的簇生」，二是「關於革
命文學的全文壇的論戰」[100]。這個敏銳意識到文學政治立場和刊物話
語權威之間的微妙關係的革命文學家，以《創造月刊》為營地登載了
多篇「革命文學」的議論和創作，〈帝國的榮光〉就是其中之一。段
可情一九二六年八月來到上海，開始與成仿吾、郁達夫、鄭伯奇、蔣
光慈等一起參加創造社的革命文學活動（相關敘述可見黃藥眠教授回
憶錄），他也是《創造月刊》的主要撰稿人之一，〈一封英兵遺落的
信〉非常明顯地表達了無產階級革命的聲音。站在「無產階級革命文

99　《創造月刊》卷2第2號（1928年9月10日）。

100　何大白（鄭伯奇）：〈文壇的五月──文藝時評〉，《創造月刊》卷2第1期（1928年8
　　月10日）。

學」的角度再來審視這兩篇小說的藝術特色，則會發現，無論是「棄暗投明」的設計，還是主人公思想覺悟的突變，或是人道主義和無產階級的溫情，都是「革命文學」的慣用手法，在某種意義上也可以說是通病。所以，它們不過是無數程序化的「革命文學」中並無新意的兩篇，在藝術特色上要大打折扣。之所以將這兩篇收入「國難文學」，是因為它們離「五卅」系列事件不遠，而且文章中涉及了南京事變以及中國民眾反對帝國主義的情感和運動。同類的將反帝愛國內容與工人、農民的無產階級鬥爭熔於一爐的小說也見於刊登在《拓荒者》（一九三〇年中共領導和支持下的中國左翼作家聯盟機關刊物）上的〈劫場的洗禮〉、〈一月十三〉、〈潭子灣的故事〉等多篇。這一時期的這些創作體現了在特殊的時代背景（國難與階級革命並存）之下，民族立場、國家立場和階級立場、黨派立場在文學創作中的複雜交織。

三　戲劇文學的現實性與先鋒性

援引洪深在《新文學大系導論集・現代戲劇導論》中的說法，民國十四年（即1925年）發生了兩件對中國戲劇運動而言至關重要的大事，一是北京美術專門學校添設戲劇系，一是戲劇行業之外震動整個中國的「五卅慘案」的發生。「許多文人，因為這次事變，態度都轉得更加積極了」[101]。洪深特別舉了郭沫若的例子，郭談到：「突然之間驚天動地地發生了去年的五卅慘案！……我平生容易激動的心血，這時真是遏勒不住，我幾次想衝上前去把西捕頭的手槍奪來把他們打

---

101 洪深：〈現代戲劇導論〉，收入蔡元培等著：《中國新文學大系導論集》（上海市：良友復興圖書印刷公司，1940年），頁324。

死。這個意想不消說是沒有決行得起來，但是實現在我的《聶嫈》的
史劇裡了。我時常對人說：沒有五卅慘案的時候，我的《聶嫈》的悲
劇不會產生，但這是怎樣的一個血淋淋的紀念品嘞！……我的劇本是
在五卅潮中草成，而使我的劇本更能在五卅潮中上演，以救濟我們第
一戰線上的勇士，這在作家的我自己，豈不是比誰也還要更受感發的
麼！」[102]郭沫若的話說出了當時很多劇作家的心聲：戲劇幫他們實現
了在現實環境下難以達成的願望，「五卅事件」的突發不僅帶給死寂
的創作界以震撼的題材，而且推動了書齋劇、案頭劇的舞臺化，給當
時的話劇創作和表演注入了一枚強心劑。郭沫若借歷史題材創作的
《聶嫈》文學性和表演性兼具，是國難戲劇創作的代表實例，不僅在
當時反響巨大，而且成為了中國戲劇史的經典篇目。[103]

「五卅」國難戲劇的突出特點之一，是能夠迅速反映現實的獨幕
劇創作的繁榮。

「五卅事件」發生之後，經濟幹練、便於操作的獨幕劇得到大量
作家的青睞，這一把「戲劇形式中的匕首」在特殊的時代語境下更顯
露出它銳利的鋒芒。相比「五卅」前期的探索，這個時期的獨幕劇無
論在量上還是質上都取得了不小的進步。主要作品有：陳寒玉《最後
的安慰》、俠客與漱林《抵制仇貨》、先啟《廣州慘劇》、鳳漢《林大
人》、程傑峰《慘……》、鄭伯奇《抗爭》等。

《最後的安慰》和《慘……》都是通過表現青年學生之死來渲染
國難慘景，以痛失親人的噩耗聲淚俱下地譴責帝國主義的野蠻行徑。
在場景安排上，兩劇充分體現了獨幕劇「精簡」的原則，分別以「上
海某醫院」和「中等人家的廳裡」為故事發生地，布景、道具簡單，

---

102 郭沫若：《三個叛逆的女性‧後序》（光華書局），頁29，轉引自蔡元培等著：《中
　　國新文學大系導論集》（上海市：良友復興圖書印刷公司，1940年），頁354-355。
103 鑒於《聶嫈》劇本易得，且相關研究較為深入，故在此略而不論。

上場人物僅只五人。陳寒玉以慣有的溫情筆觸描寫了愛國青年秦克歐因「五卅事件」受傷去世的過程。父親、老師、愛人、醫生、護士以及所有的讀者和觀眾陪伴了他的死亡，也接受了一次愛國主義的崇高洗禮。秦克歐走了，醫院裡空留悲切的「慘呼聲」。在短劇《慘……》中也是如此，十八九歲的兒子因愛國送命了，這等噩耗怎能不讓五十多歲的母親「哇的哭倒了」？！在《慘……》中作者用了大量篇幅鋪敘老母親等待兒子歸學的急切和興奮，但到頭來卻是一紙死訊，如此反差怎能不令人悲從中來！

　　雖然《最後的安慰》和《慘……》在結構和內容上並無特別之處，但兩者卻同時以不同方式體現了劇作家對於話劇「表演性」、「可看性」的重視。在《最後的安慰》中這主要體現為幕開、幕閉的設計：

> 布景——一間單人病房，房中光線幽淡。——窗外風雨蕭蕭。——房裡一鐵床，一桌，一櫥，兩椅。桌上一瓶滿盛顏色素淡的鮮花。
> 幕啟——秦克歐靜睡床上，頭縛白綳帶，身蓋薄被，兩手露被外。醫生，秦父，棣華，教長，同學，看護婦等，都站在克歐床前。醫生以寒暑表量克歐熱度。量畢，搖頭微唔，站起身來。
> ……

　　幕閉——這時幕中風雨聲哭聲雜起。霎時間從哭聲中驟起一種歌樂聲，將一切慘厲的聲音蓋去。歌樂聲復漸低，直歸靜寂。[104]
　　幕開和幕閉的設計雖然簡單，但卻借助道具、舞臺動作和背景音樂充分實現了對氛圍的營造，這說明作者在有意調和劇本和舞臺的關

係，達到了可讀與可看的雙重效果。以此劇為代表，五卅時期的國難
戲劇確實較之《當票》等前期戲劇在舞臺效果的探索方面更進一步
了。在《慘⋯⋯》中，作者對表演性的注重則體現在對一個小角色的
塑造上。阿茂是何家的僕人，且「有幾分神經病」，這齣傷情戲的前
半部分充滿了由他的插科打諢、瘋言瘋語而引起的歡笑。雖然阿茂這
一角色可有可無，而且設計上明顯帶有《當票》等早期話劇為了吸引
觀眾而片面追求「趣味性」的痕跡，但放在這齣戲裡，反倒因為前後
部分喜與悲的鮮明對照而增添了戲劇的感染力，加強了表演性和可
看性。

　　與《最後的安慰》和《慘⋯⋯》所代表的國難戲劇的悲劇主流不
同，載於一九二五年六月二十五日和七月七日的獨幕劇《抵制仇貨》
是一出國難境況下少見的喜劇。該劇寫英國男人和日本女人這一對資
本家夫婦在中國喪盡天良、醜事做絕，虐殺上海的無辜中國人不說，
還對前來抗議的工人、學生和商人粗暴相向，揚言要叫其政府再往上
海派兵，惹得廣大市民全方位罷工、罷市、罷課。當時全民罷工、抵
制英日商品的熱情確實非常高漲，就在發表〈抵制仇貨〉的當期，
《京報副刊》編輯部還特別刊出了一則〈徵集英日貨品的商標〉的告
示：「英日貨品商標，鄙人已著手搜集，惟耳目容有未周，遺漏在所
不免，熱心愛國之士，如有熟知英日貨品之商標，模繪或剪下，並加
說明賜寄者，深所欽感⋯⋯」[105]，其眾志成城、誓拒仇貨之心可謂真
切！在總罷工之後，自以為是的英日夫婦很快嘗到了苦頭。先是家裡
的廚子罷了工，只留下一張紙條：「英國鬼子，日本娼婦鑒：我們大
中華民國的工人，不願意為你們這宗毫無人類心肝的畜牲服務
了⋯⋯」。家裡的 Boy 和苦力都留下了同樣的字條罷工了，餓得兩人

105　《京報副刊》，1925年7月7日。

只得往市場上去買食物。誰知車夫和眾商人皆不合作，讓他們餓肚子還受盡了嘲弄。話劇這一部分寫得極為生動有趣，讓讀者在笑聲中痛快淋漓地發洩對帝國主義者的鄙夷。

> 英人　（捧腹大喊）快著給我一點吃的東西吧！要不然我就快餓死啦！（日女入）他們不給我食物吃，水喝，電燈，工作，交易……等一會兒，還怕要不給我空氣呼吸呢！（向觀眾）諸位，您瞧，這一般野人有多麼不講人道，有違我們的上帝——耶穌的好生之德的訓條呢！（繞臺亂轉，大呼）餓，吃東西！餓，吃東西！（忽見日兵在旁站立，向彼）你現在還有點吃的東西麼？
>
> 日兵　（掏出一排子彈來）只剩下這個玩意了。
>
> 英人　這個是準備給中國人吃的。你還有別的沒有？（日兵撅起嘴唇來示彼）那些紅的是什麼？
>
> 日兵　中國人的血。
>
> 英人　（走近日兵而舔其唇上的血）喂，這東西要弄一杯來喝，那好極啦！
>
> 日女　（走上，手中持盤承一破皮鞋上）我在廚屋內找遍了只剩下了這件唯一的食品。
>
> 英人　（哇）！我乃是高傲的大不列顛人，焉能去啃破皮鞋呢？！你莫非故意和我開玩笑嗎？你自己去啃好啦！（以鞋猛擊日女，日女畏避。）
>
> 日女　軍隊，快來救我！（三人全下）[106]

106　《京報副刊》，1925年6月25日及7月7日。

通過這種戲謔嘲諷的鬧劇方式，劇作家生動地暴露了英日帝國主義者的嗜血本性和狼狽下場。劇本結構緊湊、節奏歡快，戲劇語言誇張而不離現實，幽默而不失撻伐，讀來大快人心！如此流暢生動的劇本，如此兼備藝術諧趣和宣傳鼓舞作用的好本子，只可惜最後收於「未完」二字，再無下文。筆者亦未從別處收得有關此劇排演上臺的資料。

值得一提的是，鄭伯奇的獨幕劇《抗爭》雖不以「五卅」為題材，但取材於「五卅」之後洋人在上海一帶日益跋扈，中國民眾與外籍士兵關係日益緊張的背景，通過發生在一個咖啡店裡的外兵欺侮女招待的故事寄託了反對帝國主義的心願。洪深對此劇評價頗高，他認為《抗爭》是「十六年（即一九二七年──筆者注）的唯一的反映時代的戲劇」，「在這個劇本以前，還沒有人在戲劇裡，顯露出這樣直接的明白的反帝意識。」[107]從收集上來的國難戲劇看，一九二七年確實只有鄭伯奇《抗爭》這一部，但說這是第一個明顯帶有反帝色彩的戲劇，則是失實的。

上述的獨幕劇，由於篇幅長度有限，對「五卅」國難現實反映是迅即的、斷面性的，與此同時，也出現了一些多幕劇，更為全面的反映了五卅國難的全貌。這當中，內容最完整，創作最成熟的要數何一公的三幕劇《上海慘劇》了。

何一公，即何鴻烈，清華學生，曾擔任《清華周刊》總編輯、清華戲劇社社長，時人評價他「凡愛國運動，靡不參與」。他在一九二六年「三一八」慘案中受傷，同年十二月傷病復發去世。朱自清、曹雲祥、李惟果、孤特、畢樹棠、美籍教師 R. D. Jameson、吳其昌、李

---

107 洪深：《現代戲劇導論》，收入蔡元培等著：《中國新文學大系導論集》（上海市：良友復興圖書印刷公司，1940年），頁337。

健吾等都為他寫過紀念文章。何一公不但懷有滿腔愛國熱情，在文學創作方面也是一個奇才，享有「清華莎士比亞」之稱。這本《上海慘劇》[108]就頗顯其筆力。

全劇分為三幕，雖然沒有直接使用顧正紅等烈士的名字，但故事情節幾乎是「五卅事件」發展過程的完整重現。第一幕〈罷工風潮〉寫紗廠內的衝突，既刻畫了紗廠巡捕仗勢欺人的小人嘴臉，也清晰敘述了工人們因為與外國資本家交涉工錢一事而被棒打、槍擊的全過程。戲劇對日人、印捕的兇惡和對以老楊為代表的工人的正義勇敢做了對照式的描寫，通過精彩的戲劇動作使人對當時工廠內的緊張局勢有了直觀的認識。第二幕〈激動公憤〉寫第二日正午市民舉行罷市、罷工，並與英捕發生正面衝突。通過何一公之手，學生代表周楷具有了英雄一般的形象，讓讀者熱血沸騰。但坦白地說，筆者認為劇中描寫更讓人感覺周楷是一個沒有頭腦，空有熱情的激進分子，作為示威領袖來說他的危險性大於領導性。而且，在劇中，何一公將商人塑造為逃跑者的形象，這似乎也有些膚淺。從歷史上看，五卅運動中確實發生了多起商人與學生、工人之間的衝突，其「愛國態度」也似乎遠不及後兩個群體端正。那麼，我們應該如何看待這種現象呢？學者馮筱才曾談到，「在民國初年的民族主義運動中，商人往往表現出消極的態度和矛盾的性格。雖然我們可以發現商人民族主義意識的抬升，但是總的來看，商人在運動中多處於被動地位，其採取行動主要是為了避免更大的損失，以及保持一定的商業程序。」[109]「民族主義運動中，民眾各個階層的態度呈現出很大的不同。商人及有產者則多持保

---

108 《上海慘劇特刊》（1925年6月13-15日），第6期至第8期，連載於《京報副刊》第178-180號。

109 馮筱才：〈罷市與抵貨運動中的江浙商人──以「五四」、「五卅」為中心〉，《近代史研究》第1期（2003年）。

守態度，而不願因為運動影響其營業而遭受損失，當然亦有國貨廠商
等趁此大力發展者；一般青年學生由於沒有財產，也多未成家，所以
態度趨於激進……」[110]Hung-Ting Ku 在一篇討論五卅運動的論文中亦
注意到：也許商人並不缺乏「愛國主義」，關鍵是在他們在運動中遭
受最直接的損失時，並沒有得到相應的補償。這點正是商人與學生、
黨人意見分歧的根本所在。[111]可見，片面的以道德話語去責難商人的
表現實在有些脫離現實、空發高調。同時，馮筱才也指出學生之愛國
同樣存在「利益」因素：「其實對學生而言，利益亦是一個重要的考
慮。由於抵貨運動一般與自身利益關係不大，只需以熱情語言去演
說，所以參加者往往不惜一切，但如果運動牽涉到學生自身的利益，
那麼其態度可能亦會因此而動搖。如五卅運動期間，杭州廣濟醫校學
生曾以離校表示抵制。但到學校舉行畢業考試時，仍有不少學生去參
加。真正願意為了公共目的而拋棄自身利益的人畢竟不多。但是對商
人而言，抵貨運動則可能會令他們遭受嚴重的經濟損失，所以態度不
可能不再三慎重，而行動必然傾向於緩和。要求商人不顧一切，『私
利』為『國家』讓路，如何可能做到？」[112]所以，在口號和激情之
外，我們還應當顧及具體時代背景之下的現實，這對避免偏激性的文
學創作和文學批評都大有裨益。

---

110 馮筱才：〈近代中國歷史上的抵貨運動──以「五四」與「五卅」為例〉，《在商言
   商：政治變局中的江浙商人》（上海市：上海社會科學院出版社，2004年），頁217-
   266。

111 轉引自馮筱才：〈近代中國歷史上的抵貨運動：以「五四」與「五卅」為例〉，《在
   商言商：政治變局中的江浙商人》（上海市：上海社會科學院出版社，2004年），
   頁217-266。

112 馮筱才：〈近代中國歷史上的抵貨運動：以「五四」與「五卅」為例〉，《在商言
   商：政治變局中的江浙商人》（上海市：上海社會科學院出版社，2004年），頁217-
   266。

　　在第三幕〈槍殺學生〉中，作者寫了仁濟醫院裡受傷學生的死亡和老楊的再次被捕，全劇在「我們一定要報仇」的呼聲中結束，沉痛感人。總的來說，《上海慘劇》結構成熟，敘述沉穩，在舞臺效果、演員表演等方面均打點周詳，在重演歷史的同時給予讀者以戲劇藝術的獨特享受，是「五卅國難戲劇」裡成績優秀的一個劇本。當然，由於何一公自己還是一個在民族革命浪潮中激進的學子，他的一些不夠成熟的是非觀念和價值判斷也造成了劇本的一些粗淺之處，對此我們當區別看待、公允評價。

　　試圖對國難事件作全景實錄的劇作家還有田漢。《顧正紅之死》是田漢為紀念「五卅慘案」而準備創作的多幕劇《黃浦江》中的一場，寫於一九三一年五月，一九三三年二月收入《田漢戲曲集》第二集，僅此一場。除此之外，蔣先啟作於一九二五年七月的《廣州慘劇》也生動再現了「五卅」之後「沙基慘案」的發生過程，是歷史片段的珍貴記錄。

　　淩龍孫的三幕短劇《五卅底前夜》也比較有獨特性。這部作品在反思愛國方式，呼籲行動、戰鬥和流血的同時，也以其內容設計展示了新舊文學的交融過渡。在劇中，一美貌天使在愛國青年準備五卅紀念演說稿的夜晚翩然而至，此形式繼承了傳統文學中女仙、女鬼燈下陪讀書生的經典套路。但不同的是，此天使除了傳統意象中的真善美之外，更帶有新時代革命女將的丰采。她帶領青年去看荒郊上五卅烈士的屍體，去看南京路上未乾的鮮血，她以「神異」、軒昂的戰鬥姿態教導青年如何愛國：「你是愛國的青年，你是救國的志士。你說：『宣傳就是救國』；哦，僅僅的，就算救國？他們的眼兒，不會閉起；他們的血痕，更不會洗淨！」[113]。舊形式整合新思想，這個劇本

---

113 《上海民國日報副刊・覺悟》，1926年5月31日。

很好地體現了二十年代舊文學向新文學的漸變。

　　此時期有些國難戲劇作品，將民族鬥爭和家庭鬥爭結合起來而形成了自己的特色。代表劇本有鎮江敏成學校成昌戊的《愛國男兒》和熊佛西的名篇《一片愛國心》。前者鼓勵有志青年衝破舊式家庭的阻礙勇敢追求革命宏願，後者則表現了特殊歷史背景下多國籍家庭在「小家」與「大家」之間艱難的利益平衡。《一片愛國心》是熊佛西多幕劇的代表作，比起早年的獨幕劇《當票》確實有了巨大的進步，問世之後反響空前。後文將提及的發表於一九三〇年，以中東鐵路事件為背景的《中東血》就是對《一片愛國心》的仿作，在人物關係和衝突設計等方面非常類似。

　　還有劇本借歷史題材反映現實，表達對時政的看法。其中，鳳漢的《林大人》是此期國難戲劇中唯一一篇呼喚強有力的政府和領導者的作品。作者通過虛構林則徐去職兩廣總督十幾年之後，發生在上海外國居留地裡的英兵仗勢欺人的故事來影射當時時局的倒退和政府的軟弱。「林大人在的時候，外國人來見他，只敢立著，叫他坐才敢坐呢。林大人去了以後，我還在總督衙門裡；後來我就氣得走掉了。但是那時外國人來，總督卻低首下氣，請他上面坐。總督不是一樣的嗎？如若像林大人一樣的利害，爭一口氣，外國人誰敢欺侮我們？現在到了這個地步，不是中國人自己不爭氣，自己找來的麼？」[114]作者憤懣填膺，以致在劇終發出了祈求林大人幽靈現身，救助國難的呼號。一九二〇年代，軍閥當道，外侵逼近，政局混亂，在無數的「革命」、「鬥爭」、「流血」之聲中，這部短劇卻能冷靜反思政府的孱弱倒退，著實體現了作者憂國憂民的赤誠。發表《林大人》的刊物《清華文藝》是「每期一百來頁、連成本都不能回收的純文學刊物」，一九

114　《清華文藝》卷1第1期（1925年9月）。

二五年出版四期，一九二六年停辦。「總編輯羅暟嵐在一九二五年的最末一期（365期）《清華周刊》上發表《停辦下年《清華文藝》》的文章，用諷刺的筆調闡述（停辦——筆者注）原因：一是為了節省經費，二是為了提倡道德，三是為了合乎環境。他還負氣地勸下一任總編輯停辦文學藝術副刊，可以去辦《清華洋錢》、《清華發財》等副刊。」[115]可見，當時出版校園刊物和搭建純文學平臺確實很艱辛，而能夠在喧鬧時境下保持作者鳳漢一樣的冷靜頭腦者，也著實難能可貴。

上述的國難戲劇，基本上屬於傳統的寫實劇的範疇。而北大學子孫景章發表於一九二五年七月二日《京報副刊》上的劇本《請願》則呈現出現代派的異色，為「五卅」國難戲劇文學增添了先鋒派戲劇的異色。

《請願》全劇只有兩百字左右，卻深得西方現代派戲劇「精簡」的精髓，「在極其有限的時間容量裡，通過簡單的臺詞，急速的動作，把眾多的感覺、觀念和事實經緯交織，融為一體。」[116]意大利未來主義戲劇的代表人物馬利奈蒂曾在〈未來主義戲劇宣言〉中說：「我們不可不作一場或二場就完，或兩三分鐘就完的劇，以代千篇一律的喜劇，或非演出兩三個鐘頭不完的悲劇，或最後熱鬧地叫嚷一陣然後閉幕的笑劇。我們要把歷史的演劇術之根本的時間、場所、行為的三一法打破，欲矯正那種從心理之經過直到總末的長劇的緩慢，而反抗劇的事實，曬曝到客觀跟前。」[117]他的短劇像《他們來了》只有三句臺詞，五六百字，沒有劇情和衝突。有名的《只有一條狗》也只

115 張玲霞：《清華校園文學論稿，1911-1949》（北京市：清華大學出版社，2002年），頁63。

116 呂同六：〈意大利未來主義試論〉，《未來主義、超現實主義、魔幻現實主義》（北京市：中國社會科學出版社，1987年）。

117 趙樂珏、車成安、王林：《西方現代派文學與藝術》（長春市：時代文藝出版社，1986年），頁159。

有兩句話：「幕啟，一條街，黑夜，冷清得一個人也沒有。一條狗，慢慢地走過這條街。——幕落」。相比之下，《請願》倒沒有這麼抽象和反傳統，戲劇寫了請願代表四人在官署提交請願呈文的事情。

> ……
>
> 當局　　（徐徐走出，）諸位熱心愛國，殊可欽佩。請將呈文留下，今天請安心回去。此事鄙人已拿定主意堅持到底。（堅持到底四字說得很響。）
>
> 代表等　　（認為滿意，立起，文呈交，將出。）謹將鈞意報告同來諸君。同人等誓以死力作外交後盾。
>
> 當局　　（起立送客）鄙人也具同情，誓以去×爭，請轉告外面諸位，鄙人一定堅持到底。（代表下，閉幕）
>
> 全劇的結尾是：
>
> 第二幕第三幕……直到第無窮幕，均和第一幕相同，每次閉幕時，都聽見「堅持到底」的聲音。

從臺詞、動作和結構看，《請願》是一部認真模仿西方未來派的戲劇，「堅持到底」這句反覆重複、煞有介事的臺詞和《他們來了》以及《只有一條狗》的設計相似，以直白簡單的方式寄寓多種理解的可能。孫景章本人沒有任何關於此劇的解說，那麼，對它的理解和眾多未來派戲劇一樣，是開放型的。觀眾既可以認為此劇在預言中國國事的無休無止，或是認為在諷刺當局的只承諾、不做事，或者認為其反映了群眾與上層的齊心，等等。

該劇雖然明顯模仿西方未來派，但仍然未超出「中國式現代派」的範圍，最突出的證據就是其「現實性」。《請願》雖然在結構和觀念上有所創新，但整個模式還是現實主義的：不單取材於國難環境下的

現實，人物身份、角色關係也都是現實性的，而且還帶有「情節劇」的部分特點。這些方面再次證明了當時中國沒有真正意義上的現代派，有的只是「中國本土現代派」，也就是現代派與現實主義的雜糅。

綜上所述，一九二〇年代在中國國難文學史上是豐富多彩的、豐收的十年。

從各類體裁來看，此期國難詩歌的創作數量最大，品質上也比較整齊，無論是舊體詩還是新詩均有在形式和內容方面上乘的作品出現。國難散文成績不算突出，但也留下了諸如《五月卅一日急雨中》這樣在中國散文史上的經典之作。由於國難的刺激，自晚清以來力倡的小說的社會現實功能在此期獲得了長足發展。雖然一些小說在結構、人物和情節衝突上還很幼稚，但它們真實再現了中國小說回應時代要求的歷史軌跡，是珍貴的文學遺產。話劇雖然是舶來品，但和國難主題的結合使這次西風東漸變得更加容易操作，並且，在大量現實主義的國難話劇中還出現了《請願》這樣的現代派國難戲劇，是對西風「本土化」的又一次精彩闡釋。在四大文學體裁之外，音樂作品和歌謠小調的創作也很充分地展現了其活力。總之，一九二〇年代緊承五四時期的白話文運動，可以說是中國新文學的操練期。這一時期的一系列國難事件的發生為新文學提供了可資利用的主題，由此而產生的「一九二〇年代國難文學」也體現著中國新文學的成長。

第七章
「九‧一八」國難文學

　　一九三一年九月十八日，日本侵略軍策劃和製造了「柳條湖事件」，並以此為藉口炮轟東北軍駐地北大營，強占瀋陽，製造了震驚中外的「九‧一八」事變。事變發生後，蔣介石國民政府實行「惟攘外必先安內，去腐乃能防蠹」[1]的不抵抗政策，致使東北地區迅速淪陷。日本侵略者隨後通過建立偽滿洲國政權開始了對中國東北的殖民統治。

　　「九‧一八」事變作為一次重大的國難事件，在災難本已深重的中國引起了強烈震動。文學上對「九‧一八」的反應也相當迅速，對「九‧一八」國難事件的描寫，對山河淪落的悲憤，對日本侵略的抗爭，對政府抵抗不力的指斥，通過各種媒介載體，包括報紙、期刊、書籍等出版物，也包括口頭承傳的文學形式，如民間小調等等，匯成了一股文學潮流。小說、詩歌（也包括譜了曲的歌詞）、戲劇（也包括評彈、大鼓詞等戲曲說唱樣式）、散文（文藝性散文及雜文），還有剛剛興起的「報告文學」，乃至通訊、回憶錄、傳記、日記等各種文學樣式及有一定文學性的文體，都對「九一‧八」國難做了多側面的描寫與反映。我們把這些作品稱之為「『九‧一八』國難文學」。從時間上看，「『九‧一八』國難文學」既包括反映一九三一年九月十八日夜日本侵略軍炮轟北大營占領瀋陽城這一事件的文學作品，也包括反映在這一事變的影響下，東北地區及全中國人民的反抗運動和生活景象的文學作品。

1　蔣介石電文，1931年7月23日。

第一節　報刊上的「九‧一八」事變

　　從一九二〇年代後期到一九三〇年代初期，中國的報刊業迅猛發展，種類較前更為豐富，讀者面空前擴大，這些報刊大都集中在以北京為中心的華北地區、以上海、南京為中心的長江三角洲地區，還有廣州地區。這些報刊不僅成為現代主要傳媒載體，更是現代文學的主要載體。「九‧一八」國難發生後，關內的各報刊大都做了不同程度的反應。

一　報紙上的「九‧一八」事變

　　從時效性上來看，首先報導「九‧一八」事變的是《大公報》、《中央日報》、《申報》等大報。例如，在一九三一年九月十九日的《大公報》要聞版上，刊登著：「據交通方面得到報告，昨夜十一時許，有某國兵在瀋陽演習夜戰，城內炮聲突起，居民頗不安。鐵路之老叉道口，亦有某國兵甚多，因此夜半應行通過該處之平吉火車，當時為慎重起見，亦未能開行雲。」此次報導是國內各報對「九‧一八」事變的最早報導。因「九‧一八」事變發生在十八日二十二時二十分，而日軍進攻瀋陽和長春是在十九日淩晨，日軍進攻後立即切斷關內的一切交通線，並因為當時的通訊條件有限，所以別的報紙沒有得到這條消息，國內各大報紙對此事件的報導一般都發表在二十日的報紙上。「九‧一八」事變發生之後，《大公報》在社評中強烈抗議日本帝國主義的侵略暴行，並譴責國民黨政府在日本問題上的遲滯：「往事如煙，不堪回首！國家今日受次奇辱，人民遭此奇劫，凡過去現在在政治上負責之人，歲自責亦無法謝國民，一筆誤國殃民帳，實已不堪算，不能算！而今日外患頻臨，兆民水火，國家人格被污盡，

民國名器被毀盡！」[2]事變發生三天之後，《大公報》總編兼總經理張季鸞召開會議，商討對策，確定了「明恥教戰」的編輯方針，確立了《大公報》的言論立場：「國家已到緊要關頭，報紙應負起鄭重責任。」[3]他多次撰寫時評，抗議日本帝國主義的侵略行經，斥責國民黨當局的誤國政策，其猛烈程度為該報「前所未有」。[4]報社曾派特派員陳紀瀅秘密入關，到已淪陷的東北報導日本軍鐵蹄下的實況。陳紀瀅為《大公報》寫出特稿〈東北勘察記〉，在當時引起轟動。

《中央日報》是國民黨黨報，在當時是最重要的報紙之一，有專門的文藝專欄「青白」。在「九‧一八」事變發生後，《中央日報》的「青白」專欄裡的文學作品開始涉及反日救亡的主題。一九三一年九月二十五的《中央日報》「青白」欄目中，出現了「徵求抗日救國文字啟示」：「倭奴的軍隊，已經侵占我們的東三省而進窺我國的內部了！在此國家興亡千鈞一髮之時，我們實在沒有閒工夫談文藝，我們要抗日！我們要救國！預備不日將《青白》停刊！專登抗日救國文字，朋友，請把你們的滿腔熱血寫成文字寄來，無論討論意見，或寫成小說，詩歌，均可，總之，止要能寫出你們的血！我們沒有不發表的，愛國的同胞，快快把稿子寄來吧！」[5]於是一九三一年九月二十七日起《中央日報》增闢「抗日救國專欄」，湧現出大量抗日救亡作品。《中央日報》還刊發了〈國難當前文藝界應有的任務〉[6]一文，強調了文藝在抗日救國中的重要作用「文藝的內在力，是時代精神的靈魂；文藝的外現面，是時代波濤的留痕。」「在中國，這個時候，是需要血與鐵的作品，這樣，才為認識時代，認識文藝，也才認識了自

2　〈望軍政各方大覺悟〉，《大公報》社評（1931年10月6日）。

3　曹世瑛：〈記愛國報人王芸生〉，《新聞春秋》（1999年），第1-2期。

4　《大公報》（天津市：1931年11月26日）。

5　〈徵求抗日救國文字啟示〉，《中央日報》（1931年9月25日）。

6　孔魯芹：〈國難當前文藝界應有的任務〉，《中央日報》（1931年10月12日）。

己，而且，這種有力量的民族性表現在偉大民族鬥爭中所衝激起來的情感的浪花，也就是我們集體化的文藝的新生命。」「出版界；文藝界：國難當前，不是風月類，頹唐派，或者其他空談定期看的時候了，趕緊地負起你們應負的任務來。」

《申報》也專闢「申報本埠增刊」，設立「青年園地」欄目，以文學發起抗日救國之大潮。關於「青年園地」中的內容，編輯要求「一，文字以關於青年問題之討論、國內外學校或學生之消息、隨筆。學校生活之隨筆描寫等為範圍，體裁不拘。二，圖書以關於青年問題者為限。」[7]這「青年問題」相當大一部分是關於青年抗日的，包括學生抗日運動、青年對國難的苦惱、憤恨情緒，以及青年對抗日的召喚。「青年園地」中登載了大量抗日文藝，包括詩歌、小說、歌曲、散文等多種文體。

《東方快報》是「九‧一八」事變後，由張學良將軍倡議、東北人士在北平創辦的報紙。其宗旨是：團結東北軍民，抗日救國，收復失地。該報創刊於一九三二年十二月二十四日，於一九三七年蘆溝橋事變半個月後停刊，前後歷時四年又八個月。其前身是《覆巢》報。一九三一年九月二十一日，「九‧一八」事變後的第三天，在北京西單奉天會館成立了東北民眾抗日救國會，東北人士、張學良將軍的秘書王卓然與救國會商議，創辦《覆巢》報，意思即是覆巢無完卵，以警世人。這份報紙專門刊登東北敵偽活動和義勇軍抗戰消息，資料由救國會供給，編輯由救國會委派。一九三二年五月五日，蔣介石與日本簽定《淞滬協定》，有人聲稱：「東北三省用武力收復固不可能，用外交收復也有困難。」還有人散布「三日亡國論」。這時張學良將軍指示將《覆巢》三日刊改為日報，擴大宣傳以進一步喚起民眾。於

7　「青年園地稿例」，《申報》（1931年10月15日）。

是，《覆巢》改版為《東方快報》。《東方快報》的副刊刊登了〈大夢〉、〈炸彈歌〉、〈蓮花落〉、〈難民自歎〉等膾炙人口的詩歌。這些詩歌反映了中國人民不畏強暴的愛國主義精神，藝術感染力較強，形象生動有力，喚起廣大民眾，尤其是東北中國人收復失地、抗戰到底的決心。《東方快報》及時關注民眾的抗日心理，在〈紀念「九一八」的一幕〉[8]這篇小說中，寫了某校的 L 生發起「九‧一八」午餐絕食與反對此事的 W 生的辯論，旨在給民眾抗日以正確的指引。《東方快報》還多次強調「九‧一八」事變對文學帶來的影響，呼籲文學家做出「轉變」。在一九三三年三月三日的〈獻給東北的文學家〉一文中，作者石光指出：「九一八在歷史上是一個極大的轉變，這個轉變，不但暗示了文學家以新的方向，並且明白的帶來許多文學上的新材料。」在同年二月二十四日的〈文學與國難〉一文中，作者真之提出：「『文學』！『國難』！要使他發生相當的關連！」，並用了岳飛、陸遊等人的詩做了說明。

此外，《北平晨報》也開闢「北晨學園」欄目宣傳抗日救亡，《九一八周報》、《矛盾月刊》、《民聲周報》、《大晚報國難特刊》等報紙在關注「九‧一八」事變方面也尤為突出。上述報紙刊登發表了大量抗日救亡的文藝作品，包括小說、詩歌、散文、戲劇等多種文學形式。其數量之多，甚至可以用「鋪天蓋地」來形容。這部分報紙上的文學作品，創作及時，順應了抗日需求，用文學所獨有的鼓動性激起了關外人民抗日救國的迫切心情，對抗日救亡運動的發展起了極大的宣傳、鼓舞作用。同時，也應當看到，在滿足了時效性的同時，這部分文學作品在文學藝術性上並不高，在今天看來其創作往往急就成篇、流於粗疏。

8　《東方快報》，1933年3月5日。

二 「九・一八」事變與文學期刊

對於「九・一八」事變的爆發，文學期刊雜誌也以各自的方式作出了反應。

所謂文學期刊，劉增人先生在〈現代文學期刊的景觀與研究歷史反顧〉一文中認為，「應該包括純文學期刊與『準』文學期刊兩大係列：純文學期刊指發表各體文學創作（小說、詩歌、散文、戲劇文學、電影文學等）、文學理論、文學批評、文學研究、文學譯介、民間文學、兒童文學等作品的期刊；『準』文學期刊主要指由文學家參與策劃、編輯、撰稿、發行的，開設專欄或以相當篇幅發表文學類作品的綜合性、文化類期刊，以及主要刊登書目、刊目、書評、刊評、讀書指導、讀書札記、出版消息等書評類刊物，摘登文化—文學類稿件的文摘類刊物。」[9] 據此，《北斗》、《光明》、《矛盾》、《文學月報》、《文藝新聞》、《文學》、《今代文藝》、《中流》、《七月》、《宇宙風》、《抗戰戲劇》、《現代文藝》、《大眾文藝》、《文藝月刊》、《東方文藝》、《烽火》等都屬於我們所說的文學期刊，並且都對「九・一八」國難作出了自己的反應。

其中，《矛盾》月刊在「九・一八」事變爆發後適時刊載了大量的戲劇劇本，如趙光濤的獨幕劇《敵人之吻》，袁牧之的多幕劇《鐵蹄下的蠕動》、多幕劇《東北女宿舍之一夜》等等。[10]《北斗》和《光明》也成為左翼作家們呼喚民眾起來抗日救亡、發表革命作品的陣地。還有一些文學期刊出了紀念專號，如：《文藝月刊》一九三八年九月十六日出版第二卷第三期「九・一八」專號，《讀書月刊》一九

---

9 劉增人：〈現代文學期刊的景觀與研究歷史反顧〉，《中國現代文學研究叢刊》第6期（2005年）。

10 《矛盾月刊》，1932年4月25日。

三一年十月十日第二卷第六期出版「反日運動特刊」,《文學月報》一九三二年十月十五日發表〈第二個「九一八」〉等有關「九‧一八」一周年的紀念專號,《戲》於一九三三年九月十五日出版「怒吼吧中國」特輯,《戰線》於一九三七年的「九‧一八」紀念日創刊於武漢(《大公報》的副刊),《大眾文藝》於一九四〇年九月十五日刊行「九‧一八」九周年紀念特輯。這部分作品以高度概括的手法,形象地再現了「九‧一八」事變的基本過程和當地愛國軍民奮勇抗擊日軍的鬥爭事蹟,反映了中國人民要求抗擊日本侵略者、要求收復失地、要求將入侵者逐出中國的強烈願望。

在「九‧一八」事變爆發之後相當長一段時期內,漠視國難的文學期刊也大量存在。例如《小說月報》、《文藝月刊》、《新月》、《當代文藝》、《青年界》、《現代》、《論語》、《人世間》等等。如存在十一年的《文藝月刊》,以抗戰爆發為界,分為前期和後期。它的前期即一九三七年抗戰爆發前的「月刊」時期,在左翼文藝運動蓬勃興起的情況下,以不談或少談政治,執著於藝術探求的面目出現,吸引著不同傾向的作者和讀者,以抵制革命文學的發展。前期的《文藝月刊》否定文藝的時代性和階級性,宣揚人性論和天才論,攻擊左翼文藝運動和蘇聯,說「文藝家所要求的,是忠於人性的描寫」,「文藝總是少數天才的制作」,「我們決不應該喪心病狂,把金盧布掩蓋了天真潔白的人格,不惜發掘自己的墳塋,把自己幾千年來,一大段民族的光榮史,輕輕撕去,反而崇奉宰殺自己兄弟姐妹的毒蛇猛獸,讓他們高踞在寶座之上」。[11]該刊的眾多撰稿人包括各方面作家和藝術家,既有原創造社、南國社(主要是摩登社)的某些成員,也有新月社的骨幹,

---

11 唐沅等編:《中國現代文學期刊目錄彙編》(天津市:天津人民出版,1988年),丙種,上卷,頁1051。

而更多的是被稱為「京派」和「現代派」的作家，其中有淩叔華、梁秋實、陳家夢、沈從文、卞之琳、何其芳、施蟄存、戴望舒等等。

在一九三七年抗日戰爭全面爆發以後，《文藝月刊》開始了「特刊」時期，成立了新編委會，刊物本身也多少反映了抗日民族統一戰線建立前後的新形勢，發表了不少傾向積極的表現抗戰內容的作品，一九三八年九月十六日出版過〈「九一八」專號〉，其主要發表的文學作品有詩歌、散文和劇本等。這一時期，郭沫若、茅盾、田漢、冼星海等左翼作家也參與到該刊的寫作中來。這一轉變是因為「蘆溝橋事變」爆發，抗日戰爭擴展到全國範圍內，大多數作家都自覺地把文學作為一種宣傳工具和鬥爭武器，自覺地履行以文學作品教育和發動民眾、揭露和打擊敵人的職責，投入到抗戰文藝運動和抗戰文學創作中，並以此作為自己參與抗戰的實際行動。這種文學觀念和文學追求方面的大致相同，使具有不同政治信仰、文學情趣和藝術風格的愛國作家，都自覺不自覺地加入到抗戰文藝運動行列中來。

在報導與反映「九‧一八」國難的文學期刊中，特別需要提到的是鄒韜奮的《生活》周刊和杜重遠的《新生》周刊。

鄒韜奮（1895-1944），名思潤，祖籍江西餘江，出生在福建永安，是一九三〇年代國民黨統治區掀起的抗日救亡運動中的領袖人物之一，也是抗日救亡運動的主要宣傳家，勇敢地號召人民「共同起來為著整個民族生存作殊死戰」。鄒韜奮先後主編《生活》周刊和《大眾生活》，分別成為當時發行量最大的刊物。《生活》周刊是一九二五年十月十日黃炎培在上海創辦的，最初是中華職業教育社的機關刊物。一九二六年鄒韜奮接辦後，刊物逐漸由以刊載職業教育資訊為主要內容的專業性雜誌，轉變為以反映和探討社會問題為主要內容的時事政治類綜合性雜誌，並因其對日本侵華的深刻剖析和揭露在讀者中享有盛譽。「九‧一八」事變後，《生活》周刊積極宣傳抗日救亡主

張，引導民眾投身抗日救亡運動。一九三三年《生活》被國民黨政府當局查禁，被迫停刊。《生活》周刊為「九‧一八」事變後的抗日救亡活動作了大量貢獻。首先，募捐勞軍，支前救護，「九‧一八」事變後，馬占山率部抗日，《生活》周刊曾發起酬款援馬活動。其次，支持學生的抗日救亡運動。一九三一年十二月五日，鄒韜奮在《生活》周刊上發表〈誰都沒有責備請願學生的資格〉一文，高度讚揚青年學生「純潔忠誠、大公無我」的精神。

杜重遠（1897-1943），名乾學，奉天省懷德縣（今吉林省）人，近代著名的愛國民主人士。一九三一年，「九‧一八」事變的爆發給杜重遠極大震動，他義無反顧地投入「東北民眾抗日救國會」，宣傳抗日救國的思想。「因為不甘心做日本帝國主義的順民」，他不久就放下自己的實業，到上海為鄒韜奮先生主編的《生活》周刊撰寫文章。一九三三年十二月，在國民黨當局以「言論反動、思想過激、誣謗黨國」的罪名封查了《生活》周刊之後，杜重遠於一九三四年二月在上海創辦《新生》周刊，自任主編。《新生》周刊從一九三四年二月十日創刊，到一九三五年六月二十二日被迫停刊，前後存在了不到一年半的時間，一共出版發行了二卷七十二期。《新生》周刊每逢星期六發行，每期二十頁左右，設有「老實話」、「專論」、「國際問題講話」、「時事問題講話」、「國外通信」、「雜文」、「一周大事日記」等二十多個欄目，圖文並茂。杜重遠先生在每一期上都撰寫一篇時論性的文章，置於卷首，作為固定的欄目「老實話」的專欄文章，在這個專欄中，杜重遠先生多次提及「九‧一八」事變，號召人民不忘國恥，奮起抗日，這些文章短小精悍，感情真摯，有很強感染力。《新生》周刊密切關注社會政治問題，深刻揭示日本帝國主義的侵略本質，號召人民群眾起來進行抗日救亡運動，因此深受廣大讀者喜愛，發行量很快突破了十萬份，成為當時銷售量最大、影響最廣的進步刊物之一。

　　杜重遠在《新生》周刊「發刊詞」中寫到：「九‧一八事變發生後，我瘋狂地東奔西走，呼號全國，聽過許多偉人的激昂演辭，看過無數青年的熱烈行動，馬將軍崛起於塞北，十九路軍抗戰於江南，抵貨啊，捐款啊，請願啊，總算熱鬧過一回，但是到了現在一切都已煙消雲散了，《華北協定》簽字了，抗日救國運動，都已偃旗息鼓了，連低微的長期抵抗的呼聲也聽不見了，偉人名流青年們，都照舊逍遙自在（自然這裡面也有少數是例外）。」[12]在《新生》周刊第一卷第三十二期的文章〈「九一八」三周年〉中，杜重遠先生提到，創辦《新生》周刊的目的是「希望借助文字力量，以達到抗日救國之目的。」

　　一九三五年五月四日出版的《新生》周刊第二卷第十五期上，刊載了署名易水的〈閒話皇帝〉一文，第二天上海的日文報紙在頭版發文稱《新生》周刊「侮辱天皇」，緊接著日本浪人和日本僑民為此進行示威遊行，形勢緊張。同年七月，國民黨反動當局為取悅日本帝國主義，強行下令取締《新生》周刊，同時將主編杜重遠逮捕入獄，並判刑一年零兩個月。杜重遠先生遭受不白之冤，在〈告別讀者諸君〉中悲憤地寫道：「××帝國主義用武力占據了東北，侵奪了華北，甚至支配了整個中國的政治，還覺得不爽氣，現在帝國主義的威力，卻打擊到我們這個小刊物的頭上來了。」「本刊為反帝而創辦，盡反帝的使命，現在又為反帝而犧牲，這犧牲是光榮的，我們所樂意的。」「本刊雖然被迫停刊了，我們雖然生活在一團漆黑的時代，但是我們的前途是光明的勝利。親愛的讀者諸君，請記住過去的屈辱，認定正確的路線，鼓起鬥爭的勇氣，擔當歷史的使命，讓後代的人們知道，最後勝利不是帝國主義，到底是屬於被壓迫人民啊。」[13]

---

12 杜重遠：〈發刊詞〉，《新生》周刊，卷1，第1期。
13 杜重遠：〈告別讀者諸君〉，《獄中雜感》（上海市：上海書店，1983年），頁178-180。

三　文學家對「九‧一八」事變的不同反應

面對「九‧一八」國難，首先是左翼陣營的作家們，發出了自己的最強音。

魯迅先生在一九三一年九月二十八日第二十九期的《文藝新聞》上就發表文章，痛訴日本帝國主義的侵略行為，號召人民起來反抗。魯迅先生把東北作家一個個推上了文壇，並使這個作家群逐漸壯大起來，成為左翼文學內部的一個獨立的流派。魯迅這時期的文學活動都是在強烈的民族危機意識中展開的，他極早地關注著東北作家的創作，體現的不僅僅是他的階級意識，更是他的民族意識。茅盾也發表文章〈我們必須創造的文藝作品〉[14]指出，「立在時代陣頭的作家應該負荷起時代所放在他們肩頭的使命」。這種使命，在那個年代，即是要「最低限度，必須藝術的表現一般民眾反帝國主義的勇猛；必須指出無論在東北事件在上海事件中，各帝國主義者朋比為奸向中國侵略，而因朋比為奸的各帝國主義對日對華的利害各有不同，所以他們的『球戰』至今尚未告終，……必須指出只有民眾的加緊反抗鬥爭，……然後可以打破帝國主義者共管中國的迷夢！」[15]茅盾呼籲作家們要「藝術的地去影響民眾，喚起民眾間更深一層的反帝國主義的民族革命運動」，認為這是民族對於作家的迫切的要求，是時代加於作家肩上的偉大的任務。

大批的左翼作家也正是這樣做的。瞿秋白、王統照、許玉諾、臧克家等等，都曾在東北淪陷前後去過東北，寫出了反映東北人民苦難生活的作品。瞿秋白的「蒙昧也人生！／靄時間浮光掠影。／曉涼涼

---

14 茅盾：〈我們必須創作的文藝作品〉，《北斗》（1932年5月20日），卷2，第2期。
15 茅盾：〈我們必須創作的文藝作品〉，《北斗》（1932年5月20日），卷2，第2期。

露凝，／初日熹微已如病。」[16]的詩句就是在哈爾濱寫就的。王統照的〈北國之春〉則是東北生活的結晶。臧克家則寫有〈要國旗插上東北的土地——聞全國的童子軍受檢閱情況有感作〉、〈難民〉等反映「九‧一八」事變後東北淪陷區抗日鬥爭和人民生活的作品。在〈難民〉中，一群因天災戰亂流落他鄉的難民，卻不為古鎮所接納，而在「蒼茫」的「黑夜」中，重又踏上了前景難料的路。沉重、憂鬱的筆調、透露出對苦難者深切的同情和對製造苦難的統治者的控訴。詩人「不寫過程，只寫高潮」，善於把漫長的情節演進的來龍去脈「壓榨」到一個短暫的情景之中，以橫斷面的描寫代替縱長過程的敘述，濃縮到一種十分精粹而含蓄的程度。詩人不採取鋪敘或具體細膩地描寫其遭遇的寫法，而採取形象化的手法，把他要表現的生活凝聚到一個鮮明可感的場景或畫面之中。語言運用上刻意推敲，遣詞精煉含蓄，詩中一連串著力經營的動詞，如「墮」、「溶」、「度」、「支撐」、「兜著」、「牽動」、「徘徊」、「抽出」、「推入」、「截斷」、「爬過」等等，營造出一種蒼茫、淒涼的氛圍，統一了感情色調，增強了形象感和生動性。

「九‧一八」事變使中國的知識分子不能不把自己的目光轉向東北三省，轉向這片土地上苦難的人民。但是，即使在這個時刻，中國社會、中國的知識分子中的相當一部分人，對這塊土地、對這塊土地上的人民，仍然表現出了「令人難以理解的冷漠」[17]。從這個角度上來說，沈從文小說的意義和價值就是沈從文對「邊城」世界本身的意義和價值，我們為沈從文「邊城」世界裡的自然性和樸素性所撼動的

---

16 瞿秋白：〈無涯〉，《餓鄉紀程》，見《瞿秋白文集》（人民文學出版社，1953年），第1卷。

17 王富仁：〈三十年代左翼文學‧東北作家群‧端木蕻良〉，《文藝爭鳴》（2003年），第1-4期。

同時，也看到在他所描繪的這個世界裡，是絕對產生不出現代中華民族的民族意識和民族精神來的。正如學者王富仁所說，「這是一個有機整體的世界，是一個能夠滿足人的精神自由的感覺和要求但卻無法滿足人的社會進步的感覺和要求的世界。」[18]而周作人在這時卻躲進了象牙塔。當他實際面臨著日本帝國主義的強權壓迫的時候，他的人格的尊嚴連同民族的尊嚴都沒有得到起碼的維持。實際上，他背叛的不僅僅是中華民族，同時也是他在「五四」時期所堅守的文化原則和人格原則。

有些作家也對「九‧一八」事變做出了反應，但這種反應顯得較為平淡和疏離。如《人世間》、《論語》等閒談期刊，只能作些〈「九一八」慶倖無事〉[19]、〈忘記了九一八事變〉[20]之類的無關痛癢的文章。從某種角度上說，在一九三〇年代的中國，東北即是作為整個中國的犧牲品而存在的，是被中國所遺棄了的一塊土地。「它不僅被當時的政治統治者作為換取整個國家政權的暫時安定的犧牲品，同時也被當時很多知識分子當成了換取自己幽默、沖淡、中庸、平和、節制、優雅、寬容、大度、靜穆、尊嚴、和諧、完美的文化形象的犧牲品。他們都是以默認了日本帝國主義侵略的現狀為前提的。」[21]又如，在胡適的文章中，表露出來的不是對淪落到生命絕境中的下層人民的同情和理解，他滯留在一個民族危機的「積極」旁觀者的立場上。胡適把「九‧一八」事變後反日本帝國主義的努力，僅僅理解為

---

18 王富仁：〈三十年代左翼文學‧東北作家群‧端木蕻良〉，《文藝爭鳴》（2003年），第1-4期。

19 《論語》，1932年10月1日。

20 《人世間》，1934年9月20日。

21 王富仁：〈三十年代左翼文學‧東北作家群‧端木蕻良〉，《文藝爭鳴》（2003年），第1-4期。

一個國家政權的外交問題和政治行為，他常常是以一個國家的談判代表的身份和姿態來發表自己對於日本侵略的態度與看法的。

第二節　「九‧一八」事變與各體文學創作

　　本節從文體的角度，分小說、詩歌、戲劇、散文等體裁，對「九‧一八」事變文學的創作情況加以評述。可以看出，在各體文學中，作家的「國難」意識較前更為自覺，「國難小說」這一概念被首次明確提出，以「國難文學」為書名的詩集也被首次編輯出版。在一九三〇年代初期的中國文壇上，「國難文學」創作的規模空前壯大。

一　國難小說

　　「九‧一八」國難後，頗成規模、頗有影響的，當屬所謂「國難小說」。

　　「國難小說」這一概念，是在「九‧一八」國難後正式出現的，較早來自於張恨水的〈《彎弓集》自序〉：

　　今國難小說，尚未多見，以不才之為其先驅，則拋磚引玉，將來有足為民族爭光之小說也出，還未可料。則此鵝毛與爪子，殊亦有可念者矣。[22]

　　「國難小說」，狹義上是指「九‧一八事變」後，在舊派通俗小說界出現的一批以反帝愛國為主題的作品。

　　可以說，「九‧一八」國難的爆發，成為張恨水以及一批被視為舊派的作家的小說創作轉變的契機。張恨水創作了數十部緊跟時代、

22 張恨水：《彎弓集‧自序》（北平市：遠恒書社，1932年）。

格調深沉的「國難小說」。如《滿城風雨》、《東北四連長》、《啼笑因緣續集》等。張恨水以抗日為題材的作品往往追求「故事在抗戰言情上兼有者,以吸引他們特有的讀者群」,「張恨水在抗戰期間的作品顯示了他是一位元具有愛國心的作家,在時代的教育和磨練下,獲得了可喜的進步」。[23]除張恨水之外,還有許多作家加入到國難小說的創作隊伍中來,顧明道寫了《為誰犧牲》、汪憂遊寫了《恐怖之窗》、程瞻廬寫了《疑雲》、黃南丁寫了《肥大佐》、鍾吉宇寫了《逃難》。其中以徐卓呆成就較大,他的筆名是阿呆,代表性的小說有《往哪裡逃》。

　　這部分描寫「九‧一八」事變的「國難小說」,其特點有:第一,從新聞摘抄到逸聞筆記的創作模式。這種模式受民間文學創作的影響,形成了「現實－民間加工－文人加工」的創作流程。顧明道[24]在《申報》連載《磨劍錄》,以記載東北抗戰以來的一些平民的英雄事蹟為主,他在自序中說,「國難當頭,河山變色,痛處堂之燕雀,悲四鄰之多壘。於此亂世,恨何如之!竊以為外侮可患而不可患,惟民氣不可銷沉。民心不死,則五世之仇,詔吳之志,終可期待也。爰摭拾舊聞,網羅異事,敘述古今豪傑遊俠,志士仁人,俾供吾愛國男兒快覽,而堅其殺賊之心,作磨劍錄。」[25]從這段文字中便體現了這一創作模式。第二,在「九‧一八」事變中奮起抗日的東北義勇軍和平民英雄成了通俗小說的主角。當通俗小說家們在抗戰故事中選取「異事」和「舊聞」的時候,他們所樹立起來的,就是通俗小說所著

---

23 唐弢、嚴家炎主編:《中國現代文學史》(北京市:人民文學出版社,1980),卷3。引文為范伯群執筆。

24 顧明道(1897-1944),名景程,江蘇吳門人,早年化名「梅倩女史」,以寫社會言情小說成名;一九二三年起轉而從事武俠創作。

25 顧明道:《磨劍錄‧序》,收入《申報》(1933年5月4日)。

力尋求的「英雄情節」。比如張恨水的《熱血之花》裡的舒劍花、顧明道的《國難家仇》中的人物陳啟凡等形象，都是英雄主角的代表。再如張恨水的小說《東北四連長》，寫的是四位駐防北京的東北軍連長，其中有三個連長在保衛長城的戰鬥中犧牲了，作者樹立這三位連長的英雄形象，用以對照不抗日的國民黨軍人。

圍繞「九‧一八」事變所寫的「國難小說」，因其「故事情節胡編亂造，十分離奇，而具體內容及人物關係不脫『鴛鴦蝴蝶派』作品的框框」[26]，故總的評價不高。這些作品存在的問題有：首先，在這部分國難小說新鮮出爐之時，以錢杏邨（阿英）為代表的左翼新文學家便對其持抵制和批判的態度，認為這一時期的通俗小說帶有淺薄性和表面化的缺陷，依然帶著鴛鴦蝴蝶派的「言情」本質。《啼笑因緣續集》便體現了這一點：儘管軍人沈國英才是抗日義勇軍的代表，但是他投入戰場的意願是由情場的失意帶來的。在道德上引導他的人，擁有更純粹的愛國情感和犧牲精神的人是來自民間的俠女關秀姑。其次，由於時代的需要、娛樂的需要，三十年代初期的國難小說大多是利用新聞素材，再加以通俗小說的模式化，形成一篇篇急就之作，一定程度上存在著公式化、概念化傾向，即「國難」＋「小說」的模式。通俗作家對「國難」缺乏真切的體驗，他們僅僅是憑小說創作的經驗，貼上國難的「標籤」，以滿足他們創作目標上的要求。「九‧一八」事變後，侯霞儷從東北逃難南歸，把親身體驗寫入小說《驚》[27]，在附言裡提到：「此次暴日占我遼吉，作者適寄跡瀋陽，南歸以後，本志編者即以為文告同胞見囑。然結果成此一文，略無抗日救國之意義，殊表歉愧。然鄙意抗日救國之正文自有人負其責，若小說家言，

---

26 王文英：《上海現代文學史》（上海市：上海人民出版社，1999年），頁463。

27 《紅玫瑰》卷7第24期（1931年）。

則似以側面寫之為佳。此篇之作,即本斯意。至文中云云,全係事實,雖主人翁夫婦未受一絲淩辱,然係『謝天謝地』,受難者蓋盈千累萬也。」可以看到,即便是親身經歷了一回「逃難」,「九‧一八」事變這一影響巨大的事,也只能歸結到「謝天謝地」的個人感受上。既然個人生活體驗有限,僅僅一句「受難者蓋盈千累萬也」,是無法適應通俗小說大量創作的需要的。這也是這時的通俗文學家們無法放棄既有的情節劇模式的原因。這和一九四〇年代的國難小說存在著區別,隨著戰爭的推進,大批作家在顛沛流離之中對「國難」有了深切體驗以後,「國難」創造著真正的「國難小說」的作家群,這便使得四十年代的國難小說在主題、題材、人物、情節等方面都得到空前的開拓。從而將國難真正地融入到小說中,正如阿英所說的,這些作品才真正反映了作家「對於這一件大事的認識,和在這一時期的生活觀念的全部」[28]。

儘管圍繞「九‧一八」事變的「國難小說」存在著這樣那樣的問題,這部分小說一經創作出,便贏得了相當一部分讀者。在一九三〇年到一九三二年,左翼作家、新文學家們剛剛在「新文藝需要爭取大眾」問題上達成共識,並為「如何爭取大眾」感到彷徨的時候,通俗小說家們所創作的「國難小說」卻已做了很好的榜樣。從這一點說,此時的「國難小說」的功績是值得評說的。

對「九‧一八」事變後通俗小說界的「國難小說」創作的培植起重要作用的是《紅玫瑰》、《麒麟》兩家期刊。

《紅玫瑰》是由趙苕狂、嚴獨鶴等主辦的舊派通俗文藝期刊,在創辦前期,一直堅持「通俗化、群眾化」的立場,自稱「並不以研求

---

28 阿英:〈上海事變與鴛鴦蝴蝶派文藝〉,《張恨水研究資料》(天津市:天津人民出版社,1986年)。

高深的文藝相標榜」。在一九三一年年初，《紅玫瑰》還提出「我們不
敢和一般時髦青年一樣標榜著什嗎主義，什嗎主義，也不敢高喊著
『提倡什嗎文學』、『提倡什嗎文學』的口號。我們自己知道，我們這
《紅玫瑰》只是適合一般普通社會的一本通俗雜誌，在從前固然已是
如此，到如今更是旗幟鮮明了。」但到了「九‧一八」事變爆發以
後，國家遭難之時，一九三一年九月第七卷第二十一期的《紅玫瑰》
中，趙苕狂在文章〈花前小語〉中說：「在此蠻夷猾夏，國將不國之
秋，我們還坐在斗室之中，說幾句不痛不癢的話，編輯著這被家人所
目為供人們消閒的雜誌；這未免太無心肝了！依理說，我們都得投筆
從戎去！」「我們真應該努力於我們自己的工作了；那就是應該多載
一些抗日救國的文字……，多賜下些這一類的稿件」[29]可見，當民族
矛盾尖銳之時，舊派通俗小說的作者無法等閒視之，通俗小說讀者群
中的民族意識也隨之覺醒。「關於下次應出什嗎性質的特刊，已有不
少讀者來函發表意見；以主張出抗日救國號者居大多數；武俠或偵探
次之。這可見人心未死，民氣未亡，大家心中都在熱騰騰地以抗日救
國四個字為對象！」因此，第七卷第二十四期的《紅玫瑰》出了《揮
戈號》──「九‧一八」事變後的抗日救國專刊。徐卓呆在其中寫了
一篇小說〈小池龜太郎〉，敘述的是日本人侵略東北，打入一戶人
家，殺死家主，家主臨死前發現殺他的日本兵是他從前在日本留學時
與日本女子的私生子。情節充滿了巧合，讓人讀來感到離奇。作者的
本意大概是描寫「以子弒父」的慘劇，以暗諷日本對中國的侵略，但
是因筆調浮泛，情節又過於離奇，大大地削弱了此篇小說的藝術性。

　　《珊瑚》是范煙橋創辦的雜誌，誕生於一九三二年七月，正是
「國難小說」方興未艾之際，因此，在《紅玫瑰》等雜誌停刊之後，

---

29 趙苕狂：〈花前小語〉，《紅玫瑰》第21期（1931年）。

《珊瑚》成為通俗派「國難小說」的聚集地。一方面，《珊瑚》在創刊宣言中第一句話便提出「國難未已，隱痛長在……」，提出「世上有把文化拿來作為侵略工具的，那麼我們可以拿文化來救國」這樣的大口號，另一方面，又自謙道：「但是《珊瑚半月刊》雖有這偉大的抱負，實際上覺得力量太微細，只好竭我們的心力，盡我們的責任，譬如在戰時做慰勞的工作，雖只奏一回歌，只贈一支花，但是一點熱的至誠或者不為國人所棄罷。」

這些期刊登出的國難小說，一方面，其中所抒發出的愛國熱情、單純的必勝的信念，的確極大地鼓舞了讀者的勇氣，起到了抗日救國的宣傳效果，滿足了一般市民的閱讀需要。但另一方面，由於這些作品存在著簡單化、概念化、公式化的創作趨向，降低了其藝術價值，缺少真正深刻的內涵。

二 國難戲劇

戲劇文學對於「九‧一八」國難的表現有著自己的優勢和特色，「九‧一八」之後，相關題材的戲劇文學陸續問世。

首先，「九‧一八」事變爆發後，宣傳抗日救亡的主要戲劇陣地有《矛盾月刊》、《北斗》、《抗戰戲劇》等等。《矛盾月刊》一九三二年四月二十五日登載了三篇劇本——《敵人之吻》，獨幕劇，趙光濤著；《鐵蹄下的蠕動》，多幕劇，袁牧之著；《東北女宿舍之一夜》，多幕劇，袁牧之著，均是寫「九‧一八」事變後的東北近況的。劇本《突變》也載於《矛盾月刊》。其次，《申報》、《大公報》、《光明》等報紙、期刊都有自己的文藝園地，上面也登載了很多戲劇劇本，不乏與「九‧一八」相關的題材。另外，面對「九‧一八」事變日本侵略軍的突然來襲，當時活躍在戲劇界的著名作家，如田漢、陳白塵、歐

陽予倩、李健吾、袁牧之等人都及時創作出了優秀劇本，表現出了優
秀的劇作家面對國難來臨時的社會責任感和使命感。陳白塵圍繞
「九‧一八」事變也創作了一些劇本，如《兩個孩子》、《貼報處的早
晨》、《除夕》、《一個孩子的夢》等等。他的獨幕劇《父子兄弟》（又
名《瀋陽之夜》），是以墨沙為筆名寫，載於一九三五年七月《文學》
期刊第五卷一號，寫的是「九‧一八」事變已過去三年，抗日救國仍
在進行，一個家庭中的唯一活下來的兒子要去參加義勇軍的故事。歐
陽予倩的十六幕劇《不要忘了》創作於一九三二年，寫了一九三一年
瀋陽被日偽軍占領時，國民黨軍隊實行的不抵抗政策，還寫了一九三
二年日本進軍淞滬，十九路軍的抗日戰役和在日本的反日學生、工人
抗日救國的情形[30]。李健吾作劇本《信號》（又名《火線之外》），三幕
三十五場劇，一九三二年五月、六月作於法國，文化生活出版社一九
四二年五月再版，寫一九三一年「九‧一八」事變後的第二天下午，
北平的抗日救亡活動。樓適夷創作獨幕劇《活路》，載《當代詩歌戲
劇讀本》，上海樂華圖書公司，一九三三年三月版，寫上海人民在
「九‧一八」紀念日所進行的抗爭。

　　創作最豐的是田漢，他寫了不少有關「九‧一八」事變的劇本，
如《戰友》、《女記者》等等，而且都曾上演，甚至於上演到數十次以
上，引起強烈的反響。在這些劇本之中有代表性的是獨幕劇《亂
鐘》、《掃射》和《暴風雨中的七個女性》，這三個劇本均載劇本集
《暴風雨中的七個女性》，由上海湖風書局一九三二年十一月初版。
《亂鐘》，獨幕劇，寫一九三一年九月十八日之夜瀋陽東北大學宿舍
內的情形，寫了「九‧一八」事變爆發後學生們對這一問題的理解，

---

30 原為十九景劇，後刪掉三景，本提要根據《歐陽予倩劇作選》（北京市：人民文學
　　出版社，1956年）。

指出了青年大眾對於反日運動的思想上的種種的傾向，並把那些不正確的思想指摘了出來。《掃射》，獨幕劇，寫一九三一年九月十九日午後二時，長春市街一角，長春的民眾與帝國主義的衝突的景象，描寫了將士與民眾聯合抗日，以「掃射」答覆了「掃射」，也暴露了帝國主義的殘暴，中國官吏的怯懦，以及小商人的賣國。《暴風雨中的七個女性》，三場劇，最早載於一九三二年七月《文學月報》第一卷一號，描寫的是代表著七種思想傾向的上海女性知識分子在「九‧一八」事變問題上的思想的發展，最終的結果是隨大眾跑向街頭去參加示威。這三部戲劇都屬於反日宣傳劇，因其題材都來源於事變爆發後的學生生活、知識分子生活及一般大眾的生活，在青年大眾，尤其是學生中，激起了巨大的反響。

這幾部戲劇作品在當時的左翼文學批評者看來，殘存著「冗長的對話，romantic 的氣氛，革命的小資產階級的情緒」[31]等問題，田漢也接受了「左翼的戲劇運動，和其他的藝術部門的運動一樣，不能停滯在小資產階級的知識分子方面，必然的要發展並深入到工農大眾方面去」這樣的建議，開始了戲劇大眾化的努力。田漢發表〈戲劇大眾化和大眾化戲劇〉[32]的文章，提出在長時期「游擊戰」式的學校劇運動後，直到「九‧一八」事變發生，應著反帝情緒的高漲，中國普羅戲劇運動才有了活氣，才開始奠定了它的真正基礎──藍衣劇團的運動。這時期劇聯提出了這樣的口號「專門家無產階級化，無產階級專門化」，劇聯同志說明工人組織藍衣劇團，說明工人制作反映他們自己生活、鬥爭和要求的劇本，如《最後一幕》、《奶糕》等等。劇聯同志自己也學著寫了一些工人們所能理解和歡迎的東西，如《停電》、

---

31 錢杏邨（阿英）：〈一九三一年中國文壇的回顧〉，《北斗》卷2，第1期（1932年1月20日）。

32 《北斗》卷2，第2期（1932年5月20日）。

《血衣》等等。藍衣劇團的演員大都是工人們自己。藍衣劇團的出現是普羅戲劇運動大眾化的開始。

除了上述的作家作品外，關於「九・一八」國難的戲劇文學集，也有數種。其中比較重要的戲劇集子有：《國難新劇》，綏遠社會教育所編，綏遠華北印刷局，一九三二年一月版，收獨幕劇《國難中兩個愛國的男女青年》、五幕劇《遼陽慘劇》、四幕劇《蚌埠老農張成賓憤日自殺》、《國難中開原之慘劇載本集》、三幕劇《愛國劇》五個劇本；《順民》，崔嵬、王震之編，漢口，生活書店，一九三八年五月初版，收《順民》、《血祭九一八》、《保衛上海》三個劇本；《抗日救國戲劇集》，中國國民黨河北省黨務整理委員會編，編者刊，一九三二年三月初版，收《亡國恨》、《山河淚》、《愛國的女兒》、《搏戰》、《上前線去》等劇本；《認清敵人》，長虹戲劇出版社編選，一九四〇年一月初版，收《「九一八」以來》等八個劇本。

此外，還有《化裝講演稿》第一集，山東省立民眾教育館出版社，一九三二年二月初版，收《萬寶山前》、《韓人排華》、《良心救國》、《團結禦侮》、《覺悟》、《瀋陽血》、《刀》、《奸商誤國》、《嫩江橋畔》、《看你橫行到幾時》、《旅長的婚禮》、《逃兵》等十二個獨幕劇。其中，《刀》寫一九三一年十月二十三日天津日租界的反日侵略；《奸商誤國》寫一九三一年九月十八日以後，「抵制日貨」、「打倒奸商」的反日運動；《良心報國》寫一九三一年「九・一八」事件發生後，抵制日貨救國；《瀋陽血》寫一九三一年九月二十日剛被日軍占領的瀋陽的悲慘情形，號召群眾共赴國難；《逃兵》呼籲人民奮起抗敵，不做逃兵；《覺悟》提到「九・一八」後的瀋陽，屬寓言戲劇；《良心救國》設置的戲劇時間是一九三一年「九・一八」事件發生以後，《瀋陽血》的戲劇時間是民國二十年九月二十日，地點是被日軍占領的瀋陽，兩個戲劇都是直接描寫「九・一八」事變發生前後的景象的。

　　戲劇集《準備》也是值得研究的。由國民黨浙江省黨部一九三一年十月編印的反日宣傳劇本集《準備》，內收下面幾個劇本：《上前線去》，獨幕劇，露絲著，寫「九‧一八」事變後的抗日運動；《垂死的軍人》，三幕劇，張維祺著，寫一九三一年十月，「九‧一八」事變以後，江浙一帶的抗日運動；《愛國的女兒》，兩幕劇，黃天鍾著，寫一九三一年十月上海青年反日，參加義勇軍抗日救國；《拼命》，短劇，笠子著，有相關「九‧一八」事變的反日題材；《準備》，獨幕劇，貝嶽著，寫日本對中國宣戰後，中國人民自發起來保衛祖國的故事。

　　從內容劃分上來看，這些與「九‧一八」國難相關的戲劇可以被劃分為這樣幾類：

　　第一，「九‧一八」事變發生後，有許多劇本被及時的創作出來，這些劇本很好地再現了事變當時的情景，從各個方面讓大眾了解事實真相，以激發大眾抗日救國的愛國熱情。除上面劇本集子裡提到的劇本以外，單篇劇本還有：《S.O.S.》（又名《無線電急奏》），獨幕劇，（樓）適夷著，載《北斗》第二卷一期，一九三二年一月；《北寧路某站》，獨幕劇，白薇著，載《北斗》二卷一期，一九三二年一月；《旗》，獨幕劇，余從予著，載《天地人》第七期，一九三六年六月，寫一九三一年九月十八日「九‧一八」事變當天晚上的事；《復活的國魂》，三幕歌劇，侯曜著，原載天津《大公報》，本提要根據大公報社出版部一九三三年四月二十日初版本，第一幕即是寫一九三一年九月十八日夜日軍占領瀋陽的情形，第二幕寫一九三二年滬戰，第三幕寫一九三二年十九陸軍的死難；《亡國之音》，獨幕劇，嚴夢著，載《文華藝術》月刊，第二十六期，一九三一年十二月，寫「九‧一八」，時間是一九三一年九月十八，地點是天津某公館。

　　第二，對於「九‧一八」周年紀念，也有許多有價值的劇本出現，這部分劇本也占相當一部分數量，這些劇本提醒人們不忘國恥，

繼續奮鬥。首先，一九三二年裡出現了紀念「九‧一八」國恥一周年
的劇本。如：《鄰患——紀念「九一八」》，獨幕劇，陳豫源，載一九
三二年九月二十日《北平晨報‧北晨學園》；《誰的責任》，獨幕劇，
容若，《南大學刊》第一三九期，一九三三年三月二十四日，也是寫
一九三二年九月十八日「九‧一八」紀念日的情景。其次，在一九三
七年抗日戰爭全面爆發的一年裡，也出現了許多紀念「九‧一八」國
恥六周年的劇本，如：《六年後的九‧一八》，獨幕劇，左明，載劇本
集《到明天》，海燕出版社一九三八年六月；《再上前線——紀念
「九‧一八」六周年》，獨幕劇，淩鶴，載一九三七年九月十九日
《救亡日報》第二十一號；《血祭九‧一八》，獨幕劇，王震之，崔
嵬，載劇本集《順民》生活書店一九三八年五月初版，寫一九三七年
九月十八日對九一八的祭奠；一九三七年十二月一日的《抗戰戲劇》
上，載《「九一八」以來》、《東北的一角》等劇本，一九三七年二月
十日的《光明》上載劇本《在關內過年》，這些都是以戲劇的形式紀
念「九‧一八」國恥，觀照東北淪陷區人民的生活狀況。再次，每年
都有紀念「九‧一八」事變的劇本創作出來：《浪淘沙》，獨幕劇，姚
亞影，華中圖書公司一九四一年五月版；《九‧一八》，獨幕劇，李一
非，載作者劇本集《民眾戲劇集》，山東省立劇院，一九三六年十二
月版；《幹不了也得幹》，獨幕劇，陳治策，鐵風出版社，一九四一年
出版，寫「九‧一八」周年紀念；《孤島星火》，獨幕劇，余師龍，載
《抗戰獨幕劇選首輯》，中國戲曲編刊社一九四四年一月初版，寫一
九四〇年九月十八日「九‧一八」九周年。從這些紀念「九‧一八」
事變的戲劇劇本中，可以看到「九‧一八」事變給中國人民帶來的心
靈上的創傷是永遠無法磨滅的。即便是在今天，每年的「九‧一八」
國恥日上，人們還會通過各種形式來銘記曾經的恥辱和中國人民所受
的苦難。

　　第三，是描寫「九·一八」事變日本入侵以來中國人民反抗運動的，包括組織義勇軍、抵抗日貨、學生抗日活動等等。比較有代表性的劇本有：《力量》，獨幕劇，白浪著，載作者著戲劇集《力量》，北新書局一九三七年五月初版，寫「九·一八」後，中國人民抵制日貨運動對日本工人家庭的影響，用日本家庭的遭遇來反襯中國人民的抗日鬥爭；《國貨公司》，獨幕劇，周瑞康著，載《現代獨幕劇》，上海大東書局，一九三七年五月，寫「九·一八」、「一·二八」事變後上海群眾的抵貨運動；《齊心打日本去》，獨幕街頭劇，崔嵬著，載周平編《街頭劇選》第一集，上海金湯書店，一九三八年三月二十日初版，屬流民題材，寫「九·一八」事變發生後，東北人民流亡關內的情形；《流民三千萬》，三幕劇，陳凝秋，載《文學叢報》第三期，一九三六年六月一日，寫「九·一八」事變後的第一個秋天，大批的東北難民向關內逃去；《鳳凰城》，四幕劇，吳祖光，生活書店一九三九年一月初版，寫「九·一八」後，抗日英雄苗可秀的故事；《生之戰鬥》，獨幕劇，吻波，《南大周刊》第一三九期，一九三三年三月二十四日，也是表現義勇軍抗日的劇本。

　　關內的戲劇創作，與東北淪陷區相比有很大優勢，一方面因為關內新劇在「五四」運動之後比較早的發展起來，有積累起來的很好的創作經驗；另一方面，關內的新劇觀眾比較成熟，普遍接受了新劇這一藝術形式。這一時期的關內戲劇創作有較高的文學價值，第一，這部分戲劇大量採用普通民眾的日常生活用語和詞彙，作為劇作的臺詞，言事抒情、鼓動說理，都力求切近大眾生活實際，淺白直接，通俗易懂。這是作家們努力發揮劇作的抗日宣傳教育作用的結果，也是他們積極實踐「文藝大眾化」主張的具體表現。第二，主題鮮明，戲劇感染力極強。憤怒譴責日本帝國主義的侵略強盜行徑，堅決反對國民黨政府的妥協退讓政策，表現中國人民反抗強暴侵略者的不屈鬥

爭，弘揚了中華民族熱愛和平，熱愛祖國，不甘屈辱沉淪，不畏邪惡
強暴，為捍衛民族獨立與自由而視死如歸的凜然正氣，構成了這時期
戲劇的鮮明主題。這些戲劇是中國進步戲劇作家，在「九‧一八」事
變後用戲劇來抗日救亡的初步成就，是這些作家在以後的抗戰歲月中
產生更好的作品的一個開端；它們在以生動、直觀的戲劇藝術形式對
民眾進行抗日救亡和愛國思想宣傳教育方面，也確實發揮過相當大的
積極作用——這就是這一時期戲劇創作最主要的歷史價值和貢獻。

三　國難詩歌

　　詩歌在「九‧一八」事變爆發以後，發揮了巨大的作用。首先因
為詩歌朗朗上口，適於戰鬥宣傳，其次，「五四」新文學運動以來，
通俗的白話文詩歌得到了長足發展，此時更是有了用場。這一時期的
詩歌分為這樣三方面內容：第一，抒發國難來臨後的悲憤情緒，痛惜
國土的淪喪；第二，憤恨國民黨當局坐以待斃、不抵抗的政策，呼籲
民眾起來抗日救國；第三，讚揚義勇軍抗日運動，為義勇軍助威吶
喊。可以把這些作品統稱為「九‧一八」國難詩歌。

　　報紙上的「九‧一八」國難詩歌發表及時，數量眾多，雖然其
藝術上有所欠缺，但在當時發揮了重大的宣傳鼓動作用。在「九‧一
八」國難剛剛發生之時，青年詩人悲憤萬分，「每人都誓著要救危難
的祖國／每人都願意把生命去和仇人撕拼」，認為「只要我們萬眾一
心／何難仇人全師盡頭／只要我們堅持到底／何難致仇人的死命」[33]，
他們在《申報》、《中央日報》等各大報紙的文藝專欄中撰寫了大量的
詩篇。這部分抗日詩歌從藝術水準上講，在今天看來還是比較粗疏

---

33 徐戴士：〈靜默〉，《申報》（1931年10月9日）。

的。如「世界毀滅，人類死盡，但是中國是不能亡的，不能亡的！中
國呦！」「大家站在同一戰線上，衝！衝鋒！衝鋒！殺敵！救國！」[34]
「我們的百姓，我們的公務員，我們的員警，我們的艦隊，我們的一
切一切，完了，完了，／一切都／完了！血！／血！／血！／我們
呀，我們，為什麼不流血呀！……」「我們，／幹／幹，／殺／殺，
／殺！／殺到倭奴那兒去！！」[35]但正因為其粗疏和激進標示了面對
日本帝國主義的侵略，中國人民內心的屈辱和反抗，那份夾雜著激憤
的鬥志和激情讓我們今天讀來仍感熱血沸騰。

　　從詩歌的表現手法上看，「九‧一八」國難詩歌有敘事性的，有
抒情性的，也有敘事抒情兼具的。

　　敘事性的詩歌對「九‧一八」國難事件的一些情節與場景，有生
動的反映與描述，例如，有一首詩歌寫到了瀋陽被占、東北人民逃難
的屈辱過程——

　　　　「嚇」，突然，一顆流彈——
　　　　一顆流彈從那玻璃窗裡悄悄飛來
　　　　被擊中的舞客突然喊出了這樣的慘音
　　　　在慘音中他突然倒下了
　　　　人們的棉上都呈現出灰白的顏色
　　　　燈光突然明亮了
　　　　隨著女人兒哭泣的哀音

　　　　逃難的火車方轉動著車輛，滿載著

34　〈流血〉，《中央日報》（1931年9月27日）。

35　麥力昂：〈怒吼〉，《中央日報》（1931年9月24日）。

人兒人兒
哭音哭音

火車很快地前進著了
槍聲、炮聲、屋崩聲、人聲
漸漸地遠了、遠了
壯年的人兒卻又跳下了車來準備去犧牲了

瀋陽的城頭迷漫著煙火
瀋陽的風兒帶來了哭罵的狂怒
瀋陽的兵工廠在爆炸了
男兒們的悲壯的歌聲卻響澈了雲際[36]

關於「九‧一八」國難的抒情詩數量最多，例如《中央日報》
「抗日救國」專欄中每一期都有多篇抗日救國的詩歌。這些詩歌創作
及時，形式錯落有致，讀起來鏗鏘有力，充滿憤怒的力量，飽含抗日
的激情，例如：

我要問你
我要問你塞上飛來的秋雁，
噩耗傳來的一夜，只在一夜呀！
壯國的疆土在黑酣的夢中失陷，
漫天的風雲遮蔽了星月，你不驚訝？
飛機用電器炸毀了全部的彈藥禁庫，

---

36 〈瀋陽被占前後〉，《申報》（1931年10月9日）。

巨炮有如兇殘的群虎咆哮遍了村莊，

弱國的人民原是羔羊般的又遭吞噬，

黑夜中的嚎啕震撼了林谷，你不張惶？

奪去了武器的殘軍？似的遠逃四散，

誇耀的太陽旗插遍降城驕示著勝利，

但四郊的烈火嚇退了晨曦，你不怵戰？

我要問你塞上飛來的秋雁，

祖國的疆土在黑酣的夢中失陷，

但南方的毒焰熾烈的燒遍了原野，

滔天的洪水氾濫無涯，你將何處逃難？[37]

　　《北平晨報》開闢「北晨學園」欄目，用文學的形式反映「九‧一八」事變，下麵馬識途的這首〈悲憤詩〉，兼有敘事和抒情的成分：

九月十八日，日軍強占遼吉，我則姐姐退讓，彼則著著進逼，

焚殺搶掠，備極殘忍，言之心傷，聞之髮指！近日更趨嚴重，

雪民族之恥辱，而救家國之危亡！

「寧作斷頭鬼，不作亡國奴」！

男兒何奮激，舉臂高聲呼，

短髮盡上指，目裂如明珠，

天地皆振動，鬼神為之哭，

聞者眼模糊，誓將雪此恥，去去莫躊躇！

國人已鼎沸，賊人方慘酷，

殺傷及雞狗，遑論婦與孺！

---

37 《中央日報》，1931年9月24日。

> 焚燒連樹木，豈問屋與廬！
>
> 血溢遼河水，屍滿酒王都！
>
> 死者長已矣，生者復何如？
>
> 強者為牛馬，弱者為役夫，
>
> 吞聲莫敢泣，稍泣命即無。
>
> 近聞賊更狂，且欲西南揚，
>
> 直擾津滬岸，長驅揚子江，
>
> 將使中華族，盡著大和裳。
>
> 誰人無兄弟？誰人無家鄉？
>
> 家亡禍及身，國破家亦亡！
>
> 男兒知榮辱，莫辭赴戰場！
>
> 戰場格鬥死，家國增輝光！[38]

　　除了上述的供閱讀和朗誦的詩之外，還有一些供吟唱的「歌」，即歌曲，也應屬於「九‧一八」國難詩歌的一種形式。這些歌曲隸屬於「音樂文學」[39]。如果撇開這些歌曲的音樂成分，單從其作為文學作品的表現形式上看，這些歌詞大多是具有分行、押韻，甚至對仗等詩歌特點的，因此也可視為詩歌創作。當時各大報紙上登錄、轉載的譜了曲子的歌曲，其歌詞也成了「九‧一八」事變後抗日救國詩歌的重要組成部分。這部分詩歌因其有譜調而被傳誦歌唱，其影響力遠遠大於其他詩歌，有的流傳至今。僅《申報》一九三一年短短一個月的時間裡，就有譜曲的歌曲如下幾首：《向前進攻》（申報，1931年10月18日）、《義勇軍進行曲》（申報，1931年10月10日）、《追悼被難同

---

38 《北平晨報》，1931年10月26日。

39 主要指與音樂相結合的兩類文學作品：一類是可供譜曲歌詠的歌詞，另一類是利用某些民間彈唱曲藝的曲調、格式製作的曲藝作品。

胞》（申報，1931年10月15日）、《抗日救國歌》（申報，1931年10月24
日）、《抵制日本貨》（申報，1931年11月7日）、《從軍歌》（申報，
1931年11月12日）、《鐵血歌》（申報，1931年11月15日）等。

　　這部分歌詞絕大多數是表現中國人民悲憤心情與抗戰決心的。其
中，尤其以激勵中國人民拿起武器、奮力殺敵的「軍歌」類作品，和
號召、鼓動各界民眾開展抗日救亡運動的「鼓動」類作品為多。不僅
表現了中國人民英雄抗戰的氣概與決心，而且申明了中國人民為捍衛
祖國的獨立而戰的正義性和進步性。這些歌詞，一方面，以樸素的文
辭、明快沉實的節奏，表達了知識青年投身抗戰的堅定決心與志向，
是救亡運動中一股不可抵禦的力量，有力的宣傳了抗戰。另一方面，
抗戰文藝創作中的簡單化、公式化、概念化傾向，也存在於歌詞創作
中，雷同現象嚴重。

　　歌曲當時屬於一種「高雅」的藝術，主要在知識分子和青年學生
中流行。廣大民眾特別是工農大眾所熟悉和流行的，主要還是流傳久
遠的民族曲藝、民間小調。正是為了向廣大民眾進行抗日救亡宣傳鼓
動，許多作家才紛紛從事這一類的作品的寫作。作家們作的「鼓動」
詩歌，比之一些文學愛好者的同類作品，在藝術技巧上更好一些，在
思想內涵上也更深刻、豐富一些。比如〈義勇軍進行曲〉、〈「九‧一
八」〉、〈我的家在松花江上〉等。這些作品或激昂或悲壯，具有長遠
的藝術生命力和深摯的藝術感染力。

　　「九‧一八」國難詩歌除了發表在報刊上之外，此後還有許多被
編輯、或編選到各種專題詩集中加以出版的。這些詩集大致分為以下
三類。

　　第一類是專人、或專題詩集，例如：《玉祥詩集》，馮玉祥著，一
九三四年初版，分「亂石崗」、「九一八」、「覺悟」等六輯，收一九三
一年至一九三四年的新舊體詩；《九一八的薤露歌》，吳博著，北平，

超旭讀書社；《大家起來》，錢耕莘編選，反日救國小叢書，杭州，浙江省立民眾教育館教導處，一九三一年十月初版，收〈抗日救國的時調〉（孟姜女調）、〈抗日四季歌〉、〈反日五更調〉等七段唱詞，書前有編者的〈大家起來！〉及〈抗日救國歌〉、〈反日歌〉等八首歌曲；《九一八日本攻瀋陽》，秦光銀，四川瀘縣書店，一九四〇年二月出版，說唱文學；《馬占山孤軍血戰》（國難評書），楊增之編，綏遠社會教育所編，一九三二年一月初版；《抗日救國歌曲集》，中國國民黨南京特別市執行委員會編，一九三一年十二月出版。

　　第二類是綜合性詩歌集，其中也有關於「九・一八」國難題材的作品。例如：《國難歌史及詩史》，徐佛蘇著，一九三八年十月版；《國難詩歌》，（國難小叢書），收四十多首以「九・一八」、「一・二八」等事件為題材的詩，選自上海各報、雜誌所載通俗詩歌；《前進》，王再生著，西安，再生出版社，一九四二年三月版，收〈「九一八」十周年感懷〉等十九首；《國難文選》，蔣冰心編，南京軍事新聞社，一九三四年十二月出版，含論說類、宣言類、電文類、書牘類、詩歌類五部分，其中，詩歌部分有大量優秀作品，寫了對於「九・一八事變」的回顧與感想。

　　第三類，反映「九・一八」國難、呼籲人們抗日救亡的歌曲，也有不少編輯成集的，如：《香姐》（街頭劇），張逸生改編，長沙，國立戲劇學校戰時戲劇小叢書第八種（余上沅主編），根據《放下你的鞭子》改編而成，書末附〈九・一八小調〉、〈五更調〉、〈松花江上〉三首歌曲。最有代表性的是中國國民黨浙江省黨部一九三二年一月編印的《抗日救國歌曲集》，分為三編：上編收三十四首有譜歌曲，中編收二十三首無譜詩歌，下編收十二首小曲。這本歌曲集的歌曲大部分收集於報紙。其中的〈抗日救國歌〉、〈對日作戰歌〉、〈反日歌〉、〈鐵血歌〉、〈向前進攻〉、〈勇健的青年〉、〈追悼被難同胞〉、〈同赴國

難〉、〈青年反日歌〉、〈抗日雪恥歌〉、〈打倒日本歌〉（一）（二）（三）
（四）、〈驅逐倭奴出境〉、〈殲滅倭奴〉、〈從軍歌〉等都是當時傳唱的
熱門歌曲，其中的〈抗日雪恥歌〉用是法國馬賽革命歌調，其歌詞講
述了「九‧一八」事變後的抗日決心：

> 噫籲嚱！危危乎其殆哉，全國同胞一致起來！暴日橫行公理今
> 安在？安在？強占我東三省地界，強占我東三省地界。九月十
> 八夜？自彼開，節節進迫山河被宰，中原保兮賴英才，莫待他
> 日共銜亡國哀。從今整我軍旅，一齊枕戈以待，來來！速來！
> 好將熱血灑東海，收復關外。
> 噫籲嚱！危危乎其殆哉，全國同胞一致起來！暴日橫行公理今
> 安在？安在？強占我東三省地界，強占我東三省地界。我們經
> 濟絕交能持久，他帝國注意終必敗，我同胞無論農工商，齊來
> 作後盾心莫衰！從今整我軍旅，一齊枕戈以待，來來！速來！
> 好將熱血灑東海，收復關外。

在上述詩集中，最值得注意的是以下五部詩集。

第一部詩集是吳貫因的《國難文學》。

關於「九‧一八」國難的最早的詩歌集子，當數吳貫因編的《國
難文學》，這個集子是東北問題研究會叢書系列中的一本，封面題目
是由胡適題的。所選詩歌有七律、七絕、七古、五律、五排律、五
絕、五古、四古、詩粹、聊、詞、戲曲、詔贊、書等多種體裁。作者
有明代陳邦彥、屈大均、史可法，宋文天祥、岳飛、鄭思肖，唐陳子
昂等中國歷史上的愛國詩人。對「九‧一八」事變和「一‧二八」事
變相關的國難詩歌也進行了收錄。如：〈棄地謠〉（朱紹轂）、〈國難
歌〉（步陶）、〈馬將軍歌〉（郭）、〈上海義戰行二篇〉（勵平）、〈奮鬥

歌三篇〉（秋爽）、〈醒獅歌〉（遇公）等。吳貫因寫了本書的「緣
起」：「自遼吉被占，龍江繼亡，錦州撤兵，滬戰告警，金甌已缺，長
城驚瀨獸角之危，螃蟹橫行，蒼天如同鶉首之醉，山河黯淡，身世蒼
茫，國難之臨，瞬將五月，我生之後，逢此百凶，見封豕長蛇之薦
臻，憂猿鶴沙蟲之俱盡。」「爰取古今關係國難之韻文，編之成帳，
聊當備忘之錄。」王卓然先生在「九‧一八」事變七天之後便給本書
作了序：「吳柳隅先生，昔同事於東北大學，每談國事，則慷慨激
昂。於廿年九一八後，避難於平。通國人之不兢，因輯國難文學若干
篇，於北平晨報發表，期作國人之興奮劑。余因是書足以培植國民愛
國心理，醫治要人好為空言不負責任大病。故請印為單行本，以廣流
傳。吳先生諾之。他日國人頑廉懦立，雪恥復仇，則今日此書之編印
為不虛矣。」

吳貫因作七律〈二十年九月十八夜看日軍炮擊北大營〉，文辭悲
涼，別具一格：

宵深烽火掠樓頭，沈水寒聲鳴咽流。
國破城頭雲盡黑，憂來塞外草先秋。
悲笳似奏金甌缺，墮甑誰將覆水收。
一幅與圖變顏色，河山無主蟪蛄啾。

第二部詩集是童振華的《國難記》。

《國難記》，童振華著，一九三六年四月初版。《國難記》中的作
品有四段，第一段：〈九一八××進兵〉；第二段：〈東三省人民遭
難〉；第三段：〈小抵抗華軍得勝〉；第四段：〈大團結民眾救亡〉。前
兩段寫的是「九‧一八」事變的經過及東北淪陷後人民的苦難生活，
後兩段寫的是「一‧二八」滬戰經過及十九路軍的勝利。這本書裡的

四個段子曾在期刊《讀書生活》的第二卷第七、八、九、十，這四期
上逐期地刊登過。自《國難記》登出後，就引起了音樂家呂驥的興
趣，並主動為《國難記》出了兩種湖南的唱法，周巍峙出了揚州調。
所以《國難記》的後面附上了四段附錄：呂驥的〈唱平調〉、〈關於國
難記唱腔的幾句話〉和周巍峙的〈揚州調〉和〈關於揚州調〉。

《國難記》裡的詩歌段子大都是詩歌和賓白相間來寫的，往往是
歌唱一段，加一段賓白來解釋前面歌唱的段子裡的問題，或者提出一
個問題由下面的歌唱段子來回答。並且在段與段的銜接處，用了說書
中常用形式，如「要知亡國如何苦，下段書中再說明」。這樣的文學
形式借鑒了通俗曲藝的優點，通俗易懂，而且更能將「九·一八」及
整個日本帝國主義侵占中國東北的過程講清楚，有利於大眾的接受。
在第一段〈九一八××進兵〉中，詩歌寫道：

> 晚裡河山一旦去，烽煙滾滾血橫流。同心合力將仇報，不雪國
> 恥不甘休。幾句題解風吹散，書歸正本說從頭。講書不講別一
> 段，單把國難說根由。中國出了敗家子，造成國難萬民愁。事
> 出東北遼寧省，地方又叫南滿洲。南滿洲一條南滿路，鐵路利
> 益盡拋丟。鐵路送給××國，××矮鬼正抬頭。滿洲本是中國
> 地，業不由主羞不羞。……

下面接著賓白：

> 列位！這××人，不是指××的老百姓，是指那些也是壓迫
> ××老百姓的資本家、財閥、軍閥不得不特為表出。他們自從
> 清朝光緒年間，用武力壓迫中國，得了許多地方，占了許多便
> 宜，到民國時候，我們中國人本待要把失去的地方收回，不但

不能夠收回失去的東西，反而多送一些利益把××人，引起了××人的貪心，越要吞併中國了。

對於「九‧一八」事變的發生過程是這樣表現的：

（白）民國二十年，××人想了很多的鬼計，故意同中國人起衝突。最後，借了一件『中村失蹤』的案子，就動起刀兵來。造成了「九一八」的事變。

（詩歌）民國二十年九月十八夜，××兵打北大營。

（白）北大營在什麼地方呢？

（詩歌）北大營就在遼寧省，國軍保護瀋陽城。瀋陽原來是首府，中國大官有衙門。……

（白）××兵來得多不多呢？

（詩歌）××兵本紮南滿路，數目不過幾千人。要是中國軍隊同他打，那天晚上我們一定打得贏。誰知道東北長官早下令，不許抵抗××人。聽憑他怎樣來挑戰，只管忍氣又吞聲。他要和××人講和好，乞哀求憐免戰爭。他不願抵抗××鬼，恐怕打敗了無人發救兵。

（白）這樣一來，中國軍隊越退讓，××軍隊就越前進了。那天晚上，北大營的中國士兵，有些還在夢中，被槍炮之聲驚醒，連忙起來抵抗，正式人人奮勇，個個當先，要和××兵將拼個你死我活，誰知長官命令退兵，只氣得士兵們鎚胸頓足。

（詩歌）北大營軍隊往後退，××軍占了北大營。中國軍退出遼寧省，太陽旗插遍了瀋陽城。此時民眾起暴動，員警也打東洋兵。可惜人手太單薄，後面又沒有救兵。……××軍統一東三省，幾前萬老百姓，都做了亡國之民。

　　本書的目的是在國難當頭的時刻,「喚起民眾」,為此,作者童振華作了「文藝大眾化」的努力,正如序言中所說的:「過去所運用的工具明顯是不夠,或是與大眾的『生活』、『習慣』、『趣味』還不很相容。他們的文化程度還無力接近我們寫的東西。我個人曾經仔細思量過。我要使自己寫的東西更接近大眾生活,多認識一點大眾的『生活』、『習慣』和『興趣』,我對所謂『低級趣味』的說書,彈詞,文明戲,蹦蹦戲等都加以注意過。我很想從這些『趣味』中,找出他們吸住大眾的力量在那裡,我想利用這些要素,作為自己寫作的參考。我認明,說服大眾最最有效的手段之一,是通過大眾的『習慣』和『趣味』,巧妙的去利用舊的形式;並且我認為這是大眾化努力的一個方向。」而這一點,本書確實做到了。

　　第三部詩集是履樸的《國難吟詠彙編》。

　　《國難吟詠彙編》,履樸編,上海南京書店一九三二年十月初版。這本詩歌集主要是從當時的報紙上選取的詩歌,編者自稱是「文俚雜集」,因為強調編輯的目的是「要在詩中留下這個時代的『民族史』史料」,所以選擇的標準,「不是文藝的,而是看它是否由真情發出來的」[40]。從這個角度來說,這本詩集是有較強的歷史研究價值的,正如履樸在序言裡所說:

　　　　強臨壓境,國亡無日,國家處在這種狀況之下,除了自私自利的政客,我相信個個人所講出的話,都是從心坎裡挖出來的。詩人的感覺最靈敏,而詩又是情感發洩的產物,它的偉大,能代表整個的人生,整個的民族,所以這個時期的詩歌,就是這個時期民心的寫照。要在這個悲哀的時期,留下一點民心的痕跡,才決心編這個集子。

---

40 履樸:〈編者引言〉,《國難吟詠彙編》(上海市:南京書店,1932年),頁3。

四千多年來的歷史，朝代更替，其間興、衰、治、亂、何嘗沒
有時人來歌詠它？沒歷書百年方有人把它專集起來，將散見各
人集子裡的材料，由後來的人要想在詩歌裡發現某一時期的民
族心理，一代一代的編製起來叫做「紀事詩」。但從未有將最
近的事實像這樣編起來的。那麼，這本小冊子裡，除了在文藝
方面的價值，又可以充做抗日紀事詩了。

　　這本詩歌集子按照詩歌的內容，列為六類：國難雜吟、醒民歌、
催徵曲、詠馬占山、詠十九路軍、弔殉烈。國難雜吟裡有一首是署名
「瀋陽難民皇甫瀛」的〈血淚吟〉，寫瀋陽被占後日軍種種的暴行。
「皇甫君身歷其境，所記都親眼所見，誠是國恥史詩之一。」[41]「醒
民歌」旨在「喚醒醉生夢死的人們，急起自強」。催徵曲是軍歌式的
歌詞——有的就是軍歌。詠十九路軍的部分有陳大居的〈慰勞十九路
軍歌〉，這首詩歌是用唱佛偈的調子寫成的，歌詠十九軍將士的一片
報國熱心，直透紙背。這本集子的詩歌來源有《申報》、《大公報》、
《民生報》，及另外幾本零星的刊物，如《清華周刊》、《現代文學評
論》、《河北前鋒周刊》等等。下面摘選其中兩首。
　　一首是何香凝的〈感事詩〉，其中寫道：

　　日禍祖國，道經安南，聞彈曲聲有戚，二十年十一月詠於舟
　　中。
　　怕聽歌彈國破音，幾因腸斷復引吟；
　　與邦有道文皇德，泣罪停車禹夏仁。
　　喪盡同盟真義士，憑誰博愛慰蒼生？

---

41 履樸：〈編者引言〉，《國難吟詠彙編》（上海市：南京書店，1932年），頁3。

匹夫有負興亡責，泉下人應淚沾襟！
怕聽歌彈國破音，徘徊道路倍傷神！
犧牲權利何輕重，失去山河哪處尋？
蕭蕭葉落雁南飛，萬里飄零故國歸。
八載中原前後事，教人回憶淚沾襟！
三年面壁像維摩，曲直無明奈若何！
壞土未乾言在耳，強鄰不催自操戈！
巴黎漂泊已三年，夢憶遼寧肺腑煎；
知此江山遭破碎，倭奴凌辱竟無言！

另一首是皇甫瀛的〈血淚吟〉，其中寫道：

連聲炮火振窗櫺，叫喊聲音不忍聽。
難婦逃來猶帶血，聲聲何日可安寧？
人民何罪苦遭災，致使強鄰豕突來！
越貨恣淫遠未已，又聞焚毀北糧臺！
無邊殺氣起秋風，無限生靈掌握中。
最是堪憐不幸者，死屍遍地血猶紅！
烽煙彌漫小街村，滿目悽惶不忍論！
避禍人民攜老幼，少年腕上有槍痕！
西關街上眼前看，載重車中血未乾；
我國警軍多被擄，此行惟恐再生難！
不仁麻木是青年，華服摩登尚笑顏；
此輩流氓終誤國，果然別有肺心肝！
百姓無辜最可哀，為何水患又兵災？
只為人心不愛國，以逢天怒降災來！

商家閉板戶關門，馬道繁華斷路人！

大好河山空失守，含冤百姓向誰伸？

遼寧城內亂如麻，傷心有國已無家！

亡省貧民誰願惜？了連黨國大中華！

物換星移時已非，難民悵悵復何歸？

缺衣欠食無生路，大人依舊自輕肥！

　　第四部詩集是覺悟生的《救國時調歌曲輯要》。

　　《救國時調歌曲輯要》，上海覺悟生編，上海商業書局一九三三年一月初版，分時調小曲類、最新歌曲類及新腔京戲劇本類共三類。收錄的是有關「九‧一八」事變和「一‧二八」事變的詩歌，如〈日本侵略東三省十二月花名歌〉、〈中日戰事百姓逃難五更里調〉、〈日本野心侵略中國四喜調〉、〈馬占山抗日黑省戰事景〉、〈九一八日兵侵占東三省救國景〉、〈東洋鱉三擾亂中國五更裏〉、〈救國義勇軍嘆苦景銀絞絲調〉、〈救國雪恥楊柳青調〉、〈日本侵略東三省戰事花名寶卷〉、〈援助東北義勇軍歌〉等等。後半部分附有〈同胞快醒悟愛國歌〉、〈抵制日貨歌〉、〈反日救國歌〉、〈贊馬將軍歌〉、〈勉義勇軍殺敵歌〉、〈義勇軍救國歌〉、〈最新時調救國景〉等譜曲詩歌。還有一篇〈東三省亡國恨全部劇本〉，是生旦唱句腔調，仿南天門京劇調，膾炙人口。

　　這本小冊子編於一九三二年，即東三省被日本帝國主義侵占的一年以後，雖然是俚歌小曲，用詞淺顯，但是含著「很深遠很宏大」的意義，「要喚醒全國社會上下人心的一致，澗雪國恥起見」[42]。

　　第五部詩集是王平陵的《獅子吼》。

---

42 上海覺悟生：《救國時調歌曲》（上海市：上海商業書局，1933年），卷頭語，頁3。

　　詩集《獅子吼》，王平陵著，上海南京書店一九三二年十月初版。本詩集編印精緻，共收集包括〈血鍾響了〉、〈黃浦江邊的血潮〉、〈決鬥〉、〈大屠殺〉、〈火線上〉等五十七首詩歌。這些詩歌呼籲抗日救亡，歌頌「九‧一八」事變和「一‧二八」事變中奮起反抗日偽的軍民，使人讀來「血脈湧起一種新的奮越」[43]。顧仲彝為《獅子吼》作序，寫道：

　　　　我們中華民族已到了危急存亡的生死關頭，內憂外患，交相煎迫，難經幾次三番的革命，而民族的弱點愈益暴露，政治日趨歧途，人民困苦顛連，善良者坐以待斃，強悍者流為匪寇，日暮途窮，而當局者猶復忍心搜刮脂膏，爭權奪利，貽外人侵凌國土之口實，喪心病狂，莫此為甚！文藝家本是民族的靈魂，民族思想和情緒的喉舌；際此國破人亡敵氛倡狂的時期，文藝家目擊亡國慘痛之將臨，安有不攘臂直呼，希冀喚醒同胞於酣夢之中，作民族生存最後之苦鬥！他們的呼聲中充滿著血淚。他們要在無可如何中作最後之掙扎！他們明知無望，但依然是竭盡最後的熱血，作螳臂當車的犧牲；他們明知已病入膏肓，但不惜再打一下最後的強心針！中國的確是無望，也許這點精神的保留，就是唯一的希望罷！

　　王平陵先生在這本詩集裡，首首都是抱著這種「竭盡最後的熱血，作螳臂當車的犧牲」精神來寫的。作者的熱血和勇氣，使他的詩歌充滿力量。這些盪氣迴腸的行軍歌聲、愛國小詩所激起的鬥志力即便是今天讀了，也感到熱血沸騰。如下面一首〈血鍾響了！〉：

---

43 王平陵：《獅子吼》（上海市：南京書店，1932年）。

多年虛脫了的民族的元氣，
又在火葬著的柴堆裡燃燒起來了。
血鍾響了！
時代不許我們沉默了。

少數人壓榨多數人的勾當，
還是過去年代蠻跡的殘留，
血鍾響了！
眼見著他們一個個跪在時代的前面發抖。

他們所依靠的暴虐的炮艦政策，
正擱淺在行不通的海灘上，
不得不蛻化他們的皮殼了。
地底已發生出偉大的力量。

不必翻開歷史追溯過往，
帝國主義者的幻夢絕不會遺忘。
除了用鬥爭來消滅少數人的勾當，
這死灰色的道途上怎不知到何時才能放光？

四　國難主題的報告文學與散文

在中國文學中，報告文學作為一種外來文體，最初大致出現在
「五四」前後，「九‧一八」國難爆發以後，對戰事的發展、東北人
民苦難生活以及全國各地抗日救亡運動的描寫，使得報告文學有了進

一步發展。茅盾在〈關於「報告文學」〉[44]一文中說道:「去年夏季,『文壇』上忽然有了新流行品了,這便是所謂『報告文學』。」「所謂『報告文學』即在歐美『文壇』也還是一種新東西,因而在我們中國確是『不二價的最新輸入』。」《北斗》第二卷第一期(1932年1月20日)刊登了沈端先譯川口浩的〈報告文學論〉,及時譯介了日本報告文學的情況。「九・一八」事變後,報告文學得到了初步發展,「一・二八」事變之後,報告文學發展更加成熟,湧現出了大量的報告文學作品,先是在報刊上發表,後來有一些作品被編成集子出版。

　　有關「九・一八」國難主題的報告文學,普遍採用的是近似於「新聞通訊」的寫法。這種寫法的主要特點是利用一定的文學表現手段(如環境描寫、形象勾勒、氣氛渲染等),對具有新聞性的事件、景象做客觀報導,而對所報導的事件、景象等並不做分析或評論。如:〈倭寇殘酷行為寫真〉[45]裡寫了「舊恨」與「新仇」,在「舊恨」中「流不盡的浮屍」、「鐵蹄下的東北」、「魔手下的平津」等幾節記述了日本帝國主義對中國東北、平津地區的侵略暴行和人民的慘痛生活,並配有照片;《新從軍日記》,謝冰瑩,漢口,天馬書店,一九三八年七月,通訊報導集,收〈恐怖的九一八〉;〈日軍鐵蹄蹂躪下之血跡〉[46]裡則寫了「自九一八起至十一月底止日軍暴行的總帳」、「東北各地日軍暴行的實況」;《閘北的苦戰》,社會與教育社編,上海,新生命書局,一九三二年九月初版,收報告文學〈閘北的苦戰〉(張卻來)、〈有龍江犒師記〉(高葆光)、〈戰區的憑弔〉(大美晚報)等,並收幾篇外國記者的文章,如〈滿洲地平線一瞥——中日事變前後的旅行斷片〉(日本,下村千秋)、〈滬戰實紀〉(美國,Randall Gould)。

44　《中流》,1932年2月20日。
45　匡幼衡:〈倭寇殘酷行為寫真〉(武昌市:戰爭叢刊社,1937年)。
46　中國國民黨浙江省黨部:〈日軍鐵蹄蹂躪下之血跡〉(1933年)。

有的作品對「九‧一八」事變後，東北各地區遞次淪陷，許多東北人
紛紛外逃的情況做了記述，例如《宇宙風》期刊上發表的〈在北平的
東北人〉，就有這樣的描寫：

> 流落在北平的東北人，究竟有多少，究竟是屬於哪種階級的
> 人，這些問題，雖沒有準切的回答，但是我們確實知道亡命的
> 東北人，流落在北平一城的，數目占得恐怕最多，最雜。平時
> 在北平市街的電車上，有的時候差不多全車的乘客都是東北
> 人，聽他們用鄉談，講起東北家鄉的兵災，匪禍，日本，滿洲
> 國……講論得有滋有味，時悲時喜，不過究竟喜的地方少，他
> 們只僅僅為了自己一家老小，不曾死在關外，還能逃在北平居
> 住，發出幾聲唏噓變像可喜的半哭半笑聲。至於在街市上遇見
> 的東北人，作拉洋車，賣煙捲，零食攤等等的小生意人，更大
> 多是東北人，常在米市借青年會的門前，在文明員警用棒子，
> 繩子驅逐下，仍然不斷地偷偷擠上叫花子來，在清華，燕京的
> 大汽車旁，對著「青年老爺」，「年輕姑奶」，伸出五指烏黑的
> 一雙手，低低地背著幾句話：「老爺，賞我一大枚！我不是要
> 飯的，我是奉天人！家沒有了，東西都被日本人搶去了！我不
> 是要飯的！賞我一個燒餅吃吃！」
> 其實，聽他們的口音，確是地道奉天口音，不過「年青老爺」
> 因為叫花子的自稱「奉天人」的原故，多少有些不中聽，因此
> 也懶得「賞一大枚」的。[47]

對於「九‧一八」事變後淪落到關內的東北人，作者的態度是不
屑的，並提到在北平人口裡流行的一句話，是說當時的東北人的：

---

47 《宇宙風》，1936年6月16日。

「後腦勺子是護照，媽拉巴子是免票」。說的是在「九‧一八」事變前後，東北人大都坐車不買票，如果為「售票生所得罪」，還要搗毀電車，打傷售票生。而對於淪陷在日軍手裡的東北地區人民的精神面貌，在〈請看今日之瀋陽〉[48]裡也有段精彩的描寫：到瀋陽去的第一件大事是化裝，而且在火車上最好裝癡弄傻──「眼睛死定一些，不左顧右盼，不要和人打招呼，即使別人向您打招呼，也假裝精神不夠，沒有看見。這種沒有精神的癡呆，偵探的眼睛不會注意的。」造成這種情況的原因是，「九‧一八」事變後瀋陽被日偽軍占領，瀋陽城「完全籠罩在和氣之下」，很多百姓在日偽軍的威逼之下都做了「順民」。

此外，採用近似「小說」寫法的報告文學也較多，如《九一八事變瑣記》這個集子，章平和編著，北平立達書店，一九三一年十二月出版。這時的報告文學基本上還處於早期發展階段，這種歷史狀況一方面使不少作家包括文藝理論家對報告文學文體特性的理解和認識，普遍存在不很嚴謹、過於寬泛的情況。另一方面又使許多作家分別從不同方面去探索、尋求符合報告文學特性要求的種種寫作方法，這為一九三七年全面抗戰以後中國報告文學的蓬勃發展打下了基礎。

在散文方面，有的期刊推出了關於「九‧一八」國難的專題系列散文，如一九三二年一月的《文學月報》第三號上，有一組「九一八周年紀念」的散文，包括亞子的〈對於九一八的感想〉、田漢的〈九一八的回憶〉、茅盾的〈九一八周年〉、洪深的〈我對於九一八的感想〉、穆木天的〈九一八的感想〉、適夷的〈向著暴風雨前進〉、華蒂的〈一個印象〉。表現了當時這幾位作家對「九‧一八」國難的看法即愛國救亡的情懷。

---

48 《宇宙風》，1936年4月1日。

　　「九・一八」事變一年過後，有人將發表在不同報刊上的散文作品編輯成書，最重要的是馮玉祥將軍編輯出版的散文集《九一八周年紀念文選》[49]。該書選載了〈怎樣紀念「九一八」〉（馮玉祥）、〈九一八周年紀念宣言〉（自決社）、〈國喪紀念辭〉（大公報）、〈紀念九一八〉（導報）、〈九一八紀念辭〉（庸報）、〈舉國赴戰而已〉（時事新報）、〈「九一八」一年了！〉（孟真）、〈嗚呼九一八〉（吳哀民）、〈悼九一八〉（印永法）等二十篇文章。馮玉祥將軍是中國傑出的愛國民主人士，曾任民革中央常務委員，民革中央政治委員會主席，是民革主要創始人之一。他畢生追求進步和光明，渴求祖國統一與安定。一九三一年，因中原大戰失敗而偏居山西的馮玉祥，聞聽「九・一八」事變後「肝膽欲裂」、「夜不能寐」。說與其作亡國奴，倒不如死了好。面對國民黨政府的不抵抗政策，他四方聯繫督促蔣介石下野，把蔣介石看作是「救國之障」，稱「誓死與全國同胞共赴國難，粉身碎骨，義無反顧！」一九三一年十月二十一日，在陣陣抗日怒濤聲中，馮玉祥發表了著名的馬電，提出了抗日救亡十三項主張，指出必須「以必死之精神，持久之毅力，共赴國難」，才能「將此難局打開」。每字每句都表達了他的愛國抗日決心。

　　《九一八周年紀念文選》中，首先，馮玉祥將軍在卷首的〈怎樣紀念「九一八」〉一文中表達了自己編輯這本文選的目的：「嗚呼，政府既不抵抗，更不容民抵抗，吾人將何以紀念此九一八，又將何以挽救此九一八後之危機？惟有博採宏論，彙集成冊，以見人心之一般；使後來者知非全國人之願為亡國奴，亦非全國人斷送此偉大之中華民國也。」其次，他還提出了自己對於國難的看法，認為國際聯盟慣於拿「正義」、「人道」等好聽卻毫無實際的名詞來欺騙世界弱小民族，

---

49 馮玉祥：《九一八紀念週年文選》（1932年）。

他從來沒有做過一件扶弱抑強的事。因此次東北的事變,更加使我們認清了他的虛偽面孔。國聯理事會,三番四次的開會,名為調處中日糾紛,實則不惟絲毫沒有制止日本的暴行,反而助長了日本的威風,延長了撤兵的日期,以至於從此不再撤兵,使日本獲得了從容應付的機會,同時即使中國人民增加了無窮的痛苦,與損失。換言之,即國聯的行動,實在是幫助了日本帝國主義的成功。再次,馮將軍還提出了自己的抗日主張:「日本已拿去東三省了,但野心並沒有停止。他還正在發揮那『欲征服支那,必先征服滿蒙,欲征服世界,須先征服支那』的強盜邏輯。」「假設問我『怎樣去紀念九一八』,那麼,我有一個很簡單的答覆,就是嚴整抗日運動的組織,努力抗日運動,與努力爭取抗日運動的自由,然後才能真正達到抗日救國的目的,完成獨立自主的工作。」

第三節 「九‧一八」事變與東北淪陷區文學

從一九三一年「九‧一八」事變開始,由於日本帝國主義對東北的侵略占領,使東北地區的新文學運動受到了極大的衝擊,正常發展進程被阻斷,被迫走上一條獨特的發展道路,以異常複雜的面貌呈現在中國現代文學史中。這個時期出現了兩個重要文學現象,一是東北淪陷區國難文學的發生,二是流亡關內的東北作家群的崛起,兩者都與「九‧一八」事變及東北地區淪陷有著直接的關係。

一 「九‧一八」事變後的東北淪陷區文壇

一九三一年「九‧一八」事變後,東北淪為日本侵略者的殖民地,從「九‧一八」事變,到一九四五年「八‧一五」光復,東北被

日本帝國主義蹂躪了整整十四年，人們通常把這段時間稱為東北淪陷時期，而反映這一歷史時期的文學，被稱為東北淪陷區文學。對於東北淪陷時期的文學，早在新中國成立前就存在著兩種不同的看法。一種看法認為，淪陷十四年的東北根本就沒有文學，要說有，那只能說是「漢奸文學」；另一種認為，東北淪陷的十四年間不但有文學，而且還是很有進步意義的文學。新中國成立以後，由於「左」的思想的影響，東北淪陷時期的文學長期成為文學研究的禁區。當時的文學作品以「偽滿洲文學」、「漢奸文藝」之名被列為禁書封存起來，許多作家除了被打成右派外，還給戴上「偽滿作家」、「漢奸文人」的帽子。而臺灣出版的劉心皇編寫的《抗戰時期淪陷區文學史》，把包括東北在內的淪陷時期的作家一律打成「落水作家」，顯然也是不公正的。事實上，「九‧一八」事變爆發後，東北文學一方面是日本殖民當局鼓吹殖民主義，扶植賣國主義的漢奸文學和為敵偽政權歌功頌德的粉飾文學，另一方面，反映國破家亡的國難文學，愛國的、抵抗的文學，以各種曲折隱晦的方式存在著。

「九‧一八」事變後不到三個月的時間，日軍占領遼寧、吉林、黑龍江，中國滿洲地區開始逐步淪為日本殖民地。在日本侵略者野蠻統治下，受「五四」新文學影響的正在發展的東北新文學遭到嚴重摧殘。滿洲文壇隨之進入蕭條期，事變前創辦的文藝性報刊紛紛停刊。報館倒閉，期刊停刊，人員逃亡，剛剛發展起來的新文學，一時處於死寂狀態。當時的評論家王秋螢（谷實）說：「九月十八日事變後，東北文壇已經完全隨著政局而瓦解了」，進入了「死滅」時期[50]。梁山

---

50 谷實：〈滿洲新文學年表〉，收入秋螢編：《滿洲新文學史料》（上海市：開明圖書公司，1944年），頁6。

丁也稱此時為「文壇的大饑饉期」[51]。究其原因，主要來自日偽對文學的統治和鎮壓：一是用法律手段限制。一九三二年十月二十四日日偽拋出《出版法》，明文規定：凡有變革偽國家組織的嫌疑，危及偽國家存在的基礎、鼓動民心或對偽國進行破壞行為等宣傳品，一律禁止出版；對具有民族意識和反滿抗日內容的書刊嚴加取締。二是設立專門機構控制。一九三二年開始設立資政局弘法處，主要是負責文化宣傳；一九三三年廢除資政局，在偽國務院總務廳設立情報處，統管文化和輿論。這些機構的設立，與關東軍及偽滿洲國各個部門中的文化、思想、宣傳、情報機關密切配合，將偽滿洲國的所有文化宣傳機構掌握在手中，壟斷了新聞出版、廣播電影、文化藝術等各機構，東北人民的基本言論自由權被剝奪了。三是進行鎮壓和屠殺。蕭紅、蕭軍等作家逃亡關內，《大同報》的《夜哨》、《國際協報》的《文藝》、《黑龍江民報》的《蕪田》等副刊被迫停刊，「星星劇團」「哈爾濱口琴社」「白光劇社」等進步文藝組織被迫解散，金劍嘯、王甄海（《黑龍江民報》社長）、侯小古（「哈爾濱口琴社」主要成員）等進步作家和文學青年慘遭殺害，這些都是日偽鎮壓、屠殺文學的鐵證。同時，國民黨政府也是進一步加強反動專制統治，採取一系列措施從思想上、政治上、文化上進行嚴格的控制。一九三〇年十二月，國民黨政府頒布《出版法》，一九三一年十月制定《出版法施事細則》，一九三二年十一月頒布《宣傳品審查標準》，一九三四年二月，國民黨中央宣傳委員會電令上海市黨部，下令禁止一百四十九種圖書、七十六種期刊出版、發行。

　　儘管如此，東北的文化勇士還是不惜以犧牲生命為代價，從事抗

---

51 山丁：〈十來年的小說界〉，收入秋螢編：《滿洲新文學史料》（上海市：開明圖書公司，1944年），頁31。

日文化活動，積極創辦進步文藝社團和報刊，利用日偽報刊的副刊，發表各類體裁的文學作品。「九‧一八」事變一年後，在原來新文學基礎比較好的大城市報刊開始復甦。當時有名的報紙的文藝性副刊有：哈爾濱《國際協報》的《文藝》和《國際公園》、《大北新報》的《大北風》、《哈爾濱新報》的《新潮》、《濱江日報》的《暖流》；大連的《泰東日報》的《文藝》、《滿洲報》的《星期》；瀋陽的《盛京時報》的《文學》、《民報》的《冷霧》、《奉天日報》的《明日》、《民聲晚報》的《文學七日刊》、《撫順民報》的《彗星》；齊齊哈爾的《黑龍江民報》的《蕪田》；長春的《大同報》的《夜哨》、《大同俱樂部》和《滿洲文壇》等等。同時，文壇結社的風氣很濃，文學社團組織也紛紛興起，據《滿洲報》發文統計，僅一九三三年一年，東北文壇就有二十幾個文學社團出現[52]。這些文學社團依附報紙的文學副刊，復甦了被戰火摧殘的文學，為「九‧一八」事變後的東北淪陷區文學發展作了貢獻。

與遼吉兩省不同的是，黑龍江地區長期在沙俄的勢力範圍之內，日本的殖民統治勢力較為薄弱，所以黑龍江的抗日情緒較為高漲，抗日文藝也是最前沿、最有代表性的。此外，一九三二年中共滿洲省委從日偽統治嚴密的奉天（瀋陽）遷至日偽統治尚不穩固的哈爾濱，隨即敵偽統治比較薄弱的哈爾濱成為東北人民抗日反滿鬥爭的中心，形成了以中共黨員和愛國作家為主體的北滿作家群，其主要成員有：蕭軍、蕭紅、羅烽、舒群、金劍嘯、李文光、白朗、姜春芳、鄭立、山丁、王秋螢等等。他們翻譯介紹外國（尤其是蘇聯）作家的作品，開展新戲劇活動，以報紙副刊為陣地，創作、發表了許多抗日和暴露現實的作品。主要陣地有長春《大同報》副刊《夜哨》和哈爾濱《國際

---

52 馮為群：〈談東北淪陷時期的文學期刊〉，《北京印刷學院學報》第6期（2006年）。

協報》副刊《文藝》，另外還有大連《滿洲報》的《星期》副刊、《泰東日報》的《文藝》周刊、瀋陽《盛京時報》的《文學》副刊、哈爾濱《哈爾濱新報》的《新潮》副刊等，發表了一些反映淪陷區苦難處境的國難文學作品。

其中，《夜哨》最有代表性，該刊創辦於一九三三年八月十三日，封面的圖案是漆黑的天空和鐵絲網，暗示當時黑暗的東北淪陷區現實。《夜哨》是共產黨領導的利用文學活動在文化戰線上進行愛國抗日鬥爭的重要陣地，由趙一曼代表中共指示金劍嘯、姜椿芳、羅烽等同志籌畫創辦的，通過蕭軍出面組稿，並出面與編者陳華聯繫，有組織、有計劃地撰寫、發表抗日文學作品。《夜哨》的主要撰稿作者有洛虹（羅烽）、劍嘯（金劍嘯）、黑人（舒群）、三郎（蕭軍）、哨吟（蕭紅）、梁倩（鄧立）、文光（署名「星」），劉莉（白朗）、權（陳華）等。《夜哨》發表的作品，有時以描寫廣大農民被剝削、被壓迫的悲慘境遇為內容，揭露統治者的兇狠和殘暴，暗喻封建勢力和當時黑暗政權在荼毒人民方面狼狽為奸的情景；有時以反映效忠日偽、甘做鷹犬的民族敗類為題材，揭示賣身投靠者的醜惡靈魂；有的甚至直接借文中人物之口高呼「起來，全世界的奴隸」這樣具有鼓動性的詞句，來表現人民強烈的愛國心聲和誓死抗日到底的決心。

在《夜哨》上，題為〈生命的力〉的文章，是一篇富有較強戰鬥性的代發刊詞，是東北淪陷後，從文藝新地上向敵人發出的第一聲進軍號角。在這篇文章中，編者號召廣大青年，不要「彷徨」、「躊躇」、「隨波逐流」，要起來「以自己為武器去抗爭」，並隱晦地打擊了「王道」、「大同」、「日滿協和」、「共存共榮」等鬼話。在《夜哨》上發表了大量具有進步意義的文藝作品，如短篇小說〈下等人〉、〈口供〉、〈勝利〉、〈只是一條路〉、〈叛逆的兒子〉、〈臭霧中〉、〈象與指〉、〈星期日〉、〈肉的故事〉等，中篇小說〈路〉，獨幕劇《兩個陣

營的對峙〉、《窮教員》、《藝術家與洋車夫》等，散文〈暗啞了的三弦
琴〉、〈碼頭夫〉，另外還有很多新詩。這些作品，思想內容由膚淺到
深刻，反映了進步文藝工作者的階級覺悟的不斷提高，《夜哨》副刊
在文藝戰線上配合黨領導的武裝鬥爭，起到了應有的作用。蕭紅就是
從《夜哨》上為人們所認識的。她的處女作〈王阿嫂之死〉即是在
《夜哨》上發表的，此後她還在《夜哨》上發表了〈兩個青蛙〉、〈啞
老人〉、〈夜風〉、〈看風箏〉、〈小黑狗〉等多篇作品，漸漸走上了文學
之路。由於《夜哨》鋒芒太露，引起日偽當局的注意，特別是以抗日
鬥爭為題材的《路》連載以後，更加引起日偽當局的仇視。迫於形勢
的壓力，副刊無法繼續辦下去了。

　　《夜哨》停刊不久，蕭軍、蕭紅、羅烽、白朗、金劍嘯、山丁等
人，又於一九三四年一月，在哈爾濱的《國際協報》上，開闢了新的
文藝陣地——《文藝》周刊。該刊由白朗擔任主編，發表的作品具有
很強的現實性和戰鬥性。如對當時農村的動亂、城市的衰敗、經濟的
蕭條、民族的危亡等方面的描寫，以及對「日滿協和」、「王道樂土」
的粉飾文學的批判，都在該刊發表的作品中有所反映。《文藝》周刊
針對當時統治者提出的「王道樂土」、「共存共榮」的口號，旗幟鮮明
地在發刊辭〈文學的使命〉中聲言反對文學目的論。在當時的白色恐
怖下，該刊發表了許多革命進步的文藝作品，如〈表揚〉、〈麥場之
工〉、〈一個雨天〉、〈期待〉、〈破落之街〉、〈患難中〉、〈鍍金的學
說〉、〈怵栗的光圈〉、〈四年間〉、〈逃亡的日記〉、〈雲姑的母親〉、〈北
極圈〉、〈銀子的故事〉、〈黃昏的莊上〉、〈無從考據的消息〉、〈山
溝〉、〈星散之群〉等等。《文藝》周刊還刊登果戈里、托爾斯泰、高
爾基等外國作家的譯文作品，引進外國先進思想，影響、促進了東北
淪陷後的文學發展。後來，隨著日偽當局對文化統治的加強，對進步
作者迫害的加劇，一些進步作者先後離開了哈爾濱市奔赴內地。《文

藝》周刊在出版了四十八期後，也於年底停刊了。

　　進步作家的出走，進步刊物的停辦，使得愛國的國難文學、抗日文學活動大受影響。但是留在東北的作家，如金劍嘯、山丁等人，仍然團結一些進步文學青年，在白色恐怖的環境裡，繼續從事著文學鬥爭。此外，像王秋螢、袁犀、李季瘋、疑遲、關沫南、陳湜、田琳、金音、冷歌等作家的作品，也都不同程度地反映了東北人民的苦難歷程和反滿抗日的鬥爭生活。可以說愛國的國難文學及抗日文學，始終是這一時期進步文學活動的主流。

二　小說、戲劇、詩歌

　　「九‧一八」事變爆發、東北淪陷後，作家們既不堪忍受，但又不得不面對現實，這就使得他們在創作上呈現出複雜的矛盾心態與曲折的表達，這是今天我們讀這些作品時需要加以注意的。

　　先談淪陷區作家的小說創作。

　　「九‧一八」事變之前的小說創作多承「五四」新文化運動之風，基本主題是反封建主義、追求個性解放。「九‧一八」事變爆發以後，許多作家把國土淪喪作為大背景來展開小說創作，無情揭露當時的社會黑暗，所以這部分小說有著那個時代國難文學所特有的印記，帶著一種憂國憂民的情懷。從內容上看，有描寫「九‧一八」事變後農民的悲慘遭遇的，有反映工人的痛苦生活的，還有表現男女情愛悲劇的，也有表現東北抗日聯軍抗日運動、東北人民不屈的抗日精神的，總之，國難的題材、愛國抗日的主題是「九‧一八」事變以後東北淪陷時期小說的突出內容。

　　李文光（筆名「星」）的〈路〉於一九三三年九月十日在《大同報‧夜哨》上連載十三期，共一萬二千字左右，是「九‧一八」事變

後東北淪陷區小說園地「一枝極為獨特的花」[53]。小說生動地描述了「我」在追尋抗日隊伍「茂山柳子」的路途中的種種經歷。和「我」一起的十餘個農民因動搖、退縮而返程的時候，「我」的一番話激起了其中一個農民與「我」攜手共生死、投奔抗日武裝的決心：「所以必須向這唯一的道路走下去，不然摧殘、饑餓與死亡是永遠脫不開的，我們，以至我們的子孫，永遠地要被踐踏著，因此，我們必須執拗地掙扎，我們不成功，我們的兒子、孫子，無窮的掙扎，猶如饑寒之永遠不肯放我們一樣，我們要以永遠的戰爭，開永遠的向之肉搏，這樣來開闢我們血的出路。」「我」為又有了一位志同道合的農民朋友而感到高興，作者用景物的描繪來表達心中的希望：「健強的朝暉，展露著閃爍的微笑，在東方的天際，蒼翠的樹，碧綠的草，歌囀的鳥群，荷鋤下地的農夫，所有一切都在欣欣然充溢著生命的朝氣。」儘管有敵機在盤旋，並拋撒著恐怖宣傳的傳單，但「我」依然前行。小說還描寫了主人公高唱著〈國際歌〉匯入抗日武裝的洪流中的情景。整個小說格調高昂，充滿著詩意。儘管小說對創作對象的描寫是隱晦的，敘述上也帶有跳躍性和空間模糊性，但仍被日偽當局所查封，然而，這篇小說畢竟產生了深遠的影響。山丁稱讚為：「題材的清新，描寫的緊練，以及主題的發揮，皆臻上乘」[54]。

蕭軍、蕭紅合著的第一部小說集《跋涉》（《跋涉》，一九三三年出版，出版時署名為三郎、悄吟），因其創作於東北淪陷區，也屬於東北本土作品。這部小說集把被侮辱、被損害的人們的奮鬥與死的掙扎，鮮明地展現給讀者，使人看到「生的鬥爭」和「血的飛濺」，並

---

53 高翔：〈東北現代中篇小說斷論〉，《東北文學研究／社會科學輯刊》第4期（1997年）。

54 山丁：〈十年來的小說界〉，收入秋螢編：《滿洲新文學史料》（上海市：開明圖書公司，1944年），第4期，頁6。

給人們一條「出路的線索」——反抗。這裡有為貧窮所困擾的青年知識分子群像（〈桃色的線〉、〈燭心〉、〈孤雁〉、〈廣告副手〉）；有衰弱的老人為糊口沿街在寒風中掙扎（〈這裡常有的事〉）；有被地主活活燒死的長工（〈王阿嫂的死〉）；也有不甘受地主欺壓而覺醒，加入到義勇軍行列的長青母子（〈夜風〉）等。三郎（蕭軍）創作的〈涓涓〉和〈慰靈祭〉，是淪陷時期最早的中篇小說的代表作品。

羅烽和白朗通過文藝副刊抒發了他們對淪陷了的國土的憂慮和對日偽黑暗統治的深刻揭露。羅烽的小說〈勝利〉反映了覺醒的工人對欺壓他們的工頭的英勇反抗和鬥爭。中篇小說〈星散之群〉指出，只有抗爭才是出路，是東北淪陷時期最早的一部工人題材的中篇小說。白朗的小說〈只是一條路〉、〈叛逆的兒子〉、〈四年間〉也均刊登在文藝副刊上。

還有其他進步傾向的文學青年，以文藝副刊為陣地，進行文學創作和練筆。如梁山丁，是當時比較有影響的年輕作家，是為《夜哨》和《文藝》兩個文藝副刊撰稿較多的一位。他先後發表小說〈象和貓〉、〈九月夜〉、〈山溝雜記〉、〈臭霧中〉、〈北極圈〉、〈銀子的故事〉、〈無從考據的故事〉、〈山溝〉等，詩歌〈媽媽和孩子〉、〈男子漢〉、〈你也有良心〉、〈錘〉、〈沒飯吃的人〉、〈幸福之歌〉、〈夜行〉、〈雁南飛〉等，大多是反映「九‧一八」事變後農村生活的作品。《綠色的谷》是梁山丁第一部長篇小說，這部小說以深沉的愛國感情和濃郁的地方色彩，再現了「九‧一八」事變日本帝國主義侵占東北後的農村血淚交織的生活。後來作者自述說：「那是寒凝長夜寂無聲的一九四二年，我下決心要寫一部以家鄉狼溝農民武裝為題材的長篇小說。因為九一八事變後，我在狼溝生活了半年，親眼看到那些樸實、堅強的農民，被迫鋌而走險去當「鬍子」，我同情那些貧苦的農民，一九三四年，在白朗主編的《國際協報‧文藝周刊》上，發表過

我的短篇〈山溝〉，曾經描寫過農民武裝的片段；一九三五年，在孫
陵主編的《大同報‧滿洲新文壇》上，發表過我的短篇〈懷著苦心的
人們〉，也是描寫農民生活鬥爭的片段，我想把這些片斷組織起來，
寫成一部長篇，這個題材醞釀已經很久了。」[55]因受到當時日本帝國
主義的監視，作者故意把小說描寫的時間移到「九‧一八」事變以
前。在偏遠的山村狼溝裡，有地主莊園守望門寡的林淑貞和管家崔鳳
的愛情悲劇；有傳奇人物小白龍揭竿而起的反抗；有橫行霸道的地痞
混江龍欺壓百姓殺害林淑貞的血腥罪惡；有吸收進步思想的少東家的
覺醒和與家庭的分裂；還有帝國主義走狗買辦錢如龍興建鐵路掠奪民
鄉財富的陰謀。小說情節曲折跌宕，幾條線索交錯發展，在清新簡潔
的文字中，不時出現鮮明而生動的人物形象，激起讀者感情的波濤，
去回顧那苦難的逝去的歲月。

第二，是淪陷區的詩歌創作。

「五四」時期是中國近現代史上文化活躍的時期，這一時期關內
許多藝術形式也流入東北，例如話劇在這時傳入東北。話劇在當時被
稱為新劇、文明戲。「九‧一八」事變前，東北各地已成立了許多新
劇劇社。此外，東北當地本身就有豐富的文化藝術，其中廣為流傳的
有：子弟書（滿族曲藝）、奉天大鼓、二人轉等等，有良好的戲劇創
作和接受的基礎。

「九‧一八」事變使剛剛萌芽的新劇幼芽遭到蹂躪，但它竟又堅
強地逐漸萌發起來。究其原因，一方面是因為要表達反抗意識，一些
有膽識的作家和文學青年，利用敵偽的報紙、雜誌創作發表了一些劇
本；另一方面，日偽企圖利用演劇來宣傳「國策」、奴化東北人民，

---

55 梁山丁：〈萬年松上葉又青──《綠色的谷》瑣記〉，《綠色的谷》（瀋陽市：春風文
藝出版社，1987年），頁225。

也就容許一些劇作的發表和劇團的演出，企圖造成「大東亞文化」的虛偽假像，達到鞏固統治的目的。在歌劇、評劇、默劇、詩劇、廣播劇這多種戲曲藝術形式都有所發展的形勢之中，話劇作為新劇運動的核心，在發展速度、創作和演出數量品質、以及產生的影響上，表現十分突出。作為新劇運動的先鋒當推劇作家陳秋凝（塞克），這個共產黨派遣來東北進行革命活動的作家，創作了《哈爾濱之夜》、《鐵隊》、《流民三千萬》等作品，真實地反映了「九・一八」事變爆發後東北人民的苦難和鬥爭。話劇《哈爾濱之夜》反映的是瀋陽「九・一八」事變發生當夜的事，曾在哈爾濱賑災遊藝會上演出。獨幕劇《鐵隊》創作於一九三三年，是以歌頌義勇軍起義為主要內容的，在寧波「同鄉會」舉行的援助東北義勇軍公演中演出。話劇《流民三千萬》創作於一九三四年，是反映東北人民抗日鬥爭生活的，由著名音樂家冼星海譜寫〈主題歌〉，這個話劇的創作及演出都非常成功，反響巨大。

另外，「九・一八」事變爆發後，東北淪陷區的話劇劇本創作主要是以金劍嘯、羅烽為首的文藝工作者在《夜哨》、《國際協報》等文藝副刊上發表的作品為代表的。

作家金劍嘯（1910-1936，原名金承載，號培之，又名夢塵，筆名劍嘯、健碩、巴來等）於「九・一八」事變前就加入了中國共產黨。「九・一八」事變後，在民族危亡之時，他參與《夜哨》、《文藝》、《滿洲新文壇》和《蕪田》等副刊上的文學創作。他在《夜哨》和《文藝》兩個副刊上發表的小說〈星期日〉、〈夏娃的四個兒子〉、〈雲姑的母親〉，詩歌〈白雲飛了〉，劇作《窮教員》、《幽靈》、《藝術家與洋車夫》、《黃昏》、《母與子》、《誰是騙子》、《車中》等等，對「九・一八」事變後日本帝國主義侵略下的黑暗社會進行了抨擊，具有深刻的思想性和較高的藝術水準。他還投入到抗日劇團建設中，組建了「星星劇團」和「白光劇社」。「星星劇團」是於一九三三年七月

由金劍嘯、羅烽發起，蕭軍、蕭紅、白朗、舒群、金人、白濤等人創
建的戲劇組織。它是由中國共產黨直接領導下的第一個半公開性質的
抗日戲劇團體。其公演的話劇《姨娘》和《一代不如一代》凡響很
大，遭至日偽當局的「特別關照」，憲兵員警天天到劇團搜查盤問，
還拘捕了一部分演員。正如偽《大國報》《夜哨》副刊創刊號上所
說：「『星星劇團』將為全哈爾濱戲劇界開拓一條荒殊的素無人跡的前
路」，「星星劇團」的出現為新劇運動開闢了嶄新的道路——一條愛國
抗日的道路。在東北戲劇史上寫下了光輝的一頁。一九三五年，金劍
嘯在齊齊哈爾創辦了「白光劇社」，先後公演了他所創作的話劇《黃
昏》、《母與子》等。劇社在群眾中產生很大的影響，後被日偽當局強
令解散。有研究者認為，金劍嘯把戲劇活動和創作結合起來，可把他
譽為「東北淪陷時期革命戲劇的奠基人」[56]。由於金劍嘯在《大北新
報》畫刊上刊登了蘇聯作家高爾基病重的消息，而被日寇駐哈爾濱總
領事館高等系特務逮捕，一九三六年八月十五日，在齊齊哈爾被日寇
殺害，時年才二十七歲。

　　金劍嘯在慘遭殺害後，日偽更是加強了對戲劇界的統治，「突出
表現在偽首都員警廳設立了專門監視機構」，「我們從敵偽檔案發現的
三份《關於偵察利用文藝、演劇進行思想政治活動的報告》的祕件
中，看出日偽特務不但對愛國進步作家註冊登記『開展側面調查』，
而且還跟蹤盯梢，監視活動，對其作品的寫作傾向進行分析，並定期
向警務局局長報告。如劇作家王則、安犀、杜白雨、山丁等人，即使
他們在偽『滿映』謀事，也無時無刻不在敵特的監視之下」[57]。此外，

---

56 馮為群、李春燕：《東北淪陷時期文學新論》（長春市：吉林大學出版社，1991年），
　　頁90。

57 馮為群、李春燕：《東北淪陷時期文學新論》（長春市：吉林大學出版社，1991年），
　　頁81。

日偽還進行了兩次全東北性的大逮捕，李季瘋、關沫南、田琳、陳碇等作家都先後被捕入獄。儘管如此，許多劇作家仍舊堅持抗日鬥爭。對此日偽當局也看的清楚，在一份敵偽祕件中寫道：「大東亞戰爭爆發後，政府實行檢舉、鎮壓反滿抗日分子的政策，越發引起左翼作家的警覺……他們考慮到官方的取締，極力避免過激的描寫，而盡量迂回灌輸某種意識」[58]。東北淪陷區的戲劇創作及演出便是在這樣的鎮壓與反鎮壓的拉鋸戰中發展起來的。

羅烽（筆名洛虹）在《夜哨》上發表獨幕劇《兩個陣營的對峙》，又以彭勃的筆名在《文藝》上發表獨幕劇《現在晚了》；關沫南（筆名關東彥）在《滿映畫報》上發表劇作《開張》，還有蕭軍的評劇《馬振華哀史》，洗園的劇本《歸家後》等，這些都為東北淪陷時期戲劇的復甦作出了貢獻。在東北淪陷區戲劇界產生比較大影響的還有安犀和李喬，他們不但以戲劇活動著稱劇壇，而且其創作實踐也為新劇的發展立下功勞。此外，革命的話劇也是抗聯部隊宣傳抗日的重要形式，當時影響較大的有《王小二放牛》、《血海之唱》，形象地揭露了日本帝國主義的侵略罪行。

這時期戲劇創作的主要特點，在內容上是反映國難主題、暴露社會黑暗，號召人們抗日救國。金劍嘯的《黃昏》和《誰是騙子》，安犀的《三代》和李喬的《夜航》，通過對底層勞苦大眾的描寫，揭露了日偽統治時期的社會醜惡。《夜航》中所寫的僕婦、騙子、小偷、無賴，表面上社會渣滓，但劇作把矛頭指向造成社會底層醜惡現象的罪惡根源，激發起人民大眾抗日救國、驅逐日寇救我中華的民族意識。在戲劇的藝術表現上，隱晦曲折的表現手法是被普遍使用的。許多作家為了迴避日偽的審查，而常常將戲劇故事的時間調整到「九‧

---

58 馮為群、李春燕：《東北淪陷時期文學新論》（長春市：吉林大學出版社，1991年），頁81。

一八」之前的某一歷史階段，從淡化背景上曲折隱晦地反映現實生活，許多作品以反映普通家庭的不幸生活、小知識分子的窮困潦倒、青年男女的愛情悲劇等比較平淡的生活瑣事為戲劇內容，以這樣的故事情節去暗示日本侵占東北後的現實生活。例如金劍嘯在劇本《窮教員》中雖然反映的是兩個知識分子的不幸遭遇，但是通過劇情進展，自然會使人聯想起淪陷後的苦難生活，在結尾處作者以三句警醒世人的話點明主題：「我們活著的呢？（幕慢下）我們活著的呢？（全幕下）我們能等著這個死麼？」

總體上看，這個時期的東北新劇相比小說、詩歌、散文這幾種文學形式而言，發展是緩慢、曲折的。其原因有日偽的監視、阻撓，也有東北新劇自身的原因。首先，東北新劇興起較晚，尚未形成潮流就被「九‧一八」的炮火壓制下來。偽「滿洲國」成立以後，日偽反動當局利用演劇宣傳「王道樂土」、「大東亞共存共榮」，殘酷鎮壓新劇運動的愛國作家，取締有進步傾向的戲劇團體，這是阻礙東北淪陷時期戲劇復甦和發展的根本原因。其次，東北地區因為歷史傳統，一向喜歡看京戲，上層社會的人士把京劇作為國粹藝術，而對話劇抱有鄙夷態度，而普通百姓則對話劇茫然無知，不可能採取積極的歡迎態度，這便影響了話劇在東北的發展。儘管如此，新劇還是在國難戰時代代艱難掙扎著生存下來。

第三，是淪陷區的詩歌創作。

國難和抗日也是詩歌創作的基本主題。詩歌主要刊登在《夜哨》、《文藝》副刊，還有《黑龍江民報》、《哈東人民革命報》、《反日報》、《救國時報》、《濱江時報》、《哈爾濱晨報》等報刊上，主要作品有：金劍嘯的長篇敘事詩〈興安嶺的風雪〉[59]、蕭軍的〈全是虛構〉、

---

59 一九三五年，金劍嘯在自己主編的文藝副刊《蕪田》上發表了以歌頌東北抗日聯軍鬥爭生活為主題的著名長篇敘事詩〈興安嶺的風雪〉的部分章節，歌頌了東北抗日

董濟川的〈醒同胞〉、訓年的〈救國歌〉、秋子的〈啊，黃帝的子孫〉、許默語的〈春天在偷著冷笑了〉、支羊的〈雨絲〉、信風的〈哈爾濱〉等等。羅烽的詩歌〈從黑暗中鑒別你的路吧！〉、〈說甚麼勝似天堂〉等深刻地揭露了日偽的罪惡本質，號召大家起來砸碎這黑暗的地獄。一九三七年，「哈爾濱口琴社」演出了控訴日軍偷襲瀋陽北大營、屠殺中國人民、侵占中國領土罪行的合奏曲〈瀋陽月〉。口琴社為了讓更多的人能夠聽到這首樂曲，在哈爾濱中央放送局中國職工的大力協助下，以改換曲名的辦法瞞過了日本人的檢查，成功地在中央放送局播出了這首樂曲。同年，口琴社大部分成員被日偽特務機關逮捕，隊長侯小古被殺害，副隊長王家文被判刑，其他成員被關押半年或三個月。

在東北淪陷區的詩歌創作中，最重要的，是「東北抗日聯軍」的詩歌。

「抗聯詩歌」是反映東北抗日聯軍戰鬥生活的「抗聯文學」的重要組成部分，在抗聯文學中，抗日詩歌最為突出，影響也最大。

東北抗日聯軍在與日偽進行堅苦卓絕的鬥爭的同時，積極開展抗日宣傳，寫下不少膾炙人口的詩歌。首先，一些抗日聯軍的將領，不僅領導部隊和敵人進行殊死搏鬥，而且創作了大量抗日詩詞，以文藝為武器鼓勵士兵，英勇殺敵。如楊靖宇的〈東北抗聯第一路軍歌〉和〈露營之歌〉，反映了抗聯的艱苦生活，成為號召戰士肩負起救國重任、完成民族解放光榮使命的號角。〈東北抗聯第一路軍歌〉不僅當時激起過無數東北人民「殺敵救國復河山」的鐵血意志，而且至今仍

聯軍英勇戰鬥的精神。「記得有這麼一個時代，破爛紙壓著熱和愛。偉大的、憤怒的潮，煽動著血色的海。」這就是金劍嘯這篇敘事詩〈興安嶺的風雪〉中的一段。這首長篇敘事詩於一九三八年八月在上海由白朗、金人主編的「夜哨叢書」出版單行本。

是當代青年的好教材。李延平的〈游擊隊〉，表現了游擊戰士在黨的領導下，克服困難堅持把抗日游擊戰爭進行到底的決心和勇氣。趙尚志在《東北紅星壁報》上，以「向之」為筆名發表的〈土野的詩歌〉、〈春日卡擊〉、〈紀念紅色的五月〉等多首詩歌也是鼓舞抗日聯軍將士的英勇鬥爭的。宋占祥的〈躍進啊，中國！〉，激勵戰士衝破黑暗的社會，向日本法西斯和他的爪牙衝殺。馮志剛的〈浪潮歌〉，描繪出使敵偽難以逃脫的革命戰爭洪流。呂大千的〈獄中遺詩〉，抒寫了人們心中的反滿抗日的怒火。李鬥文的〈告於軍兄弟書〉規勸偽軍反正，共同投入挽救中華民族危亡的正義鬥爭中來。李兆麟的滿懷激情的寫出了〈露營之歌〉和〈第三路軍成立紀念歌〉，成為永遠銘刻在東北人民心中的詩篇，〈露營之歌〉中的詩句「圍火齊團結，普照滿天紅」、「煙火沖空起，蚊吮血透衫」、「草枯金風急，霜晨火不燃」、「火烤胸前暖，風吹背後寒」，已經成為膾炙人口的佳句被傳誦。這部分詩歌，就其內容來看，絕大部分是揭露日本帝國主義的侵略罪行和反映人民群眾奮起抗戰的歌謠。這些詩歌，以其鮮明的鬥爭精神、淺顯易懂的樸素語言和鏗鏘有力的韻律格調，博得了廣大人民、特別是抗聯戰士的歡迎，同時從宣傳上有力地打擊了敵人。其次，關內的抗日救亡歌曲也傳到了東北來，如〈義勇軍進行曲〉、〈新女性〉等等。

這些詩歌、歌謠從內容來看分為幾類：首先，揭露日本帝國主義的侵略罪行和反映人民群眾奮起抗戰的歌謠占絕大部分。日偽軍占領東北後，蔣介石下令不抵抗，但是東三省的民眾和一些愛國將領自發組織起義勇軍和遊擊隊，同日本侵略者進行英勇的鬥爭。當時在東北義勇軍中流傳的歌謠〈上起刺刀來〉就充分體現了這一點。

上起刺刀來！

兄弟們，散開！

這是我們的國土，

我們不掛免戰牌。

這地方是我們的，

我們在這住了幾百代。

這地方是我們的，

我們不能讓出來。

我們不要人家一寸土，

也絕不讓強盜踏上我們的地界。

我們願受上邊的命令，

可是不能無緣無故被調開。

將在外軍令有所不受，

守土抗戰誰說也不應該，

碰著日寇只有跟他拼，

告訴你，

中國軍人不盡是奴才！

弟兄們，散開！

殺！

　　這類作品還有〈九一八事變〉、〈東北悲響〉、〈國恥紀念歌〉、〈反日四恨〉、〈救國雪恥〉、〈男兒立志〉、〈男兒上前線〉、〈組織起來去衝鋒〉、〈抗敵〉、〈追悼歌〉、〈長白山歌〉、〈歸屯歌〉、〈四季歌〉、〈罵老廉〉、〈上前線〉、〈奮鬥曲〉等。其次，有反映抗聯戰鬥的，如〈戰鬥歌〉、〈從軍行〉、〈殺敵歌〉、〈衝鋒號〉〈戰鬥職責〉、〈戰鬥射擊〉、〈蓮花泡戰役〉、〈露營〉、〈十大要義歌〉、〈凱旋歌〉、〈滿洲游擊隊歌〉、〈義勇軍四季游擊歌〉、〈囚牢吼聲〉、〈西征勝利歌〉等，都顯示

了中國人民同仇敵愾的愛國熱情和不甘屈服的抗敵精神。從軍事訓練、部隊紀律、軍民關係、行軍打仗、慶功送別等不同側面、不同角度全方位地反映了抗聯部隊的戰鬥生活，再現了抗聯部隊政治教育的務實精神與靈活方式，體現了抗聯將士一往無前的英雄主義氣概。再次，宣傳抗日統一戰線的也為數不少。〈全國抗戰歌〉、〈國共合作紀念歌〉、〈勸親日士兵反正〉、〈革命四季花〉、〈貧農四季歌〉、〈革命十二月〉、〈共產黨有主張〉等，從抗日統一戰線的意義、目的、對象等各個方面，旗幟鮮明地宣傳了我黨一致對外、聯合抗日的政治主張，對爭取和聯合一切抗日力量，起到了不可低估的作用。最後，少年兒童參加抗日鬥爭的情況也有所反映，如〈少年先鋒隊〉、〈兒童抗日歌〉等。

抗日歌謠不僅內容豐富，而且表現形式也是多種多樣的。像〈四季歌〉等歌曲是利用民間歌曲舊調改編而成的；有的是仿照傳統民謠加以創作的，或者利用傳統歌曲或詞曲填上新的內容，如〈奮鬥曲〉、〈西征勝利歌〉等。在藝術手法上也承傳了中國傳統詩歌的優良傳統，有著比興、誇張等手法的運用，並以其豐富的想像力和貼切形象的比喻手法引人入勝。這些歌謠的顯著特點是語言樸實生動，朗朗上口，易於傳誦；感情真摯動人，有強烈的鼓動性和戰鬥性。

例如在〈義勇軍四季游擊歌〉中唱道：

> 春日游擊，
> 風光特別好，
> 風又和，日又暖，
> 滿地鋪碧草，
> 天地一樂園。
> 革命生長是怒芽，

鎮壓不了！

夏日游擊，
草木來相幫。
樹葉濃，草深長，
到處可隱藏。
不要慌，不要忙，
瞄準我對象。
臨陣殺敵要沉著，
才能打勝仗。

秋日游擊，
景物別一天。
風淒涼，草萎黃，
雁群非漢關。
母依門，父依閭，
盼兒勝利還。
破巢之下無完卵，
誓復河山！

雪地游擊，
不比復秋間。
朔風吹，大雪非，
雪地又冰天。
風刺骨，雪打面，
手足凍開裂。

愛國男兒不怕死，

哪怕再艱難！

　　抗日歌謠作為大眾化的文學形式，在人民群眾中廣泛流傳，它先是由抗日游擊戰士作為傳單油印散發，後來逐步普及到人民群眾之中。無論是出於抗聯戰士之手還是出自於人民群眾之口，這些歌謠都無情地揭露了日本帝國主義的侵略罪行，歌頌了抗聯將士和人民群眾抗日救國的英勇事蹟，充分表現了愛國主義精神。

　　總之，如果說從一九三一「九‧一八」事變到一九三五年中共滿洲省委遭到破壞之前，東北淪陷區文學主要是以反抗侵略為主導的話，那麼到了一九三六年以後，在日偽的白色恐怖壓制下，東北淪陷區的思想和文化就變得複雜起來。一些堅持抗日救國的愛國志士不怕敵人的文化侵略和武力鎮壓，仍在想盡一切辦法進行抗日文學創作；但另有一些人卻敢怒不敢言，有救國心無救國志，委曲求全；有些青年學生和知識分子更是感到悲觀失望，失去信心和鬥志。在這種情況下，一些無關痛癢、低級下流的作品應運而生，也有一些漢奸文人和幼稚的文學青年竟然寫起了對日偽統治歌功頌德的作品。正如研究者所指出的：「對東北淪陷時期文學的總體評估，可以說是兩頭尖，中間大。真正革命文學不算多，貨真價實的漢奸文學更是少數，占多數的是程度不同的不滿現實的文學、中間狀態的文學。」[60]

三　「九‧一八」事變後的東北流亡作家群

　　一九三一年「九‧一八」事變後，一些東北作家流亡到關內，活

---

60 張玲：〈東北淪陷時期文學淺談〉，《日本研究》第4期（1993年）。

躍在上海等地的文壇上。一九三五年以後，蕭軍的〈八月的鄉村〉、蕭紅的〈生死場〉、端木蕻良的〈鷺鷥湖的憂鬱〉、舒群的〈沒有祖國的孩子〉、羅烽的〈第七個坑〉、白朗的〈伊瓦魯河畔〉、駱賓基的〈邊陲線上〉等一系列小說相繼發表，作為文學流派的東北作家群引起文壇的關注。他們以東北淪陷生活為題材，創作了大批抗日救亡、反映東北生活的作品。這些作品，有鮮明的時代特色和地域特色，氣勢凝重恢弘，極大地震動了關內文壇，進而形成了中國現代文學史上著名的東北作家群。他們的創作給方興未艾的「九‧一八」國難文學與抗日文學，帶來了生機和活力。是淪陷區國難文學的進一步發展和延伸。

東北作家群的主要代表作家有：蕭紅、蕭軍、端木蕻良、駱賓基、李輝英、舒群、羅烽、白朗、孫陵、白薇、馬加、金肇野等等。他們的成就主要是小說創作。東北作家群所寫的許多優秀小說作品，大都是作家們流亡到關內後，依靠對東北往事生活的回憶而寫成的。這種獨特的「回憶文學」構成了他們創作風格的一個鮮明特點。這些作家都經歷過故土淪喪、山河變色的慘痛，親身感受過被異族占領奴役的痛苦，又都有過在關內漂泊流亡的相同境遇。他們是為了失去的土地為了失去祖國的人民、更為了抒發內心的滿腔憤怒而拿起了筆，這使他們的作品，具有一種整體的相似性及使命感。他們的作品由北滿的呼蘭小鎮，寫到南滿的遼河兩岸；由白雪皚皚的長白山麓，寫到遼闊雄渾的科爾沁草原，述說著經歷「九‧一八」之痛的東北人民的心聲，筆端流淌著被奴役被侮辱的人們的淚水。作品所表現的東北社會生活，依舊是那麼嚴酷、悲壯、凝重，依舊是血和淚的現實，同時又昇華為一種「詩意」，是經過藝術化、「詩化」後的結晶。

這部分作家均是因為「九‧一八」事變的爆發而投入抗日文學的創作，其創作的作品大都有「九‧一八」事變的背景。蕭紅為自己的

小說《生死場》設計的封面，上面是一幅東北地圖，被斜著攔腰斬斷，右邊紫紅，左邊空白，即是象徵著「九‧一八」是帶來東北苦難的轉捩點。在小說的內容和結構上，也以「九‧一八」為分界點，前十章寫「九‧一八」之前東北農民的苦難生活，第十一章開始，「年盤轉動了」，開始敘述「九‧一八」之後整個東北的山河易色，土地和家園被異族侵略者占領後整個東北的痛苦生活。端木蕻良的長篇小說〈大地的海〉，短篇小說〈渾河的急流〉，蕭軍的長篇小說〈八月的鄉村〉，駱賓基的長篇小說〈邊陲線上〉，李輝英的短篇小說〈最後一課〉，羅烽的短篇小說〈呼蘭河邊〉，白郎的短篇小說〈依瓦魯河畔〉等，均是以「九‧一八」為時代背景，寫民族災難下的東北人民的苦難和抗爭的。

　　「九‧一八」事變爆發後，正在上海私立中國公學大學部中國文學系學習的李輝英，曾多次返回東北故鄉，奮筆疾書，以最快的速度創作出了反映東北抗日愛國題材十萬字的長篇小說《萬寶山》。作品以當時震驚中外的吉林「萬寶山慘案」為題材，描寫了中國東北的農民，面對日本帝國主義的侵略行徑，自發地起來英勇抵抗的事蹟。「《萬寶山》以其鮮明的反抗基調，成為中國現代反帝文學的里程碑式的作品。」[61]因此，有研究者認為李輝英「是東北作家以左翼文學思潮感應鄉土淪喪的第一聲」[62]。李輝英在談到自己的從文初衷和創作抗日題材的文學作品的緣由時，有這樣兩段話：

　　　　從前，我是迷戀著「文藝作品是給人作消遣的」，所以寫出來
　　　的東西，總是美酒、女人——一句話，在享樂上兜圈子。可

---

61 張毓茂：《東北現代文學史論》（瀋陽市：瀋陽出版社，1996年），頁149。

62 楊義：《中國現代小說史》（北京市：人民文學出版社，1988年），卷2，頁572。

是，緊跟著「九‧一八」事變，日本帝國主義的軍隊蹂躪了我的故鄉。「一‧二八」滬戰，滬戰的炮火又摧毀了我攻讀的學校，這使我不但要遙領著亡省亡家的頭銜，同時還失去了上海求知居住的地方。我彷徨，我恐慌，我悲哀，我更氣憤，終至，激起了我反抗暴力的情緒！[63]

我是在一九三一年「九‧一八」事變以後，因為憤慨於一夜之間，失去了瀋陽、長春兩城，以及不旋踵間，又失去了整個東北四省的大片土地和三千萬人民被奴役的亡國亡省痛心情況下起而執筆為文的。[64]

正是在這種抗日救國熱情的激發下，李輝英發表的許多作品，如短篇小說〈最後一課〉、短篇小說集《豐年》、《山河集》等，都是描寫「九‧一八」事變前後的東北人民的苦難和英勇的反日鬥爭。〈最後一課〉[65]，被有些研究者認為是在東北作家群中是第一個揭露日本侵略罪行的作品。〈最後一課〉仿照了法國作家都德的寫作手法，以文學作品形式揭露「九‧一八」事變後日軍的侵略，「強調了身陷亡國災難的人們除了堅決反抗敵人外，是別無其他途徑可以苟安求活的」。[66]

同屬於東北作家群，但其寫作也各有不同。蕭紅的憂鬱，蕭軍的剛烈，羅烽的冷峻，白朗的從容，端木蕻良的渾曠，駱賓基的精巧，

---

63 李輝英：《豐年‧自序》（上海市：中華書局印行，1935年）。

64 張雙慶：〈李輝英先生談生活與創作經驗〉，《開卷》第4期（1979年）。

65 《北斗》卷2第1期（1932年1月）。

66 王吉有：〈東北抗日文學的先聲——評李輝英先生的長篇小說《萬寶山》〉，《抗戰文藝研究》第2期（1986年）。

李輝英的質樸，……從他們的作品裡，可以充分感受到東北流亡作家
們不同的創作個性。羅烽和白朗作品中多次描寫「滿洲國」林立的監
獄、愛國人士和無辜百姓被捕入獄，以及在監獄中遭受的酷刑，揭示
了「滿洲樂土」掩飾下的「地獄」景象。羅烽的小說〈第七個坑〉，
以紀實的手法表現了日本軍隊剛剛占領瀋陽時的場景。鞋匠耿大進城
去看舅舅，卻被一個日本兵抓住，強迫他不停的挖坑來活埋一個個中
國人。而其中一個坑裡被活埋的竟然是他自己的舅舅！當挖到第七個
坑時，被活埋的人竟輪到了耿大自己。在忍無可忍的情況下，耿大用
鐵鍬把那個日本兵劈進了坑中，自己抗起奪來的槍，消失在夜幕裡。
小說的氣氛十分悲慘，深深揭露了日軍的殘暴的獸行，讀來叫人警
醒。周立波評論羅烽說：「羅烽大約是身受了或目擊了敵人的殘酷待
遇罷，他常常悲憤的描寫敵人的殘酷。」[67]白朗的小說〈生與死〉，描
寫了一個監獄看守老伯母的覺醒過程。她由對犯人的同情、暗中的幫
助，而思想上逐漸發生變化。最後，她那當義勇軍的兒子陣亡，兒媳
婦被日本人姦污自盡，才終於給她的心靈莫大的震撼，使她終於走上
了勇敢反抗的道路。端木蕻良的〈大地的海〉寫了東北農民對土地的
熱愛和殖民者對土地的掠奪，〈鷺鷥湖的憂鬱〉寫了淪陷後東北農民
的貧窮和孤苦無告，〈渾河的急流〉描寫了「滿洲國」的橫徵暴斂。
而〈爺爺為什麼不吃高粱米粥〉說的是東北人民由淪陷帶來的精神苦
悶、亡國之痛，作品描寫了一個富有民族氣節的老人在「九・一八」
事變周年祭日這一天，以絕食的方式表達內心的抗議。文中詩句「遺
民淚盡胡塵裡，南望王師又一年」，表達了悲壯深沉的愛國主義情
愫，叫人唏噓嘆息。蕭軍的短篇小說〈櫻花〉裡有這樣一個情景，女

---

67 周立波：〈豐饒的一年——一九三六年的小說創作〉，《光明》卷2第2號（1936年12
月25日）。

兒要從哈爾濱到天津，臨行前父親叮囑道：「你們這是回國去哪！咱們是中國人！不準再說『滿洲國』『滿洲國』的，這要叫人恥笑。要說你們是從東北來的。……東三省是日本兵用刺刀大炮強奪去的。」這番話表現了普通東北人民在「九‧一八」事變東北淪陷後所遭受的屈辱，也表達了他們不屈的抗爭心情。舒群的短篇小說〈沒有祖國的孩子〉是東北流亡作家群裡影響力較大的作品。小說通過敘述東北的兩個孩子——中國孩子「我」和朝鮮孩子果里的經歷，表達了稚嫩的童心中對失去了祖國這件事的真實感受，敘說了如果沒有了祖國將是怎樣的命運。小說敘事明淨，但一種悲涼沉重的氣氛使讀者感到壓抑，這種輕扣緩發、餘味悠長的寫法，給讀者留下深刻印象。小說首發於上海，立刻引起了巨大反響。

東北女性作家在民族災難面前，也走向了更廣闊的社會舞臺，與男作家一起支撐起東北現代文壇。悄吟（蕭紅）、劉莉（白朗）、吳瑛、梅娘、但娣、左蒂、藍苓、楊絮、朱媞、冰壺等人是比較有代表性的東北現代文學上的女作家。她們以細膩的觀察、敏銳的目光，與男作家一起實踐著反帝反封建的文學使命。她們以女性特有的筆觸對「九‧一八」事變後東北淪陷區的社會生活進行了細膩的描寫，不僅表現了對侵略者的仇恨、對東北人民苦難生活的體味述說，同時也塑造了豐富的女性主人公形象，這些女性在國難來臨之際比男性承擔的國難痛苦更深一層，有著比男性更加不平等的社會待遇和悲慘遭遇。她們以獨特視角或多或少的表現了在夫權、父權以及帝國主義侵略者的壓迫下，東北婦女的生活體驗。例如，梅娘的小說〈蟹〉中，把孫氏大家族的盛衰置於「九‧一八」事變這一歷史背景下，通過對其由盛變衰的歷史敘述，吟唱了一曲沉鬱悲愴的生命之歌。〈蟹〉旨在「用年輕的筆和心，訴說著人世間的不平，訴說著沉淪的痛苦，探索居住在異國的，生長在殖民地中的青年的路」，是反映「時代的青年

個性之自體的記錄」，那種「感染著海潮的描寫，實在是可以特筆來提及的」[68]。

蕭紅的《生死場》是長篇小說，創作於一九三三年至一九三四年間，一九三五年在魯迅的關懷下與蕭軍的《八月的鄉村》一起由奴隸出版社印行。作品描寫二三十年代東北哈爾濱附近一個偏僻村莊的農民，在天災人禍、階級壓迫等沉重壓力下的悲慘人生，以及「九・一八」事變後，他們在苦難屈辱中逐漸覺醒和最終奮起抗爭的歷程。小說以三個家庭的生活為敘述圓心，從二十年代東北農民的悲苦無告，到三十年代失去家園的巨大痛楚，進而慷慨盟誓，投奔革命軍，連綴的生活「略圖」將東北人民「對於生反對堅強，對於死的掙扎」展現得「力透紙背」[69]。這部作品是三十年代較早反映東北人民生活鬥爭的作品之一。作品在描寫民族鬥爭的同時，描寫了農村的階級鬥爭，從而真實地寫出了東北人民在帝國主義、封建主義的雙重壓迫下的深重災難。魯迅評價這部小說道：「就是深惡文藝和功利有關的人，如果看起來，他不幸得很，他也難免不能毫無所得」，並感慨地說：「這本稿子到了我的桌上，已是今年的春天，⋯⋯但卻看見了五年以前，以及更早的哈爾濱。這自然不過是略圖，敘事和寫景，勝於人物的描寫，然而北方人民的對於生的堅強，對於死的掙扎，卻往往已經力透紙背；女性作者的細緻的觀察和越軌的筆致，又增加了不少明麗和鮮豔。」[70]這正是對蕭紅《生死場》的最好總結。

---

68 吳瑛：〈滿洲女性文壇〉，《滿洲新文學史料》（上海市：開明圖書公司，1944年），頁84。

69 魯迅：〈且介亭雜文二集・蕭紅作《生死場》序〉（北京市：人民文學出版社，1973年）。

70 魯迅：〈且介亭雜文二集・蕭紅作《生死場》序〉（北京市：人民文學出版社，1973年）。

　　蕭軍的長篇小說《八月的鄉村》也創作於一九三三年至一九三四年間，一九三五年由奴隸社印行出版。小說描繪了「九‧一八」事變後的東北山區，一支抗日游擊隊行軍作戰的壯麗場面，以及它在當地農民群眾中產生的影響，塑造了抗日游擊隊領導者陳柱司令、鐵鷹隊長、青年知識分子肖明、朝鮮女戰士安娜以及小生產者唐老疙瘩、李七嫂等人物形象。魯迅在為《八月的鄉村》寫的〈序言〉中稱這部小說「展示著中國的一份和全部，現在和未來，死路和活路。」

　　總之，在中國百年國難史上，「九‧一八」事變是一次空前嚴重的國難，它是日本十四年侵華戰爭的起點，也是東北地區人民十四年抗戰的開端。「九‧一八」事變後，「中華民族到了最危險的時候」，隨著國難的深化，國人的民族危機感進一步加深，國家意識進一步得以加強，而文學家參與救亡圖存的責任感也更為強化和普遍化，形成了規模與影響都堪稱巨大的「九‧一八」國難文學，並對整個中國現代文學史的創作主題由一九二〇年代的個性解放、社會解放向抗戰救亡的轉變，產生了巨大影響，不僅成為中國百年國難文學的重要組成部分，也是中國抗日文學的激昂的序章。

第八章
「七七」國難文學

　　日本帝國主義悍然發動「七七」事變，是妄圖全面侵略並滅亡中國的必然步驟，絕非偶然。「九・一八事變」後，由於國民黨當局奉行「不抵抗政策」，日本輕而易舉地占領東北諸省，炮製了傀儡政權偽「滿洲國」，並以此為跳板覬覦華北乃至整個中國。為了實現這一目的，日本又頻繁使用武力威脅的手段，逼迫中方先後簽署《塘沽協定》（1933年5月）、《秦土協定》（1935年6月）、《何梅協定》（1935年7月）、《華北防共協定》（1936年春）等一系列不平等條約，不斷蠶食華北。一九三七年七月七日夜，日軍藉口一個兵士失蹤，強行要求進入北平西南的宛平縣城搜查，中國守軍嚴辭拒絕這一無理要求。隨後日軍開始炮轟盧溝橋，並向城內的中國守軍進攻。中國守軍第二十九軍吉星文團奮起還擊，史稱「七七」事變，又稱「盧溝橋事變」或「盧溝橋事變」[1]，是具有重要歷史意義的事件，標誌著中國近現代史由「百年國難」時代向「八年抗戰」時代的轉折，在文學史上則標誌著由「國難文學」時代向「抗戰文學」時代的轉折。

　　「七七」事變是日本全面侵略中國的總信號，在廣大愛國人士和有識之士中引起了強烈的震動，文學界也給予積極的關注，他們的全部熱忱都被全民族的聖戰所吸引，紛紛放下先前的寫作計劃，把筆鋒

1　關於究竟是「盧溝橋」還是「蘆溝橋」，《湖北郵電報・集郵》專刊在二〇〇七年第十九期上刊有〈是「盧溝橋」還是「蘆溝橋」？〉一文，對此進行了較為細緻的考證。為了保持資料的原始面貌，故在本文中儘量依照原始資料中的稱謂，不再作統一調整。

完全轉到反映人民抗戰的題材上來。一批直接表現「七七」事變及中
國抗戰的文學作品接連問世，從而形成了以反映「七七」事變為主要
內容的「七七」國難文學。

第一節　「七七」戰事報告文學與散文

　　中國的報告文學在「五四」時期萌發，經過「九一八」國難的洗
禮，到此時期一躍而成為「中國文壇的主流」樣式之一，進一步繁榮
起來。當時幾乎所有的報刊雜誌都發表了相當數量的報告文學作品。
例如，上海《新聞報》於一九三七年七月十五日發表〈盧溝橋事變前
後之種種〉，開始報導盧溝橋前線戰事，八月四日至八日又發表了陸
詒於七月二十九日自保定發出的連載通訊〈在抗戰的前線〉（1至4）；
上海《大公報》自七月九日起，開始登載范長江等記者自前線陸續發
回的通訊，如〈盧溝橋事件之成因〉、〈北方的烽火〉、〈盧溝橋畔〉
等。除了這些報告文學外，評論界也湧現了一批社論、時評，他們圍
繞「七七」事變，明辨戰爭責任，敦促政府積極抗戰，極大地鼓動了
民眾的抗戰熱情，具有相當的感染力，也具有了一定的文學價值。

一　戰事報告文學

　　盧溝橋畔的炮聲一響，報告文學又應聲而起，作家們紛紛以飽滿
的戰鬥激情和昂揚的戰鬥精神，掀起了創作的高潮。而各大報刊對此
也給與了極大的支持。以左聯作家為創作核心的左翼期刊《光明》，
在「七七事變」後連續發表兩篇〈我們的宣言〉，要求「組織民眾，
開放民眾運動，並希望從速釋放全國一切政治犯，使其出來參加民族
革命的戰爭。」號召全中國的民眾，「各自站好各自的崗位」，「給敵

人以迎頭痛擊……」「在這迫不可待的形勢下，凡我文藝界同人，都應……把筆尖對準著敵人，……我們不怕人說我們『差不多』。平津的炮聲若還未把這些無條件地反『差不多』的人震醒，則這人已不是我們抗敵中的隊員，……」宣言號召廣大文藝家們「筆下所寫的應成為前線的衝鋒號，應成為後方的動員令！」一九三七年八月五日，《中流》雜誌出版二卷十期，為《抗敵專號》，刊載了七篇以「七七事變」為題材的報告文學——劉誠的〈在龍王廟受傷的〉、方宋的〈到朝陽門去〉、劉白羽的〈這幾天在北平〉、澎島的〈兩周間〉、漪嘉的〈勞軍記〉、金芸的〈救亡途上〉以及覺君的〈北平城內〉，從各個側面反映了華北前線洶湧澎湃的抗日運動，向中國人民報告了中華民族全面抗戰的一天已經到來了。下面擬從記者筆下的戰場、戰爭陰影下的平津、淪陷後的「故都」三個方面加以評介。

首先，戰事報告文學所描寫的，是七七事變的現場：盧溝橋、北平。

事變爆發之後，舉國為之震驚，但是由於遠離事變發生地，因而對事變的具體過程缺乏必要的了解。為此，眾多愛國記者紛紛起赴前線，為後方民眾帶來了第一線的消息，由於這些通訊都是戰地採訪所得，因而可信度很高。在這一群體中，以范長江、陸詒、小方三位最為出力。

范長江，《大公報》著名記者，以寫共產黨和紅軍長征的〈中國的西北角〉成名，對中日關係一直保持高度關注。事變後，他作為《大公報》通訊課主任和戰地特派記者，趕赴前線，全面負責戰地通訊報導，「哪裡有戰鬥，哪裡就有他的身影」。范長江先後採訪了多位前線將士和北平官員，寫下了一系列戰地通訊，如〈盧溝橋畔〉、〈陷落前的宛平〉、〈雜話北方〉、〈血淚平津〉等。當時，奔赴前線進行戰地採訪，創作戰地通訊的記者不在少數，但是大多作品僅簡要地描述

戰事，成為一般戰事報導。而在范長江的通訊中對於細節的描寫卻是隨處可見，有效地去除了一般新聞枯燥乏味的弊病。如在描寫七月八日夜中國將士勇奪盧溝橋的場景，「八日夜間，陰森的永定河面，隱蔽了數百衛國英雄之潛行，一剎那間，雪亮的大刀從皮鞘中解脫，但聽喊聲與刀聲交響於永定河上。九日清晨，河岸居民見橋上橋下，屍橫如壘，而守橋的人，已換上我忠勇的二十九軍武裝同志了。」[2] 這裡記者沒有進行濃墨重彩的描繪，僅寥寥數筆，但卻給讀者以充分的想像空間。此外，范長江還觀察剩許多不易為人注意的細節，並寫入通訊中，如〈血淚平津〉中就寫到普通日本士兵的形象：

> 日本兵的情緒，完全和我們兩樣。有一天我們的汽車被阻於大井村之日軍步哨，彼方一面電話請示，其士兵慢慢同我們攀談起來，他們教我學日語，意態誠懇，很少對嚴重形式表示關懷的樣子。他們是徵兵出身，有不少知識很高的分子。他們對於中日情況很明白，出發到中國來，也不是自己心甘情願。
> 這次到華北的很多日本新聞記者，把此次侵略華北行為歪曲地向本國宣傳，希望刺激日本國民勝利的情緒，以穩定軍部統治基礎。然而我在北寧車上遇到些陪送日本記者們的日本士兵，根本不大在意他們的活動，只皺眉蹙額，感覺服裝太厚，武裝太多；只想解他們的熱悶。豐臺一帶巡查的日軍，沒有一個不表現著頹唐無神的怪相。[3]

大部分記者的重點都放在了我軍將士英勇抗敵的上面，而對日軍

2　范長江：《范長江新聞文集》（北京市：新華出版社，2001年），頁575。
3　范長江：《范長江新聞文集》（北京市：新華出版社，2001年），頁587。

缺乏觀察，以致在這一時期的報告文學中出現了日軍形象短缺的現象，范長江察人所不察，殊為難得。

　　與范長江、孟秋江並稱《大公報》「三劍客」的陸詒此曠也活躍在宛平前線。一九三七年八月四日起，上海《新聞報》開始刊登他的連載通訊〈在抗戰的前線〉，共四期，八月四日與五日題為〈在抗戰的前線〉，六日和八日則更名為〈從前線歸來〉。該通訊真實記錄了日本侵略者的暴行，反映了中國軍民一致抗戰的迫切要求和愛國精神。通訊前附有編者按：「在華北戰事最初醞釀時期，本報特派記者由天津至北平，再由北平至保定，沿途所作通信，已陸續發表，自戰事開始之後，郵件阻滯，中斷約一星期，直至今日，方接到上月廿八日自長辛店發來一函，時日為我軍收復豐臺廊坊之日，亦即宋哲元退出北平之前夜，雖今日已非復當時情景，而彼時前方士氣沸騰之狀況，得從本報戰地記者筆下傳達於吾人眼底，亦足令人於迴讀之餘，興起無限感想，茲特看出以後通信中，華北民眾數日來所受之悲慘命運，或可一一由此血淚文字報導於讀者也。」

　　由於寫作此則通訊時，平津淪亡在即，所以文中多有記者對此次事變的反思。在抗戰的前線，中國二十九軍將士面對日寇的猛烈進攻，一直保持頑強的鬥志和必勝的決心，此點在很多記者筆下都有體現，但陸詒並沒有滿足於此，而是進行了頗為深刻的思考，「二十世紀的現代戰爭，大刀手榴彈，終究敵不過遠距離可以致人死命的大炮飛機啊！勇敢的二十九軍，平時上前方作戰，只知衝鋒殺敵，卻不懂得怎樣在進攻敵人之前，加增自己的防禦工事，譬如說，一個士兵上前線，他背上背負的一把鐵鑔，與一支步槍，具有重要的意義，這就是說，一個士兵在前線一日，應該做一日的防禦工事，在前線一小時，該加緊一小時的防禦工事，這是一個軍事上的基本原則，可是他們二十九軍，對於一切防禦工事，平時相當的忽略，只知前進，不知

如何利用險要，防禦自己，這果然是一種失策。」而針對平津淪陷之難，陸詒提出，「最致命的失策就是二十九軍的最高領導宋先生，始終迷信和平」，當日寇以「和談」的幌子，不斷增兵，鞏固防禦工事時，而我軍卻沒有必要的應戰準備，連北平城內的沙包泥袋等簡要防禦措施都予以取消。等到敵人從容準備完畢，我軍落敗的下場也已注定了。

記者在戰場上採訪，槍林彈雨，十分危險，但陸詒一致保持著樂觀積極的精神，「我們對於敵機轟炸，絕不害怕，因為路旁有的是最好的天然掩護——青紗帳，敵機低近時，往高粱地內一躲，什麼問題全解決了！我還向他們兩人（中外新聞攝影社小方，《北平時報》記者宋致泉，引者注）講笑話，一枚重量炸彈值多少錢，我們三個人每人值多少錢？如果敵機單單為了我們，而投下三枚炸彈，致我們死命，論價值我們也並不吃虧多少啊！」[4]

這一時期，記者小方（原名方大曾）的通訊以圖文並茂獨樹一幟。早在一九三六年，他就寫下了〈宛平之行〉、〈冀東一瞥〉等優秀通訊，對日軍在宛平盧溝橋一帶蠢蠢欲動的局勢早有預感。一九三七年「七七」事變以後，小方於十日前往盧溝橋採訪，七月二十三日完成長篇通訊〈盧溝橋抗戰記〉，全面報導了盧溝橋事變的真相，內分六節，「保衛北平的二十九軍」、「盧溝橋事件的發動」、「戰地勘察」、「盧溝橋的形勢」、「長辛店巡禮」、「抗日總動員以後」，並配以照片發表在《世界新知》第六卷第十號上。北平淪陷後，八月上旬，日本軍隊沿平綏線進攻北平昌平南口，經過激戰，中國守軍失利。小方趕往採訪，目睹了戰事的慘烈，撰寫了〈保定以南〉（8月24日刊出，分兩期連載）、〈從娘子關出雁門關〉（9月17日刊出，分兩期連載）、〈血

4　陸詒：〈在抗戰的前線（一）〉，上海《新聞報》，1937年8月5日。

戰居庸關〉（9月25日刊出）等通訊，分別在上海《大公報》發表。其中，〈血戰居庸關〉最為著名，十月十一日《國聞周報》轉載了該文，並收入多部報告文學集中。小方在戰地通訊〈血戰居庸關〉一文中，描寫了一幕慘烈戰事的場景：

> 從八月十三日起，敵人的炮火更烈，他們把重炮每四個一行的排成三行縱隊，四周用坦克車圍起來，以防我們的進襲。一圈一圈地向著南口戰線擺列起來，從早到晚不停地施放。我們的工事都是臨時掘的，當不起重炮的轟擊，兵士們每兩人為一單位，在山石上掘成一個小小的隱蔽洞，反正你的炮打上，也只能打掉我們兩個人。每一方英尺的地方都有炮彈落過，他們企圖將整個的山打平。進南口的路途上，都是一步一彈，目的是擊響我們的地雷，然後可以進襲我們的陣地。每天都是二十架以上的飛機在空中威脅著，但是飛機的力量與作用幾乎等於零，沒有一個人怕它。十三軍的將士們真了不得！他們奉到的命令就是死守陣地，但是這裡何來陣地？一些臨時工事亦被炮火轟平，居庸關從今以後再也不會看到它的模樣了，有的只是由我們忠勇的抗日將士的血肉所築成的一座新的關口！

後來，小方繼續以上海《大公報》戰地特派員身份採訪平漢線戰訊。九月三十日，《大公報》刊載了「本報戰地特派員小方」的最後一篇戰地通訊，題為〈平漢線北段的變化〉。文末注明，九月十八日寫於保定，寄自蠡縣。從此，這位戰地記者就不知所終。有人說：「對從事他這種職業的人來說，消失則意味著死亡。」名記者陸詒稱他是「抗戰初期第一個在前線採訪中為國捐軀的記者」。

除了內地輿論外，香港媒體對北平前線的戰爭也保持著高度關

注，港報先後刊登多篇通訊，全面展示「七七事變」的經過，如前線
紀實的〈八、九日前線視察記〉（7月27日），描寫中日雙方軍政界高
官的〈日駐華的四武官〉（7月29日）、〈冀察政委會人物素描〉（7月30
日），記述北平民眾救亡運動的〈二十九軍與民眾〉（8月3日）、〈戰地
慰勞記〉（8月4日）、〈北方民眾之奮激〉（8月4日）。其中〈吉星文團
長訪問記〉（8月3日）最為難得，採訪了身處一線的抗日愛國將領吉
星文團長，茲錄如下：

> 七月二十日清晨，記者到宛平縣城二十九軍三十七師二一九團
> 團部（駐地）訪問了吉星文團長。
>
> 話一開場，吉團長以痛快的軍人口吻，作了下列談話：「盧溝
> 橋是平西的屏障，又是華北的咽喉，中華民國的生命線，日軍
> 既無誠意和平，屢次背信攻擊，我們當然不能讓這軍事要區的
> 國土，落入敵人手中。九日晚上，我軍遂出擊，當時土氣悲
> 憤，簡直要瘋狂，若再不下令衝出城去，士兵們個個要自殺
> 了。當衝鋒夜襲時，喊殺之聲，可聞數里，有的士兵，嫌跑路
> 太慢，從城牆上奮身躍下殺入敵陣。肉搏時都用的大刀，步槍
> 大炮簡直舍而不用，手起刀落，把日軍殺得望風披靡。敵我雙
> 方都死很多，日軍駐豐臺的一木大隊長，在是役中受傷陣亡，
> 河邊旅團長幾被活捉，我軍還獲大炮兩門，機關槍四挺。
>
> 「這次士氣的旺盛，較前喜峰口作戰時尤甚。因為士兵們含垢
> 忍辱，已非一天，這一口鬱積在胸中的氣，無緣發洩，所以大
> 家聽說，個個都縱身的跳起來。士兵們看了陣亡的同伴，一點
> 也不悲傷，只是咬緊牙關，急步向前，帶傷的就命令他後退，
> 也不掉轉頭來。舉一個例子，那位參加盧溝橋爭奪戰的金營
> 長，腿已被日軍炮火炸爛了，還硬要率了一連兵，出城再去衝

鋒，為陣亡弟兄們復仇，我不知費了多少口舌，勸解軍人報國
的機會還多，你腿也不能定了，怎麼還可以衝鋒陷陣，這樣算
把他說服了，他現在保定後方醫院治療中。敵人的士氣，恰恰
跟我們成反比例，一來怕死，二來他們師出無名，自己想想也
想不通，究竟為了誰的利益，一定要來中國作侵略戰爭？

「我常說，這次盧溝橋戰事，我們只是挨打，人家打我們的時
候多，我們還手的時候還太少，對進攻的敵人，只可以報之反
攻，所謂予打擊者以打擊，實是一句至理名言！只要長官給我
『相機處理』四個字的命令，我立刻率兵把豐臺拿下，如果三
小時內拿不下來，請殺我頭！總之，我們早已抱城亡與亡，城
存具存的決心，日軍休想花極小的代價，而收極大的收穫！」

從中我們可以感受到一位愛國將領的殷殷報國之心。

第二，戰事報告文學所描寫的，是戰爭陰影下的平津局勢。

日本帝國主義在盧溝橋蓄意挑起事變，給平津一帶的中國人民帶
來了深重的災難。從各地趕赴前線的記者除了描繪戰地將士英勇作戰
的場景，也記述了戰爭陰影下的平津動態。

七月十六日，上海《辛報》登載了署名振清的通訊〈七月八日之
北平〉，其中記錄了「七七事變」後北平報界的反映，「十點鐘，各報
發號外，我看到了很有趣的二張，一張是中國報的號外，一張是××
人做後臺老闆的中文報號外。中國一列記載說×軍借著丟了一兵來找
碴兒；而他們的號外則說二十九軍先擊他們。他們在中國的北平就這
樣的宣傳，使我想到了在他們本國，這事件不曉得又要如何地作著更
大的反宣傳呢！」[5]諷刺日人顛倒是非的醜行。

5　振清：〈七月八日之北平〉，《辛報》，1937年11月16日。

　　著名作家李輝英其時正受上海報紙委派在北平採訪，事變後，對北平社會的變化頗多了解，先後發表了兩篇通訊〈古城困守記〉（《申報》7月16日）、〈雨中巡街記〉（立報7月23、24日）。雖然戰事暫時還未燃燒到北平城內，但城內的局勢已開始緊張起來，其中「糧米鋪和油房的買賣特別興隆」，街頭也開始戒嚴，「街頭已經堆積了好幾座沙袋」。

　　隨著戰事的進展，北平城內的救亡熱情也逐漸高漲起來，〈兩周間〉中描寫了北平各界自發形成的救亡運動：

> 在往年，這三伏節季正是休息的時間，然而，在此刻，全市各界的工作反而倒加緊了，掏茅房的糞夫、倒髒土的土車夫、送水的水車夫，都把每天應做的工作提前做完，利用剩餘事件自動幫助掃街夫到馬路上搬運石塊，沙袋建築防禦工事。
>
> 員警帶領著一輛輛洋車到各米糧店購買麻袋，值錢多少按照市價。
>
> 米糧店老闆悉數把麻袋交出。等員警交錢時，老闆卻和顏悅色地拒絕：
>
> 「老鄉，我們絕不能要錢。你們老鄉們黑夜白日辛辛苦苦地替國家打仗，我們買賣人絲毫不能幫忙你們就夠慚愧的了，幾條破麻袋值什麼？那能要錢呢？」
>
> 彷彿預先有所協訂，走遍全市的米糧店，各家都是如此。
>
> 各鬧市商傢伙友們，都掏包湊錢買西瓜，預備茶水，供給值崗士兵吃喝。
>
> 十幾歲的小學生們在炙熱的陽光暴曬下沿街捐款。崗警勸阻，說是：上方有命令，不許捐錢給士兵；因為兵士打仗是應盡天職。學生們固執，仍然要捐，被勸阻急了就嚎啕大哭，哀痛非

常，有如受了極大委屈。[6]

〈陽光下〉（《申報》增刊8月7日）和〈丁塢街〉（《申報》增刊8月13日）兩篇報告文學描寫青年學生在街頭宣傳抗日救亡知識的熱烈場面。

《中流》二卷十期上同時刊載了四篇報告通訊：〈到朝陽門去〉、〈勞軍記〉、〈參加戰區服務團〉、〈到戰地去〉，描寫了北平各界民眾紛紛組成慰勞團赴前線聲援二十九軍將士，勉勵他們保家衛國的感人場面。

中國民眾還將滿腔的反抗激情發洩到原本作威作福的日本浪人和朝鮮棒子身上，「最倒楣的是日本浪人，朝鮮棒子，中國漢奸們，他們在南城的大本營大旅社被抄了，西城的大本營忠順飯店被抄了。他們脫掉蹩腳的西裝，剃去仁丹鬍子，另換上中國式長衫。無論怎樣喬裝，也隱藏不住那滿臉的邪惡與獸性，結果都自動放棄了在各處經營的『白面兒』營業，攜帶著他們小水牛似的老婆、孩子，祕密逃脫了。」

戰爭最大的受害者是普通民眾，日軍在盧溝橋展開攻勢之後，附近居民淪為難民，紛紛背井離鄉，「驅車出廣安門，西馳十餘里，抵大井村，沿途扶老攜幼之難民，多用大車滿載大小包裹什物等正向北平逃難。」[7]〈盧溝橋難民的痛淚〉中借用一位老人之口，描繪了日軍的暴行，以及難民之苦：

> 大雨前夕，我一家四口，正在呼呼入睡之際，突被屋外槍聲所驚醒，初□莫名其妙，以為匪劫。目下青紗帳起，此類事年年

6　澎島：〈兩周間〉，《中流》卷2第10期（1937年8月5日），抗敵專號。
7　〈大紅門戰場視察紀〉，《上海新聞報》，1937年7月19日。

發生，原無足奇。久之，槍聲忽大振，密如連珠。我子媳及女孫三人，（是時用手指其所偕之女孩），皆駭懼失色，相將入我臥室，互相猜疑，□莫測是何緣故。我因身為村副，職責所關，擬赴村正家中，會同一探究竟，乃囑兒媳們小心看門，□披衣而行。其時槍聲稍止。行至中途，將近村正住宅約數十武，迎面便見日武裝兵一隊，約二十餘人，正用麻繩捆縛村正，押著走來。□已天明，我見情況不妙，急藏身於道旁麥田內，舉首外望，見村正正大聲曰：「你們打死我也沒有用。我村中沒人開過槍，也沒人敢窩藏。你們要不信我的話，你們就搜你們的。」語方畢，日兵中有一稍高者，□令其部下四散向村街前進，村正仍未□放，押著同行。

彼等走遠後，我正覓路向東急行，欲赴城中（想係宛平縣府報告，不意沿途日日兵，三步一站，五步一崗，觸目皆是。幸而我年老，未被十分注意。復以雙方言語不通，無法向我質詢。但行至距城三里許，突聞炮聲隆隆，槍聲亦繼之而作。炮聲槍子，密如雨點。我見機頗早，伏身一土崗之旁，約半時許。暗思如此情形，勢難前進，只得循原路回家。詎知方抵家門，僅女孫一人，坐於門旁飲泣，屋內早被日軍站住。不准我祖孫二人入內，兒子媳婦，俱被扣住，我無可奈何，只得攜著女孫逃來北平，一路上忍饑挨餓。昨夜二句鐘，在路上遇見一批同村人，他們也逃來北平，如今大夥兒進了城，各自分散，去找親友去了。據他們說，村中壯丁少婦們，多被日兵強留幹活。（按即做雜差）日間由日兵監視著或扛子彈，或在屋內外抬土掃地，夜晚則囚於暗室，不許窺探，這真不知道是怎麼一回事，先幾年，地面都吃著大兵們的苦頭，還不過是自己人，到

也吧了，如今咋麼在自己的地面上，反而吃起人家的苦頭來，這才真的活不成了。[8]

第三，戰事報告文學所描寫的，是淪陷後的「故都」。

七月二十九日，據「七七」事變爆發不到一個月，北平，這座歷史故都、文化名城淪入了日寇之手，令中國人痛惜不已，而更讓人悲痛的是日本侵略者在北平的暴行，通訊〈淪陷後的北平〉中記載道：

> 平市四郊鄉間，凡敵人所至，姦淫搶掠，任意屠殺我無辜鄉民，幾無一幸。所有平市四郊及平漢、平綏、北寧各沿線，敵軍均構築工事，地方壯丁均被徵去應役，及至工事完成，則此項應役壯丁均遭槍殺。至於鄉間婦女一任其姦淫輪宿，敵人每至一處，即強迫我地方徵集婦女若干，供其姦用，雖年近花甲老婦或未滿十齡之稚女亦均難脫其蹂躪。所有民間水缸均被敵用為浴盆，更逼我婦女為其擦背，浴後即姦污之。平西門頭溝西南有一名剎，廟名潭柘寺，該處日前有西郊逃難婦女百餘人，孰料竟為敵軍所悉，當即全部截留，分配每三兵一婦女，全予姦淫。可憐此百餘婦女被其姦斃者大半，其未斃者亦被姦後殺之[9]。

其手段之殘忍，行為之惡劣，怎麼都沒法將其與一個文明國家聯繫起來。

北平是中國著名的文化故都，歷史名城，平市內燕京、清華、師大，津市之南開，皆是中國著名學府，平津淪陷，這些原本清靜的校

---

8 《新聞報》，1937年7月20日。

9 《申報・夕刊》，1937年8月3日。

園蒙受了巨大的災難。「北平號稱文化城，教育發達，學生運動素極活躍，久為日人痛恨，此次日軍入城，文化機關，均被破壞，北京大學、師範大學、北平大學等國立學校，均改為駐軍場所，教職員走逃一空，校內什物破壞無疑，各校學生隨意逮捕強殺，（法學院駐軍離開後，校役收拾房倉，發現三學生被刺刀刺死），惟時在暑假期中，學生多數返家，即有一部於事變後，亦復逃出北平，現余燕京大學因教會關係，仍照常開課外，其他均已停頓。」[10]最令人髮指的就是南開大學被日軍炸毀。天津南開大學創辦於一九一九年，創辦人是著名愛國教育家張伯苓和嚴范孫，一直堅持獨立辦學的精神，學生抗日愛國熱情高昂，進而為日寇所記恨，於二十九日以猛烈炮火轟擊各教學樓和師生宿舍，以致於秀山堂、木齋圖書館等著名建築被毀，校園淪為廢墟，慘烈之至。

事變後，日軍為控制我反抗言論，肆意囚禁、捕殺我新聞界愛國人士。北平淪陷後，此類情況更加嚴重，「談到新聞界，據云現平市報紙，因只許登載日方宣傳消息，銷路均大減，篇幅也多縮小，此外凡過去抱抗日態度及較有歷史的報紙，非被封即自動停版，被封者有華北日報（但八月七日起已由北寧路特務日人豬上接辦出版，仍名華北日報），中央通訊社平分設，除被封外，並有十八同人被鋪，編輯主任詹辱生與前亞洲民報經理魏主任，及新聞檢查所翁乃容被交法院，餘十七人不久即釋放。自動停版者有世界日報（九號停版）等。此外北平晨報，已由潘毓桂於七月二十九日，派人接辦，該社社長羅隆基先□去津（外傳已槍斃，不確。）天津方面，《新聞報》記者王研石，聞已死。至小型報新天津報社長劉髯公，尚在日憲兵司令部羈押。」[11]

10 劉誠：〈淪亡後的北平〉，《抵抗三日刊》第26號（1937年11月13日）。
11 〈敵騎縱橫下的故都〉，《立報》，1937年8月23日。

除了直接摧殘我文化界、教育界人士，日本人還大力扶植漢奸傀儡機構為其所用。〈淪亡後的北平〉中記述到，「至於漢奸呢？當然更加『為虎作倀』了！其中以北平市前公安局告急支持潘毓桂最為活躍。他今天一個談話，明天一張布告，表示為主子的中心。同時收買無數大小漢奸成立甚麼『東亞同盟會』，『亞細亞協會』、『日支親善會』之類的團體；而且常常雇人坐大汽車遊行。每次有幾十輛遍遊街市，回家每人發車費兩毛。」「潘毓桂」之流甘為漢奸走狗，他們的人格也僅值那「兩毛」錢。八月六日，上海大晚報發表〈平津漢奸素描〉，對高凌蔚、齊燮元等跳梁小丑給予強烈的諷刺。

二　報刊社論與時評

「七七」事變之後，日寇在盧溝橋的暴行迅速傳開，社會各界為之譁然，愛國志士紛紛撰文評論，譴責日本侵略者的罪行，聲援英勇的二十九軍將士。「盧溝橋事變發生後次日——七月八日，南京外交部口頭向日本大使館提出嚴重抗議，外交部部長王寵惠並自牯嶺電令南京：『將抗議及勸告情形明晨在報端發表』。九日起，各地報紙遂均刊出事變消息，並鄭重發表社論。天津《大公報》、上海《新聞報》、南京《中央日報》等大報，並連續發表社論、評論及專論，獨立評論等雜誌也適時刊出評論或論文，充分發揮了民間輿論的力量，對中央與地方政府作了中肯而坦誠的呼籲。」[12]總結國內各大報刊上的社論及時評，主要表現為以下幾點：

其一，國內輿論一致認定「七七」事變是日軍蓄意挑釁的結果，日方應對此次事變負全責。七月七日夜，日軍藉口演習中士兵失蹤，

---

12 李雲漢：《盧溝橋事變》（臺北市：東大圖書公司，1987年），頁347。

強行要求進入宛平城搜查，為我軍言辭拒絕，隨後日軍炮轟縣城，攻擊盧溝橋我之守軍，「七七事變」隨即爆發。事變的消息傳至上海，引起社會各界的憤慨。九日，上海新聞界發表集體聲明，譴責日軍蓄意製造事端，挑起事變，「此事之起因，據云日軍演習時，忽聞槍聲，即收兵點驗，缺少一人，遂謂其人已入宛平縣城，可謂奇極。黑夜之間，蹤跡難辨，何以知其入城？倘謂確有所見，又何以點驗始知？且我軍既無一人出城，又安得捕風捉影？況雙方已派代表，盡可查察，何以遽爾攻城？且一再進犯不已，其為有意尋釁可知。」

同日，《武漢日報》發表標題鮮明的社論〈日軍在盧溝橋挑釁〉，節錄如下：

> 北平昨電，日軍昨藉故向我駐盧溝橋部隊突擊，其挑釁經過，本報今日已有揭載，其間是非曲直，蓋已異常明白，吾人茲不欲多所論列，僅就事實扼要一述，藉以明責任之所在。第一，據日武官松井向冀察當局聲稱，前夜有日軍一中隊在盧溝橋外演習，忽聞槍聲，當即收隊點名，發現缺少一兵，同時並認定放槍者已入宛平縣城，要求立即率隊入城搜檢。查日軍今年在我華北一帶，事事強為喧賓奪主，行動本極自由，我為力求和平計，容忍已達極點。尚何致以細故引起不幸之事？！且夜間演習，槍聲方向至不易辨，士兵於演習之後，或有落伍，乃係常事，縱有缺額，亦不能據認此為被人傷害；乃竟武斷有人放槍，且已入宛平城，而要求立即率軍入城搜查中國部隊，顯係「藉故向中國部隊挑釁」，雖至愚亦能明辨。須知中國部隊駐在城內，既未踏入日軍演習之範圍一步，日軍自不能以片面之武斷，要求強入中國駐軍之範圍強施搜查！設中國部隊反其道而行之，試問日軍果能忍受此片面之武斷否？第二，日軍要求

入城一節，既經我方曉以大義，婉為拒絕，論理即應靜候正常
解決，始為適當；日軍果非有意挑釁，即不應片面發動武力行
動，遽向宛平縣城取保衛之形勢，而於中國方面仍在期望以交
涉方式謀顧和平之際，更不應於縣城東門外遽爾槍聲大作，故
示威迫；夫日軍對綜合能中國部隊，既一再無理逼迫，若此，
中國部隊被迫於無能再忍之一步，自當起而作正當之防衛。任
何愚懦，固不甘坐以待斃也。且中國部隊全為步兵，並無炮
隊，而日軍則炮火劇烈，以致中國部隊傷亡甚眾，似此，尤不
特足證中國部隊無挑釁之準備，即日軍所謂前一晚之槍聲炮聲
者，縱有此事，其槍聲炮聲發自何方，尤屬顯而可見。總之，
日軍如此藉故威脅，更表示於永定河方面中國騎兵部隊，一併
要求中國撤去；是此次不幸事件，尤充分暴露日軍方面之意
志。（後略）[13]

　　該文以事實為依據，從兩個方面辨明責任之所在。第一，日軍夜
間演習，「槍聲方向至不易辨，士兵於演習之後，或有落伍，乃係常
事」，然日方以片面之武斷要求入城搜查，實為無理取鬧；其二，我
方有理有據地拒絕日軍搜查的要求後，日軍卻以重炮轟城，致使我軍
傷亡甚眾，這種行徑充分暴露日軍此次行為純屬「藉故向中國部隊挑
釁」。文中更以換位元思考的方式，發出「設中國部隊反其道而行
之，試問日軍果能忍受此片面之武斷否？」的質疑，充分闡明此次事
變完全係日軍蓄意挑釁的結果。
　　十二日，天津《大公報》發表社論〈危機一發的東亞大局〉，文
中質問日方，「首先炮轟宛平縣城的是誰？我軍已經忍辱撤退，而故

---

13 《武漢日報》，1937年7月9日。

留二百餘人，藉辭不去，重又尋釁者是誰？一面宣稱撤兵，一面厚集
大隊，並力猛攻者又是誰？」繼而表示，「國家有強弱，軍隊有好
壞，然而是非不能不講，曲直不能不分。我們願以中國國民資格，在
此處首對強權厚誣我方的種種措辭表示嚴正的抗議。」

　　事變之後，日本輿論顛倒黑白，反誣中方應對此次事變負責。對
此，中國輿論予以強烈回應。十三日，上海《新聞報》發表評論〈挑
釁之責在日本〉，該文首先徵引東京朝日新聞社的言論，該社誣稱，
「每遇日本糾正中國不信行為，中國即用為抗日材料。」指責此次事
變乃是由於「中國不信行為」所致。評論以近來華北的局勢為依據，
指明非「中國不信」，而是「中國因守信而吃虧，但愈吃虧愈守信，
而該報猶反責吾國為屢次失信，是不幸而為弱國者，非但無勢力可
較，並且無是非可講矣。」十四日，上海《新聞報》繼續發表社論
〈日本侵華動機之認識〉，總結了日方發動此次事變的內在原因，節
錄如下：

　　　　日本對華軍事一元化，不佞久已揭發無遺。軍部幕後之少壯派
　　　　軍人，既不能實現理想於二二六政變，又不能要求兌現於林銑
　　　　十郎，勢不能不改循曲線而漸進，於是近衛現閣，乃無殊孕育
　　　　法西政權之母體。吾人觀於近衛登臺之初，不以組織新黨，刺
　　　　激既成政黨，唯汲引永井，中島，備供施政之圓滑節能型，且
　　　　以企劃應付諸馬場，藉為「庶政一新」之保證，即斷言日本法
　　　　西派必將循曲線演進而終於抬頭。蓋日本憲章，萬不容輕易撕
　　　　毀，而政民歷史，更不許旦夕塗銷。況激之則兩黨合流，已使
　　　　林閣遭遇嚴酷之教訓。唯縱之以鬆懈其團結，方易保育新黨之
　　　　孳生。近衛於此，固已籌之熟矣。此次盧溝橋事件，純出自關
　　　　東軍策動。適當特別議會召開之前期，且值蘇聯屬行清黨，國

內摩擦加深，英日方在折衝，宜取威脅姿態，日本為消弭潛伏
政潮，應付國際環境，均以積極侵華為得計。是毋怪宛平變
起，近衛即誣指為中國排日之後果，並直承派兵來華，意在促
中國重行考慮其態度，因而誘致政民各黨，支持其侵略政策，
強拽日本國民，陷入於戰爭狀態耳。[14]

　　該文結合日本國內政局及國際環境進行分析，指明日方發動事變
的真實原因乃是「為消弭潛伏政潮，應付國際環境」，並「強拽日本
國民，陷入於戰爭狀態耳」。較之國內其他報刊就事論事的言論不
同，該文更具宏觀視野，對事變的認識也更為深入。

　　其二，強調中央與地方政府要協調一致，共同應付。事變之時，
時任冀察政務委員會委員長的宋哲元將軍正在山東老家樂陵度假，平
津陷入群龍無首的尷尬狀態。蔣介石於七月八日和九日兩天連續致電
宋哲元，要求他速回保定指揮。然而宋哲元卻未遵奉蔣介石的電令，
反於十一日趕赴天津與日方進行談判，宋氏態度之變故，原因難定。
他於抵達天津後次日（即12日），密電蔣介石說：「本擬馳赴保定。嗣
因情勢轉趨和緩，特於昨晚來津，查看情形，以決定今後應付之方
案。」蔣介石聞訊後，覆電仍要求宋哲元「從速進駐保定，不宜駐
津。」何應欽亦於同日致電宋哲元，「兄在津萬分危險，務祈即刻秘
密赴保，坐鎮主持。」

　　對此，身處平津戰事前線的天津《大公報》連續發表評論，敦促
地方政府應與中央協同一心，共同尋求應對之策。七月九日，天津
《大公報》發表社論〈盧溝橋事件〉：

---

14 《上海新聞報》，1937年7月14日。

就事論事，盧溝橋事件，北方當局切願以外交方式來解決，如果不涉喪權辱國之條件，國人自亦雅不願事態之擴大。惟衡以國際環境、日本情況，與夫北方現況，來日大難，隱憂正多，枝枝節節的應付，蒙頭蓋面的敷衍，終必不適於今後的局勢。吾人切望中央地方務即商定切合實際之具體方案，預定緩急先後之因應步驟，共同負責，徹底一致，不特內外軍政當軸精誠團結，見解從同，並應使社會各方有力認識認清現局，明瞭利害，以與政府呼應，是非禍福，榮辱毀譽，全國同之，夫然後始可望形成整個力量，以當不測之變。目前第一急務，自為促請冀察政務委員會宋委員長克日銷假，返平主持，以重責任。中央則出兵全力以助宋氏，全國國民更於中央地方團結協力之下，根據國策，擁護贊助，惟利是視。[15]

　　文中希冀宋哲元「認清現局，明了利害，以與政府呼應」，即刻銷假返平，在中央政府的協同下，共同面對時局。十日，天津《大公報》在〈盧溝橋案善後問題〉一文中進一步表達了地方應與中央協調一致的願望，「此際益願關係各方面加緊覺悟，即日方一再嘗試之後，橫逆之至，當更難測。如果長此孤立肆應，則屈辱之度必且愈來愈甚。今後惟有迅決大計，上與中央連成一片，下與民眾結為一體，憑藉強厚，猶可為有力的周旋。否則退讓復退讓，畸形復畸形，士氣何堪再用，地方成何體制！此尤吾人心所謂危，並望地方當局於處理盧案善後與準備未來方略時，充分省察，則國家幸甚，地方幸甚。」

　　身處北平的張佛泉亦於《獨立評論》上撰文，勉勵宋哲元以大局為重，為中華民族危亡而思慮，「宋哲元將軍是想占歷史一頁的（這

15 《大公報》，1937年7月9日。

自然是指流芳而言），喜峰口一戰，他已占了半頁，現在是他填另外半頁的時候了！我們希望他把握得穩，往遠大處著眼，以祖先和子孫的尊榮幸福當作目標，準備作一次悲壯的大決鬥。」[16]

其三，勿中敵人緩兵之計，對日方保持高度警惕。事變之後，由於我軍的英勇抵抗，日軍的陰謀詭計一時無法得逞，故而提出交涉，但是日方的真實目的意在緩兵。七月八日，曾發動「九一八事變」的日本關東軍即發表了極富挑釁性的聲明：「由於暴戾的第二十九軍的挑戰，今日在華北竟發生了事端。我關東軍將以很大關心和重大決心，嚴正注視本事件的演變。」[17]而日本政府對於華北局勢亦是躍躍欲試，森島守人曾記述了日本當時的首相近衛文麿在事變後的表態：七月十一日，日本政府聲稱這個事件為「華北事變」，不但自己把它擴大，而且從那一天起，首相近衛（文麿）便站在第一線，親自動員政界、財界和言論界，鼓動輿論；更未徵求現地的意見，而根據他自己的情勢判斷，就決定出兵華北，並密令由日本國內動員兩個師團。[18]

對此，國內的輿論保持了高度警惕，十二日，武漢日報以〈日軍積極擴大事態〉為題發表評論，嚴正指明「不意相約撤兵之日，適為日方增兵之時。」同日，上海《大公報》的短評〈勿中緩兵計！〉中也表示了同樣的態度：

> 昨天盧溝橋方面自晨迄夜在陸續的衝突著。北平方面曾有和平談判，日方宣傳我已完全接受其條件，日軍並已開始撤退。迄晚衝突又起，且更激烈，同時豐臺之南黃土坡地方也有衝突。日方一面宣傳不擴大，而調兵運械倍趨積極，其用意可知。日

16 張佛泉：〈我們沒有第二條路〉，《獨立評論》第244號（1937年7月25日）。

17 陳鵬仁：《日本侵華內幕》（臺北市：黎明文化事業公司，1986年），頁119-120。

18 李雲漢：《盧溝橋事變》（臺北市：東大圖書公司，1987年），頁336。

方慣用軍事詐術，這次我們卻不要中他的緩兵計。我們願意把
事態縮小，更願意和平釋爭，但是自衛的準備和布置，卻一步
也不能鬆！

十六日，天津《大公報》和武漢日報分別以〈日本誠意何
在？〉和〈和平空氣中應有之準備〉為題，警惕中國人不可放
鬆，對日方的調兵遣將應予以非常重視。

其四，全中國一致的口號——抵抗。事變之後，北平當局以和平
為念，做和解之意，但是日方咄咄逼人，假和談，真進攻，輿論為之
激憤。七月九日，天津《大公報》發表社論〈盧溝橋事件〉，針對局
勢提出，「退避當有程度，屈讓應合界限，若果我避而人逼，我退而
人進，則橫逆之來，攻擊無端，其勢有不容不慷慨自衛另做打算者。
此在今日之非常時期，亦正時刻有其需要，斯又國人所不可不隨時警
惕抱定決心者也。」[19]張佛泉在〈我們沒有第二條路〉中表示，「中央
與地方所表示的態度，是不挑戰，亦不避戰。但國民卻希望我軍能一
鼓而下通縣，且直搗榆關，看對方將如何……不論如何，我們卻只有
一條路，即，小來自然抵抗，大來亦自然只得抵抗！絕沒有不戰而
退，以大好河山拱手送人的道理！」[20]〈時局真相的解釋〉更為激
烈，「全國同胞須知道中國絕沒有一點再屈再退之餘地，平津一帶同
淞滬一樣，是中國的心腹，是數百代祖先慘澹經營的國土。」「日本
此時對中國主權更進一步的任何打擊，其意義是要中國的命！」「中
國絕沒有選擇之餘地，也沒有觀望之可能。」[21]隨著平津的淪陷，這
種悲憤的輿論上陞為全社會的一致信念——抵抗。「中國唯一戰略，

---

19 《大公報》，1937年7月9日。
20 《獨立評論》，1937年7月25日，第244號
21 《大公報》，1937年7月17日。

端賴堅苦卓絕，持續應戰，以求最後之勝利。」[22]八月十日，中央日報以〈神聖抗戰的展開〉為題發表社論，呼籲「全國人民，磨礪偉大的意志的力量，擁護這個神聖抗戰的挺進！」中華民族在此時發出了唯一的聲音——抵抗。

第二節　「七七」國難詩歌

　　「七七」事變前，詩壇形成了三足鼎立之勢，即以「中國詩歌會」為代表的現實主義詩派、以後期新月派為代表的浪漫主義詩派，以戴望舒為代表的現代派象徵主義詩派。隨著「七七事變」的爆發，詩壇的天平發生了巨大傾斜，現實主義詩派迅速崛起，成為時代文學的主流，而其他兩派則黯然失色。抗戰初期以「七七事變」為題材的國難詩歌基本都是現實主義詩歌，詩人們感受著時代的召喚，發出反抗的吶喊，他們用自己的筆直接或間接地表現著抗戰，熱情地歌頌英勇事蹟。五四以來中國現代詩歌中的反帝愛國主題、國難主題在此時得到了最突出的表現。從已經收集的百餘首詩歌來看，不僅五四以來的的新體詩作，還有眾多舊體詩問世。從詩作者來看，既有任鈞、臧克家等職業詩人，也有馮玉祥、宋哲元等軍政界高官，沈鈞儒、馬敘倫等文化界名人，更多的則是那些默默無名但滿懷愛國熱情的普通民眾。從內容上來看，這些詩篇可以分為國難紀事詩、愛國救亡詩以及英雄頌歌和哀悼詩。

22　《上海新聞報》，1937年7月29日。

一　國難紀事詩

在「七七」國難詩歌中，除了五四以來的新詩繼續綻放光芒，舊體詩在時代的感召下也煥發了新春。這裡的舊體詩是指中國傳統的律詩、詞曲等。從胡適的《嘗試集》問世後，舊體詩在新文學蓬勃發展的浪潮下，逐漸敗下陣來，失去了其正統地位。但是在國家危難、民族存亡的關鍵時候，舊體詩卻用新的題材再次啟動了自己，湧現了一大批感情激昂的愛國主義詩篇，進而成為抗戰詩壇上一支不可忽視的力量。

「七七」事變爆發後，國人為之震驚，社會各界迫切地想要了解事變的前因後果，雖然詩歌的優勢在於抒發情感，但還是湧現了以王冷齋的〈盧溝橋抗戰紀事詩〉和唐玉虯的「南口組詩」為代表的國難紀事詩，而這兩組詩都是用舊體詩寫作而成了的。

先說王冷齋的〈盧溝橋抗戰紀事詩〉。

「七七」事變發生在北平市宛平城外的盧溝橋，故而又稱「盧溝橋事變」，對於該事變最了解且最有發言權的無疑就是身處事變的中心——宛平城一帶的人民，王冷齋作為當時的宛平縣長，處在事變衝突的前線，正是以其不可取代的位置，用自己的筆記錄下這段難忘的歷史。

王冷齋（1892-1960年），福建省福州人，畢業於保定軍官學校，與李宗仁、白崇禧、秦德純等為同班同學，曾參與討伐張勳的戰爭，後棄武從文，在北平經營過遠東通訊社和《京津晚報》。一九三五年冀察政務委員會成立，王冷齋應北平市長秦德純的邀請，擔任北平市政府參事兼宣傳室主任。「豐臺事件」後，原宛平縣長辭職而去，王冷齋臨危受命出任河北省第三行政區督察專員兼宛平縣縣長。早在上任之時，王冷齋即以詩明志，作〈將之宛平答客問〉，面對「偽壞錯

犬牙，強鄰肆鷹鶩」的危難局勢，詩人以大無畏的愛國主義精神，情願「奮身勉一試」。

　　王冷齋上任之後，日軍的野心日益膨脹，宛平城一帶的局勢也日趨惡化，日方多次提出不正當的強硬要求，王冷齋奉命與日方談判、交涉與周旋，致使日方在豐臺圈地六千畝的陰謀落空。「七七事變」爆發後，王冷齋置身危城，奔忙在「談判息爭、和平解決」的戰場上，與蠻敵據理力爭，維護了祖國的尊嚴。當日軍炮轟宛平縣政府以致房頂陷落無法辦公時，他仍將書桌搬到院中辦公，表現出中國人民不屈不撓的頑強精神。談判停歇之餘，他先後以舊體詩的形式寫下了組詩〈盧溝橋抗戰紀事詩〉，真實地記錄了盧溝橋前線日軍壓境的緊張局面及二十九軍將士威風凜凜打擊侵略者的英勇形象。

　　〈盧溝橋抗戰紀事詩〉組詩共有五十首，全用七言絕句所作。組詩之前附有小序一則，為詩人於盧溝橋事變七年後追加的，全錄如下：

> 此予當時紀實之作，迄今七載，因藏拙故，猶未示人。近為儔朋所見，以其有關抗戰史料，力促披露。因念年來頻遭劫火，所有詩文諸稿，散落殆盡，斯作既關戰史，不敢聽其湮滅，爰付油印，以伺機公於世。每首並系附注，藉醒眉目。[23]

　　從小序可以看出，該組詩為詩人的「紀實之作」，創作應在事變爆發不久，當時並未發表，後來在友人的敦促下，伺機出版。可惜，該組詩直到二十世紀八○年代才以〈盧溝橋抗戰紀事〉為名面世，書中同時收錄了王冷齋的其他詩作及若干篇章，讓我們對這位愛國志士有了更全面的了解。

23　王冷齋：《盧溝橋抗戰紀事詩》（北京市：時事出版社，1987年），頁26。

〈盧溝橋抗戰紀事詩〉是以記敘形式按照事變發展的順序寫成的事變始末詩篇。從內容上來看，這組詩涵蓋了從詩人就任宛平縣長一直到一九三七年中國共產黨發布〈抗日救國十大綱領〉這段歷史時期。詩人開篇介紹了盧溝橋的地理位置及其悠久歷史：

> 雄崎平西拱極城，中原逐鹿幾兵爭。
> 而今三路縱橫過，南北咽喉一宛平。（其一）
> 長虹萬丈跨盧溝，馬可波羅七百秋。
> 橋上睡獅今見醒，似知匕首已臨頭。（其二）

宛平自古就是兵家必爭之地，二十世紀初相繼修建了平漢、北寧、平綏三條鐵路，成為「南北咽喉」，其軍事地位更加突顯，日軍對此垂涎已久，「匕首已臨頭」表明詩人已經感受到了大戰來臨前的緊張氣氛，「睡獅今見醒」則表示出中國人民不畏強敵的反抗精神。

事變爆發之後，日軍稱是中國士兵先開槍，妄圖將戰爭的罪責推向我方，詩人以親身經歷駁斥了這一謬論：

> 一聲刁斗動孤城，報導強鄰夜弄兵。
> 月黑星沉煙霧起，時當七夕近三更。（其五）

誠如日本學者石島紀之後來所言，「公然進行刺激中國的夜間軍事演習、以開槍者不明為藉口，發動軍事行動的日本方面毫無疑問是肇事者。」[24]

---

24 〔日〕石島紀之著，鄭玉純、紀宏譯：《中國抗日戰爭史》（吉林市：吉林教育出版社，1990年），頁41。

　　詩人在事變之時，身處在抗戰的第一線，親眼見證了二十九軍將士奮起反抗，英勇殺敵的壯舉。當時盧溝橋的守軍為二十九軍的吉星文團，平日日軍日夜以軍事演習為名，騷擾宛平一帶的軍民，已經讓這些愛國將士憤慨不已。事變之後，他們紛紛磨刀擦槍，躍躍欲試。其中讓「皇軍名譽盡喪於喜峰口外」的大刀隊再次給予日寇以重創：

　　　　陰影沉沉夜戰酣，大刀隊裡出奇男。
　　　　霜鋒閃處寒倭膽，牧馬胡兒不敢南。（其十七）

　　除了激烈的戰場描寫，詩人還歌頌了馮治安、趙登禹、吉星文等愛國將領的英勇行為：

　　　　喋血前驅不顧身，裹傷再戰勇無倫。
　　　　舍生赴死原難死，是信星文是吉人。（其三十一）
　　　　馮異孤忠終為漢，趙雲大義獨知劉。
　　　　男兒為國同心志，妄效狙公動詭謀。（其三十九）

　　二十九軍的英勇戰鬥讓日軍一時招架不住，不得不採用緩兵之計，提出所謂「和平談判」，王冷齋作為中方的談判的重要代表，與日方唇槍舌戰，多次反駁了日方的無理要求，面對日方的威利相逼，視死如歸：

　　　　挾持左右盡弓刀，誰識書生膽氣豪。
　　　　談笑頭顱拼一擲，餘生早已付鴻毛。（其十）
　　　　履險如夷終不險，似歸視死竟安歸。
　　　　天高一任鴻飛渺，凝望孤城正曙輝。（其十二）

日方在理屈詞窮的情況下，以之前的演習均穿城而過為理由，要求進入宛平城，王冷齋以事實為依據，予以嚴詞拒絕：

譎計俱窮出遁辭，強論舊貫益支離。
三年縱得牆東立，堂奧何曾許一窺。（其十一）

在談判的過程中，王冷齋以和平為本，一直保持克制冷靜的態度，但是日方出爾反爾，言行不一的卑鄙行徑，讓詩人很快洞悉了日方的「假和平，真侵略」的虛偽本質，組詩中的多篇詩作均是見證：

消息傳來待折衝，當時尚冀息狼烽。
誰知一勺揚波起，故道夷兵忽失蹤。（其七）
譸張為幻本無根，慣技由來不足論。
藏本當年原自匿，詰他松井欲無言。（其八）
三章約法且言和，令下前鋒共止戈。
畢竟蠻夷無信義，撤兵意少緩兵多。（其二十）
官軍進退自堂堂，狡敵乘機又跳梁。
明去暗來同鼠竊，沙崗殺氣尚埋藏。（其二十一）
酒脯何勞敵勞軍，小停笳鼓息塵氛。
金樽未冷人方去，陣陣雷聲又破雲。（其二十四）
漫論玉帛換干戈，鬼蜮由來伎倆多。
一聲殷雷聲徹曉，怎禁臨去送秋波。（其三十七）

「七七」事變後，宛平一帶的民眾遭受了日軍的侵襲，詩人以悲傷之情記錄了民間疾苦：

　　滿目瘡痍困待蘇，乞鄰將伯費頻呼。

　　失家縱有流離苦，得粟差無凍餒虞。（其三十二）

　　面對日軍的暴行，中國將士的英勇反抗同樣博得了後方民眾的廣泛支持，他們紛紛通過各種各樣的形式表達對前線將士的支持：

　　見危授命分宜然，卻寇無功愧昔賢。

　　遒邐關情勞慰勉，進來士女遠飛箋。（其三十三）

　　投筆軍前盡荷槍，莘莘學子武維揚。

　　丹心碧血同千古，是好男兒總國殤。（其四十五）

　　一些歐美友人也冒險來到盧溝橋，慰問二十九軍的將士：

　　睡獅一吼震寰瀛，伐木丁丁見友聲。

　　博得同情人共贊，不辭艱險到危城。（其三十四）

　　詩人的愛妻胡仲賢以巾幗之軀，採購藥品集防毒面具送往前線，幾遇險而亡：

　　兜牟藥物載輕車，感動軍心力倍加。

　　履險傳書瀕九死，敢誇廣信有林家。（其四十七）

　　最後，詩人聽聞共產黨發表〈抗日救國十大綱領〉，中華民族進入全面抗戰階段，詩人對於民族解放的未來也充滿了希望：

　　延安奮臂起高呼，合力前驅原執殳。

　　億萬人心同激憤，山河保障定無虞。（其五十）

　　王冷齋作為宛平縣長，在「七七」事變之前即已上任，曾經與日
方多次交涉，事變後又作為談判代表與日方有過多次周旋，對事變有
著旁人不可及的認識，這組詩中也同樣留下了許多寶貴的細節，對後
人全面認識「七七」事變大有裨益。

　　　　河山寸土屬中華，保衛毫釐敢失差？
　　　　逆料風波終險惡，不敢蹈襲隙與乘暇。（其四）

　　這首詩真實記載了「七七」事變的導火索「大井村事件」，王冷
齋上任不久，日本人為了擴充其在宛平一帶的勢力，借修飛機場為
名，要求在大井村徵地，實則是為了進一步封鎖北平的對外交通。王
冷齋一眼識破敵人的詭計，嚴詞拒絕了敵人的威逼利誘。正是因為日
方的陰謀詭計沒能得逞，所以最終策劃了「七七」事變，發動全面侵
華戰爭。

　　除此之外，詩人還披露了一些不為人所知的重要史料，

　　　　寇公千里急歸旌，恰好危途過一程。
　　　　忽報雷聲起車轍，北門幸未壞長城（其三十五）

　　在這首詩中，詩人揭露了日軍在豐臺附近的鐵軌上安置炸彈，企
圖炸死乘火車返回北平的宋哲元將軍，所幸這種故伎重演未能得逞。
　　王冷齋半生戎馬，但國學功底深厚，作詩善於用典，在這組詩中
有多處體現。「燃犀一照已分明」（其九）中的「燃犀」出自《晉書‧
溫嶠傳》，借用為洞察奸邪之意；「同聲滅此方朝食」（其二十九）中
的「朝食」出自《左傳》，用以形容鬥志堅決；「妄效狙公動詭謀」
（其三十九）中的「狙公」出自《莊子‧齊物論》，在此形容日本人

猶如狙公之詭計多端。

　　王冷齋的詩大多都是紀實之作，具有保存史料的價值。除了〈盧溝橋抗戰紀事詩〉五十首外，他還創作了〈危城痛語〉二十四首，同樣是用第一手資料寫成的組詩。詩人的一些詩作更是用事實證明了歷史上的重大疑點，例如張自忠將軍在七七事變後，曾短暫出任過北平市長一職，與日本侵略者周旋，淪陷後敗走北平，一時被誤傳為漢奸。王冷齋時任宛平城縣長，以當事人的身份作詩〈張藎忱（自忠）將軍挽詞〉，表明了自己的觀點，「當年鎮孤城，眾口幾成虎。旬日走間關，身危心更苦。」肯定了張將軍的忠國之心，駁斥了流言蜚語。

　　除了王冷齋所作的〈盧溝橋抗戰紀事詩〉五十首外，用詩歌的形式記錄下國難事變的還有唐玉虯與他的「南口組詩」。

　　唐玉虯（1894-1988），名鼎元，號髯公，是明代著名詩人兼抗倭英雄唐荊川的十四世孫，也是民國時期著名的醫學家和詩人，著有多部詩集。「七七事變」之後，唐玉虯時刻關注著時局的發展，創作了多收愛國詩歌，其中〈戰南口〉、〈哀南口〉和〈南口一卒〉三首舊體詩均是圍繞「南口之戰」而作，記錄了這場戰役中的壯烈場面以及英雄事蹟，故而可稱為「南口組詩」。

　　南口位於北平城西北四十五公里處，燕山餘脈與太行山在此交會，是居庸關南側的長城要隘，也是北平通向大西北的門戶。這一帶地形複雜，崇山峻嶺，關隘重疊。大動脈平綏鐵路橫貫其中，並有公路相輔行，形成為連通西北、華北及東北的交通幹線，時人稱之為「綏察之前門，平津之後門，華北之咽喉，冀西之心腹。」「七七事變」爆發後，北平在不到一個月的時間內即告陷落，日寇緊接著沿著平漢、平綏、津浦三條鐵路進一步擴大侵略，其中南口作為平綏線上重要的據點，很快成為阻擊日軍的前線。日軍先後組織了多支部隊，重兵進攻。一九三七年八月七日，南口戰役打響，中國守軍在傅作義

和湯恩伯二將軍的指揮下，與日軍展開激烈爭奪，終因實力懸殊等原因，於二十六日撤離南口。南口之役雖然以我軍敗退告終，但日軍也遭受了重創，同時粉碎日寇「三月亡華」的神話。《解放》週刊短評高度評價了南口戰役，「這一頁光榮的戰史，將永遠與長城各口抗戰、淞滬兩次戰役鼎足而三，長久活在每一個中華兒女的心中。」

南口戰役作為「七七」事變後華北一帶的重要戰役，從戰事之初即受到全國人民的高度關注，一些記者不顧危險趕赴前線，寫下了感人的戰地通訊；一些詩人感時人所述，將滿腔激情化作筆下的詩句，唐玉虬的「南口組詩」就是在這種歷史條件下問世的。

「南口組詩」由〈戰南口〉、〈南口一卒〉和〈哀南口〉三首詩組成，均是舊體詩。其中〈戰南口〉一詩較長，向讀者展示了南口之戰的激烈程度。詩人先以古之「鉅鹿」、「昆陽」之戰作對比，顯示南口戰役之慘烈，「古有戰鉅鹿，戰昆陽，鉅鹿昆陽戰雖惡，一戰即可分雌雄。豈若今之戰南口，戰居庸，惡戰百場事彌。」接下來，詩人繼續以「鉅鹿之戰」和「昆陽之戰」為參照，既寫日軍手段之殘忍，「倭人仍能放毒氣」，「毒氣著體即糜爛，坦克車進莫遏鋒。」又寫了中國將士英勇殺敵的壯舉，「吾軍邁往不返顧，哀哉此誠百代忠。」「前者雖已僕，後者塞其蹤。」最後詩人勉勵將士們，「謹守巨險慎勿懈，看取逆虜惡運終。」[25]

〈南口一卒〉一詩讚頌了南口之戰中一位機智的工兵，稱其為「天所遺」。日軍武器裝備先進，坦克飛機大炮，給我軍帶來了巨大傷亡，以致「千軍同殉此山上」，該士兵「臨危不亂生奇謀」，利用敵人驕傲自滿的囂張氣焰，誘敵深入，以身引爆地雷，全殲敵寇，「南口一卒，足了醜虜」。這位無名小卒的英勇事蹟傳遍大江南北，很多

---

25 詩人在自注中寫道：「比聞南口已失守，然以我守軍如此精神，豈不能復乎！」

詩人文人都作詩文讚頌,著名愛國將領馮玉祥也作有〈南口陣地的一個工兵〉和〈地雷〉二詩,歌頌了他的愛國事蹟。

〈南口恨〉作於一九三七年九月十六日,南口之戰已於一個月前結束,但是詩人久久不能忘懷,戰場上的廝殺,將士們的拼搏,但終因救援不及時以致失敗,「按兵不救南口危,宴笑自看華廈覆。天鎮連陷大同亡,勝勢一去成破竹」,詩人憤慨不已,「不盡千秋南八恨,拔刀欲食劉封肉」,痛惜國土之淪喪,將士之犧牲,悲憤的愛國熱情溢於言表。

唐玉虬的「南口組詩」雖然只有三首,但卻有著自己的特色。與王冷齋以其親身經歷所作的〈盧溝橋抗戰紀事詩〉不同,唐公遠在後方,未曾親臨前線。其所作的「南口組詩」皆是詩人由報刊通訊、時人口傳所感而作的,所以論史料價值自然不如前者,但是唐玉虬仍然憑藉一腔愛國熱情,根據僅有的資料創作了三首圍繞「南口之戰」的詩歌,〈戰南口〉寫戰鬥之慘烈,〈南口一卒〉寫英勇事蹟,〈南口恨〉寫對戰役的反思。可以說,詩人抓住了「南口之戰」的三個點,由此出發,我們不僅可以感受到炮火聲中將士們的廝殺聲,還可以反思「南口之戰」的經驗教訓。所以,唐玉虬與他的「南口組詩」用另一種形式記載了這段不因遺忘的歷史。

二 抗戰救亡詩

在「七七」國難詩歌中,篇目最多的無疑是「抗戰救亡詩」,它集中反應了詩人們在「七七」事變之後的所感所思,是「七七」國難文學中最富感情色彩的篇什。

「七七」事變甫一爆發,約一個星期以後,一批以盧溝橋為題的詩作迅速發表。例如:

七月十五日，趙顧年發表〈蘆溝橋是我們的墳〉：

「蘆溝橋是我們的墳」，
唱出這雄壯的歌聲！
這是敵人千萬重壓迫
榨成我們的一片軍心。

軍心的鞏固有如磐石，
看，我們寧死守著
不讓敵人的鐵蹄，踏進一寸宛平城！

不怕炮火多磨緊，
殺，殺，殺，殺呀！……
殺退虎狼的□□兵！
起來，起來，我們的少年軍！
「蘆溝橋是我們的墳」，
我們要唱出這雄壯的歌聲！[26]

七月十六日，中國詩歌會的代表詩人任鈞，發表〈「與打擊者以打擊」！〉，激勵國人勇敢地與日寇拼搏：

「與打擊者以打擊」！
讓我們把陰險的毒蛇趕走吧，
難道我們還沒有忍受夠嗎？

---

26 《立報》，1937年7月15日。

像啞巴的弱女
不斷地忍受惡漢的蹂躪和倡狂——
六年來，我們忍受了東北的淪陷！
忍受了冀察的「特殊化」！
更忍受了冀東傀儡的登場！……

但敵人的胃袋卻更加擴張：
如今又在蘆溝橋畔
企圖把「九一八」的拿手好戲重新演唱！
企圖把血腥的「日徽旗」豎立在整個華北，
豎在黃河，豎在長江！……

「與打擊者以打擊」！
讓我們把無可理喻的瘋狗打死吧，
的確，我們已經忍受夠啦！[27]

七月十八日，陶在東所作〈蘆溝橋〉一舊體詩發表在上海《新聞報》上：

蘆溝曉月憶當年。澈夜駝鈴客賦詩。
北望城郊塵滿眼。南來海滋雪盈髭。
如聞杯酒安耕牧。又聞秋聲雜鼓鼙。
此地公車曾縮轂。可憐移柳作邊陲。[28]

---

27 《申報》，1937年7月16日。
28 《新聞報》，1937年7月18日。

　　詩人回望「盧溝曉月」美景，然則當年「澈夜駝鈴」已不再，盧溝橋也變成了「邊陲」之地，國土的淪喪，國難的悲痛在詩人的筆下表現無遺。

　　七月二十日，鄭州《通俗日報》副刊上發表了劉心皇的〈盧溝橋〉：

> 你在人心裡幻化一道多姿的長虹，
> 永遠照耀靈魂的天空。
>
> 見過你的，現在格外的親切，
> 沒見過的，在想像裡更熱烈。
>
> 從此，把人分開了：
> 一是屈辱的生，意識英勇的活。
>
> 四億人心所想的，在你身邊發生，
> 不屈的血肉積聚成你永久的名。

　　這是一首感情豐富的優秀詩作，詩中的「你」即是戰火中的「盧溝橋」，同樣也是抗戰的象徵。

　　七月二十七日，木每發表〈起來吧，同胞們！〉：

> 我們不能再安做玫瑰之夢，
> 我們不能再苟安貪生，
> 我們不能再置國事於腦後，
> 我們不能再彷徨迷途，

我們不能再昏迷不醒；[29]

詩人用了五個「我們不能」，將民族的危亡與每個中國人的命運緊密聯繫在一起，顯示了國難中渴望國民團結的強烈願望。此外，鐵鳴的〈群起抗敵前奏〉、陳柱尊的〈同心抗敵歌〉、秋山的〈全國動員抗敵歌〉中，詩人號召國人一致對外，共同抗敵。

七月二十九日，詩人臧克家創作長詩〈除了抗戰什麼都沒意義〉，不久發表於《光明・戰時號外》第五號（1937年10月10日）上。臧克家在詩中大聲呼籲：

學者們呵！
把身子移開那一堆故紙吧，
而今的真理已不在故紙上！
詩人們呵！
請放開你們的喉嚨，
除了高唱戰歌，
你們的詩句將啞然無聲！[30]

八月一日，《大晚報》上發表了署名曼的詩作〈詠北平四門大開〉，詩人用激越的語言表達自己的悲憤之情，「北平，你這文化之都的孤城／你這不顧廉恥的老妖精」；「北平，北平，你丟盡中國人的臉／也刺傷中國人的新，不管人間還有羞恥事，就這樣拋頭露面留下臭名聲！」

---

29 《大晚報》，1937年7月27日。
30 《光明・戰時號外》（1937年10月10日），第五號。

八月五日，愛國將軍、詩人馮玉祥寫出了〈給吾愛兒洪國〉：

> 兒在河北，父在江南；
> 抗日救國，責任一般。
> 收復失地，保我主權，
> 誰先戰死，誰先心安；
> 犧牲小我，求民族之大全；
> 奮勇殺敵，方是中國好兒男。
> 天職所在，不可讓人占先。
> 父要慈，子要孝，都須為國把身捐！[31]

馮玉祥仿南宋詩人陸游名作〈示兒〉，將自己的愛國熱情用樸實的語言展露出來。馮玉祥一生寫了一千四百首詩。其詩作都是有感而發，語言質樸，感情分明，是雅俗兼備的口語詩體。他曾自謙地說：「我的詩，粗而且俗，和雅人們的雅詩不敢相提並論，因此，我只好叫做丘八詩。」與「七七」國難有關詩篇還有〈張慶余將軍〉、〈南口陣地的一個工兵〉、〈姓殷的〉、〈地雷〉、〈七七〉、〈七七警報〉、〈偉大的七七二週年〉等。他的「丘八詩」在藝術上確實比較粗糙，但融入了這位愛國將領的赤膽忠心，在宣傳抗戰和鼓動民眾上發揮了重要作用。

「七七」國難後，還有許多詩人，如朱承熙、邵祖平、洪梅等，都寫出了激越的詩篇。如朱承熙在〈北平，我們決不讓你淪亡！〉中吶喊：「拼著最後的一顆子彈，／流進最後的一熱血，／保衛我們的家鄉，／北平——我們絕不讓你淪亡！！」〈平津哀歌〉（署名鵑）將

---

31 馮玉祥：《抗戰詩歌集》（漢口市：三戶圖書印刷社，1938年），頁5-6。

北平與天津喻為中華民族的兩個兒子:「華家兩子真英英,/長曰阿平,此曰阿津,/阿平大方而老成,/阿津活潑而精明,/承歡華翁膝下數千春,/誰不羨慕華翁有此兩寧馨?」然而,「東方有強鄰,/見之起野心」。詩中亦諷刺了宋哲元臨陣脫逃,「保姆宋媽束手就不得,/自管大模大樣走保定」,以致「阿平阿津都失身,/三日之間改了姓。」最後詩人勉勵「華家子弟」傚仿「阿法兒」之兩子「阿爾薩斯與勞倫」,「摩拳擦掌,秣馬厲兵」,拯救水生火熱中的平津兄弟。洪海的〈我願你,蘆溝橋!〉飽含憤懣之情:「我願你,蘆溝橋!/牢記著你是中國的土地,/你代表著四萬萬五千萬的生命;/我願你爆發爭生的火焰,/燒死那魔鬼,/燒死那殘殺我民族的敵人。」詩人以悲痛的心情向「蘆溝橋」發出「四萬萬五千萬大眾的熱願」。最後勉勵蘆溝橋「不做漢奸,不做敵人的綿羊」,因為「四萬萬五千萬大眾做你的後盾,三千萬方里內蘊藏的是你的食糧」。

除了一些有名詩人外,一些不以詩歌創作見長的著名作家也「七七」國難之時寫出了愛國救亡的詩篇。例如鄭振鐸稱自己「不是一個詩人」,「但在十餘年裡,每每覺得以『詩』的形式最足以表現我的情緒時,便寫著『詩』。這些『詩』,數量雖不多,卻託寄著我的悲憤,我的熱情,我的希望,乃至我的信仰,我的幻想」。《戰號》就是詩人十餘年「悲憤」與「希望」的凝結,詩集分三輯,創作於不同的年代,其中第三輯乃是「七七」事變後一個月間的詩作,共有〈蘆溝橋〉、〈保衛北平曲〉、〈回擊〉、〈當我們倒下來時〉、〈槍執在我的手裡〉等十一首詩,詩人在詩中熱情地歌頌了中國人民的抗戰事業,發出了「保衛蘆溝橋」、「保衛北平」的吶喊。著名劇作家田漢在〈聞蘆溝橋開火〉中發出了振聾發聵的警告:

同胞們,聽見了沒有?

炮聲響徹了蘆溝橋。

那兒是我們的國防的前線，

那兒敵人也在磨著他的屠刀！

敵人顯然要武裝占領我們的華北，

隨著失去了的吉黑遼。

敵人顯然要乘著我們陶醉在暫時的和平，

宰了我們這些掙扎中的羊羔。

　　此詩闡明了日寇之目的乃在侵略全中國，如果我們繼續「陶醉在暫時的和平」中，則將會亡國亡種。除此外，田漢在其劇作《蘆溝橋》中也有〈蘆溝問答〉等詩作，後由張曙譜曲，成為響徹大江南北的抗日愛國歌曲。

　　除上述的新詩外，在新體詩壇如火如荼發展的同時，新舊文學鬥爭中敗下陣來的舊體詩詞卻在「七七」事變之後意外的獲得了一次新生。中國舊詩詞歷史悠久，上下數千年，根深蒂固於中國傳統文化之中，曾掀起過唐詩、宋詞、元曲三座詩歌高潮，有著深厚的創作基礎和廣泛的讀者群。五四之後，舊詩的輝煌被新詩所取代，但舊詩並未就此消亡，二十世紀二〇年代，以吳宓主編的《學衡》雜誌提出「以新材料入舊格律」，其中不少詩詞，感悟時事，憂國憂民，如吳宓為「濟南慘案」所作的〈五月九日感事作〉，常燕生為「一二八事變」所寫的〈翁將軍之歌〉，這些詩詞將愛國救亡的主題融入到舊體詩詞創作中去，為舊體詩的發展開闢了新方向。可以說，「七七國難」對詩壇的最積極的影響，是舊體詩詞的一度繁榮，是新體詩與舊體詩之間的空前的聯合。

　　「七七」事變之後，舊體詩中的愛國救亡主題得到了進一步的昇華，一時間，詩壇掀起了舊詩競寫的熱潮。在第一節國難紀實詩中，

我們已經看到王冷齋、唐玉虯二公的舊體詩作，除此之外，著名詩人盧前、馬敘倫、葉楚傖、沈鈞儒等亦有眾多愛國救亡詩問世。

著名詩人盧前（字冀野）聽聞日寇犯我盧溝橋後，即興填詞〈水調歌頭・七月八日得宛平之警〉：

> 電訊忽宵至，不覺裂雙眸。信中傳語，殘敵一隊襲盧溝，直北此時危急，火焰已燃眉睫，如箭在弦頭。何以消吾恨，不公戴天仇。
>
> 鳩所占，狼所噬，鼠所偷。千奇百怪敵貌，鑄鼎總難收。問道冷齋老子，願與此橋同命，忠勇足千秋！明日廣安道，我亦有戈矛！

二十八日，我軍收復廊坊豐臺後，盧前非常及時地填寫了〈鵲踏枝・喜豐臺廊坊大捷〉一詞，表達了詩人的喜悅之情。除此，詩人亦有〈鵲踏枝・讀報知北平危矣〉、〈西江月・喜收復通縣〉等詞作。盧前有江南少有的才子之稱，其詩詞造詣頗深。他在抗戰初期創作的這些以「七七」國難為題材的詩詞，情感強烈，製作亦工，堪稱傑作。

事變之後，華夏為之震動，但仍有一些人做著和平的美夢，對現實的形勢缺乏清醒的認識，馬敘倫〈聞警〉中的「簾外任叫風雨急，主人高枕正如泥。」詩人針對此種情況，予以警示。讓人痛心不已。豐臺廊坊大捷後，馬敘倫曾作〈聞廊坊豐臺之捷〉一詩，抒發了詩人的狂喜之情，但不出數日，豐臺又落敵手，平津繼而淪陷的噩耗傳來，詩人由喜而悲，又作〈聞豐臺再失平津繼陷〉一詩。

著名的南社詩人葉楚傖作〈廬山聞盧溝橋之變〉表達了詩人聽聞事變後的激憤之情：

亂雲如墨潑龍鬚，一怒飛噴萬壑珠。

嵐氣濃於初合陣，松風馳馬作前驅。

眼前寒暖無憑據，世上風波有不虞。

苦念臨邊諸將士，重鎧汗漬正援枹。

潘伯鷹的〈克復豐臺廊坊喜〉一詩，引唐代詩人張仲素〈塞下曲〉中的名句「功名恥計生擒數，直斬樓蘭報國恩。」勉勵中國人趁勝追擊，將日寇趕出中國。

時年十六歲、後成為著名學者的霍松林，於國難之時亦創作了〈盧溝橋戰歌〉一詩，描寫了我軍英勇殺敵的場景：

偉哉我守軍，愛國不顧身。

寸步不讓寸土守，直沖彈雨摧槍林。

守橋健兒力戰死，守城壯士分兵出西門。

揮刀橫掃犬羊群，左砍右殺血染襟。

以一當十十當百，有我無敵志凌雲。

征程暗，曉月昏。屢僕屢起戰方殷。

天已亮，炮聲喑。

城未毀，橋尚存。

守軍有多少？區區只一營。

竟使強虜心膽裂，一夕丟盡大和魂。

朝陽仍照漢乾坤，誰謂堂堂華夏真無人！

陳禪心的〈聞七‧七盧溝橋事變憤作集唐三首〉在眾多國難詩歌別出心裁，所做的三首詩歌皆是從古詩詞中摘取而得，彙集眾家所長，借古人之語抒今人之悲痛：

　　野哭初聞戰（杜甫），長河沒曉天（陳子昂）。
　　人心勝潮水（皇甫冉），萬里忽爭先（孟浩然）。

　　烽火從北來（崔顥），健兒寧鬥死（杜甫）。
　　報國有壯心（李白），中夜拔劍起（劉庭琦）。

　　征戰從此始（劉灣），丹霄羽翮齊（鄭繇）。
　　今朝擎劍去（李賀），誓欲斬鯨鯢（李白）

　　除了這些專業舊體詩人外，還湧現了「客串舊體詩人」，其中最著名的莫過郭沫若這位新詩的開拓者。「七七」之後，郭沫若一方面致力於新文學與新詩的寫作，另一方面又積極創作舊體詩詞，用盡「十八般武藝」，努力為抗日救亡而吶喊。

　　事變爆發之時，郭沫若身在日本，聞訊後憤慨不已，隨即離開日本奔赴祖國的民族解放戰場，並創作了著名的〈歸國雜吟〉：

　　又當投筆請纓時，別婦拋雛斷藕絲。
　　去國十年餘淚血，登舟三宿見旌旗。
　　欣將殘骨埋諸夏，哭吐精誠賦此詩。
　　四萬萬人齊蹈屬，同心同德一戎衣。

　　詩句慷慨激昂，表達出一位身在國外的愛國詩人的殷殷之情。郭沫若創作〈滿江紅‧盧溝聞警〉時，平津業已淪陷，上闋詩人警惕中國人，「莫黃昏，猶在睡鄉中，嗟何及？」下闋勉勵將士，「壯士饑餐鷹虎肉，笑談渴飲倭奴血！待明朝重整舊金甌，完無缺。」

三　英雄頌歌及哀悼詩

在「七七」國難詩歌中，除了眾多愛國救亡詩外，詩人們還創作了不少英雄頌歌及哀悼詩，歌頌了在戰場上拋頭顱灑熱血的愛國將士，藉以鼓舞中國人投身於愛國救亡運動中去。

「七七」事變爆發之時，在平津一帶擔任衛戍的是國民黨第二十九軍，該軍前身是馮玉祥的西北軍，馮玉祥是著名的愛國將領，西北軍因經費問題，武器裝備較差，但一直訓練有素，平時馮將軍非常重視思想宣傳，「馮玉祥每天早、晚要給官兵講話，其主要內容大都離不開愛國愛民之道理，以此讓官兵將愛國愛民切記心中，時刻不忘。為更有效地培養部隊愛國愛民的精神，馮玉祥還親自編寫了大量宣傳愛國愛民、遵紀守法的通俗讀物，如《精神書》、《革命精神書》、《軍人教育》、《軍人讀本》等，讓官兵邊學文化邊學精神。對於愛護百姓，馮常對官兵說：『老百姓是你爹……你穿的老百姓的，吃的老百姓的，你不愛老百姓行嗎？』因此在任何情況上都不准侵擾老百姓。『凍死不入民房』」[32]。中原大戰後，馮玉祥兵敗隱退，該軍由宋哲元接手，宋哲元繼承了西北軍愛國愛民的優良傳統，「九一八事變」後提出「槍口不對內」，「一二八事變」中又派觀察團前往上海，參觀十九軍抗擊日寇，總結戰場資料，了解日軍不可怕，激勵將士們的抗日鬥志。正是有了這些愛國思想的長期教育，讓二十九軍成為一支不畏懼日寇，敢打敢拼的愛國之師。七月七日，日方蓄意挑起事變，二十九軍毫不畏懼，嚴拒日寇之無理要求，並給來犯之敵予沉重打擊。二十九軍的壯舉傳遍全國，贏得了社會各界的讚譽，詩人們也將時代的頌歌賦予了這支英勇的軍隊，如周又齋的〈贈二十九軍〉：

---

32 龐莉華：〈國民黨第29軍七七抗戰原因初探〉，《河北大學學報》第2期（1988年）。

盧溝橋畔炮聲高，震動我軍起怒濤。
殺敵盡忠多英勇，衝鋒還仗鬼頭刀。
情甘戰死言正壯，義不偷生氣自豪。
眾志成城圍鐵壁，從今誰敢藐吾曹。

孟雲在〈蘆溝橋畔的怒吼〉中也表達了相同的情感，該詩副標題〈為英勇抗戰的二十九軍作〉：

蘆溝橋上捲來了七月的風，
蘆溝橋下翻滾著七月的浪，
風在呼嘯，浪在飛奔；
蘆溝橋畔的怒吼，
爆炸了死寂的古城。
戰士們以萬把鐵手，
給祖國築起鐵的長城；
烈火燒著心頭的憤恨，
重載著苦痛的列車，
像炮臺，沉著地應付戰爭。
手榴彈，機關槍，
瞄準著敵人的胸腔，
橋頭上，橋旁邊，
揮動著怒漲的臂膀。
——仇敵呵！你來，你來，
今朝，以血還血，以頭顱對頭顱，
來清算舊的一切。
多少師踏著鋼鐵的信心，

死守住防線，

死也不退一步，

就被繩索縊住的咽喉，

響起巨大的吼聲：

——蘆溝橋可為吾人之墳墓，

誓與蘆溝橋共存亡！

為了勝利之旗，

前進，前進，

步步爭取著祖國的黎明！[33]

　　二十九軍下轄的三十七師大部駐紮在宛平蘆溝橋一帶，抗戰之後與日軍最先交戰，作戰最為英勇，陶雲生的〈向三十七師致敬〉對他們表示了特別的敬意。詩人首先回顧了三十七師在長城抗戰中的英勇行為，繼而勉勵他們奮勇殺敵，驅趕日寇。

　　在勇猛的二十九軍中還有一支特殊的隊伍——大刀隊。二十九軍原屬西北軍，創建之初，因經費不足，以致槍支彈藥無法滿足部隊的擴充，所以馮玉祥就為士兵們配發了大刀。這些大刀都是長柄、寬刃、刀尖傾斜的傳統中國刀，十分利於劈殺。此外，馮玉祥還聘請了一批武術高手，設計了一套適合對付敵人刺刀的刀術，讓部隊勤加練習。結果，當初為了應急用的大刀，反而成了西北軍的重要武器之一。在喜峰口之役中，二十九軍的大刀隊就曾讓日寇聞風喪膽。「七七事變」後，這支創作輝煌的大刀隊自然也就被寄予厚望。

　　王羽翔在〈蘆溝橋壯士歌〉中描寫這支手執利刃的英勇之師：

---

33 《華美晚報》，1937年7月15日。

盧溝流水聲嗚咽，橋頭將士心如鐵。瞥眼胡塵捲地來，一聲鼓
角山為摧。右手揮寶刀，左手擲榴彈。刀光盤旋似雪花，彈丸
飛躍如輕燕。刀風彈雨攪不分，天地昏黑雷霧奔。戰歌隱隱入
暮雲，群圍鼠竄傷精魂。歸營自看刀頭血，帳前高掛纖纖月。
衣中甲厚酒腸寬，痛飲黃龍待明日。[34]

　　傑人的〈不算是詩〉於一九三七年七月十五日發表在《申報》增
刊上，詩前附有小序，記敘了詩人作此詩的緣由：「盧溝橋事件發生
後，閱本報十二日上午三時急電，有云『日軍官負傷三十餘名，內以
受二十九軍大刀隊割掉臂部者為多』，想起大刀，有感賦此。」全詩
如下：

　　大刀，
　　當年你在喜峰口，
　　大放過光芒，
　　曾使那敵人喪膽！

　　現在，
　　又是時候了，
　　存亡這關頭！
　　只有一致對外，
　　才能夠救亡圖存！

　　被壓迫者，

---

34 《盧溝橋抗戰詩詞精選》（北京市：燕山出版社，1997年），頁329。

只有大家齊起來反抗！

被壓迫者，

沒有機關槍，大刀也好。

大刀，

重振起來你的雄威，

爭取民族解放！

走向自由的大道！[35]

　　唐玉虬也曾賦詩〈大刀隊歌〉，讚頌了這支「此心早寄邱墳中，一膽還包天地外」的敢死隊，描寫了他們英勇殺敵的場景，「手左執彈刀右操，遠時用彈近用刀。虜騎盡強不敢驕，凜凜匣炮纏在腰。近敵自成龍虎勢，縱橫叱吒千軍廢。風雲漫天爪牙來，利器人間總失利。」大刀隊隊員的英勇完全震懾了驕橫的日軍，「亦有頭斷軀尚走，攜頭不敢回頭視；又有呼求聲在喉，半身委地半猶踞。」

　　著名活動家何香凝女士以巾幗之軀也為大刀隊賦詩兩首──〈大刀贊〉與〈頌五百大刀〉，讚頌了他們保家衛國、英勇殺敵的豪邁壯舉。

　　除了這些集體形象外，詩人們還塑造了許多將士的個人形象。如陳其珊的〈贈吉星文〉就是讚頌了愛國將領吉星文，吉星文是吉鴻昌的堂侄，七七之時正駐紮在盧溝橋，面對敵人的進攻，毫不畏懼，沉著指揮，擊退敵人的進攻。

　　將軍雄武吉星文。

---

35 《申報‧增刊》，1937年7月15日。

　　　守土精忠氣蓋雲。

　　　士卒身先創乍裡。

　　　應教萬世策奇功。[36]

　　馮玉祥的〈反正〉與〈張慶餘將軍〉二詩讚頌了在通縣反正的張
慶餘將軍。署名冰露的詩人於一九三七年七月三十日寫有《故都小
兵》，描寫了北平淪陷時一位不甘願撤退的愛國士兵。由通俗讀物編
刊社編寫的《血戰蘆溝橋》一書中收有〈血戰蘆溝橋——十九歲小夥
子連砍十三名日本兵〉，描寫了這位無名英雄的壯舉。

　　在這些英勇讚歌中，除了馮玉祥等外，大部分詩人沒有去過前
線，更沒有戰爭體驗，對將士們的生活了解得不夠，大部分可以算的
上是通訊報導的詩化，所以讀起來，往往熱情有餘但內容單薄。

　　抗戰會有犧牲，二十九軍的將士英勇抗敵，為了保衛祖國的領土
前赴後繼，付出了巨大的犧牲。七月二十八日拂曉，中日雙方在南苑
激戰，二十九軍副軍長佟麟閣將軍不顧個人安危，親臨前線督戰，在
身陷重圍、身負重傷後，仍激勵官兵奮勇殺敵，不幸再次中彈，傷勢
加重，於當日犧牲。同日，第一三二師師長趙登禹將軍奉命率部支持
南苑，途中遭日軍伏擊。他奮不顧身地指揮部隊與日軍血戰，身負重
傷，壯烈殉國。佟麟閣和趙登禹二將軍成為全面抗戰爆發後首批為國
捐軀的國民黨高級將領。噩耗傳開，舉國悲哀，詩人紛紛賦詩追悼，
如馬敘倫的〈遙弔佟麟閣趙登禹將軍兩上將〉、許伯建的〈滿江紅・
弔佟趙〉、唐甲元的〈悼佟趙兩將軍〉、濮智詮〈南苑之役趙登禹佟麟
閣將軍死之書以致悼〉、霍松林〈哀平津，哭佟趙二將軍〉、邵祖平
〈抗戰方始，佟麟閣趙登禹殉職南苑，詩以紀之〉等。

36　《新聞報》，1937年7月30日。

趙登禹將軍犧牲的消息傳至他的故鄉，趙樓村的男女老少皆為之痛苦流涕，有人揮筆寫下這樣的詩句，高度讚頌了這位家鄉的好兒女：

> 一代虎將性剛尤，赤膽忠心向神州。
> 殺盡日寇平生願，甘灑熱血報民族。[37]

佟趙二將軍出自西北軍，原是馮玉祥將軍手下愛將，馮將軍聽聞噩耗，悲傷不已，於八月一日痛作〈弔佟趙〉。詩人首先回憶與佟趙兩將軍的交往，「佟是二十六年的同志，趙是二十三年的兄弟。我們艱苦共嘗，我們患難相從。」繼而從學問、體格以及品德方面給予二人高度評價，讚歎他們為國捐軀的英勇行為，最後鼓勵眾人仿傚佟趙兩將軍，為了「最後勝利」前赴後繼。

宋哲元時任二十九軍軍長，佟趙二將乃其得力助手，得知他們犧牲後，宋哲元悲痛不已，於湖南衡山建雙忠亭，並立碑紀念，上書〈雙忠亭佟趙兩將軍碑銘〉，讓後人緬懷這兩位為國盡忠、壯烈犧牲的愛國志士。

四　抗日歌曲和時事鼓詞

歌曲與抗戰的結合並不是「七七」事變後才結合在一起的。早在戰前就湧現出〈畢業歌〉、〈義勇軍進行曲〉、〈「九‧一八」〉和〈我的家鄉在松花江上〉這樣時代性與藝術性完美結合的優秀歌曲，這些抗日愛國歌曲已經是「救亡運動中一支不可抵禦的力量」。

---

37 中共菏澤地委黨史資料徵集委員會：《曹州英烈‧第二卷》，頁49。

　　阿英於一九三六年十二月三十日在上海《大晚報》副刊《火炬》上發表了論文〈一九三六年中國通俗文學的發展〉，對一九三六年間通俗文學的發展進行了整體回顧，其中就重點談到了抗戰題材歌曲的崛起，「也就在一九三四年頃，新的歌與音樂發生了連接。本來為〈毛毛雨〉一類靡爛的音樂所風靡的中國市民層，也因著民族的自覺，開始厭棄那些舊的東西，對新的歌樂，表示了熱烈的接受。施誼的〈開路先鋒〉，就是強有力的第一回的進軍。這歌詞配合了聶耳的剛建的譜曲，在很短的期間內，就奪取了〈毛毛雨〉的陣地，奠定了新歌樂在民眾間的基礎。到了一九三六年，這一類的歌曲，是完全的成為了『大眾的呼聲』了。」

　　「七七事變」爆發後，全民抗戰開始的嚴峻形勢也鼓舞看音樂界人士，他們秉承了之前的愛國傳統，創作了一批以「七七事變」為題材的抗日愛國歌曲。他們努力將詩歌和音樂相結合，創造出歡快激昂、廣受歡迎的愛國歌曲，它們大多是明快有力的進行曲風格，具有很強號召力和鼓動性。並且舉行大型音樂會，激勵民眾。

　　在這些愛國歌曲中，最為知名的莫過〈大刀進行曲〉，副標題為「獻給二十九軍大刀隊」，該歌曲的詞曲作者均為麥新，原名孫培元，一九一四年出生於上海，做過普通職員。「九一八」事變後開始參加抗日救亡運動。他愛好音樂，積極參加上海抗日救亡團體「民眾歌詠會」的演唱活動和一些進步音樂組織，曾向群眾教唱聶耳的〈開路先鋒〉、〈義勇軍進行曲〉和冼星海的〈救國軍歌〉、〈打回老家去〉等抗日救亡歌曲。

　　「七七」事變中，駐守在盧溝橋畔的國民黨二十九軍不懼強敵，與日軍展開頑強的戰鬥，其中大刀隊英勇殺敵的捷報不斷傳來。這條振奮人心的消息，讓年輕的麥新熱血沸騰，激動不已，徹夜不眠，彷彿身臨其境，親眼目睹大刀隊的壯士手持大刀英勇衛國，向鬼子們的

頭上砍去。夢中的陣陣殺聲最終演變成這首慷慨激昂的抗日歌曲，八月八日麥新創作完成了〈大刀進行曲〉這首不朽的時代戰歌：

> 大刀向鬼子們的頭上砍去！
> 全國武裝的弟兄們！
> 抗戰的一天來到了，
> 抗戰的一天來到了！
> 前面有東北的義勇軍，
> 後面有全國的老百姓，
> 咱們軍民團結勇敢前進，
> 看準那敵人，
> 把他消滅，把他消滅！
> 衝啊！
> 大刀向鬼子們的頭上砍去。
> 殺！

這首抗日歌曲一經誕生，就如疾風閃電般，迅速傳遍了大江南北、前線後方，成為振奮民族精神，爭取民族解放的號角。八月，麥新親自指揮，在上海浦東大廈首次演出該曲，演員們情與曲融為一體，節奏果斷鮮明，情緒激昂悲憤，在高潮中加入強勁有力的吶喊，痛快淋漓。這種團結抗日，共禦外辱的激情引起了聽眾們的強烈共鳴，頓時，全場掌聲雷動，抗日口號響徹大廳，「大刀向鬼子們的頭上砍去」的雄壯各省伴隨著反抗的火焰傳遍大江南北，鼓舞了民眾投身抗戰，激勵了將士守衛國土，為最終的勝利而努力奮鬥。

一九三七年八月田漢為話劇《盧溝橋》創作了九首插曲，放聲歌唱抗日軍民。其中〈盧溝問答〉最為知名，由張曙譜曲，此歌用問答

體寫成，描繪了盧溝橋的狀貌，敘說了橋的歷史和文化價值，詠唱了
「自相殘殺萬年還遺臭，只有抗敵救國才千古美名兒留」，將山河之
美與愛國救亡的感情緊密融合在一起，打動了華夏兒女的心，也堅定
了他們反抗侵略者的決心。

周瘦鵑是著名的通俗小說家，鴛鴦蝴蝶派的代表文人，但愛國之
心絲毫不遜新派文人，先前就曾感「二十一條」國恥創作了國難小說
《祖國重也》。「七七」事變之後，他又創作了歌詞〈盧溝橋之歌〉，
由徐希一作曲，發表在一九三七年八月一日《申報》上，表達了「一
寸寸國土，一寸寸黃金；誰要搶著走，我和誰拼命」的決心。

除此之外，還有〈盧溝橋〉（許晴作詞，星海作曲）、〈保衛祖國〉
（柳倩作詞，星海作曲）〈戰鼓在敲〉（申之作詞，張曙作曲）、〈自
衛〉（馬祖武作詞，趙元任作曲）、〈盧溝橋之歌〉（羅海沙作詞，何安
東作曲）等抗日歌曲問世。

「七七」事變之後，一些有識之士很快認識到，要取得抗日戰爭
的勝利，必須依靠廣大人民，如何調動他們的抗戰熱情成為文藝創作
的重點。黃藥眠指出，「盧溝橋事件使整個的中國社會都起了劇烈的
變化，同時也替中國的文學開闢了一條新的道路。全國各界大聯合共
同對外，這不僅擴大了新文學運動可能的活動範圍，和打開了許多落
後的讀者群眾的眼睛，同時，即在文藝運動面前也重新放下了一個任
務，即文藝工作者再也不能滿足於這文化小圈子裡的活動了，它必須
向廣闊的無文化的愚昧的區域裡邁進，他們必須面向著這全中國的最
大多數的農民。」[38]文藝的大眾性，就是文藝要面向民眾，要讓它從
文藝家個人的事業中走出來，成為人民大眾的文藝，真正成為宣傳人
民、教育人民、動員人民的工具。因為文藝大眾性的要求，就不能不

---

38 黃藥眠：〈抗戰文藝的人物和方向〉，《文學理論史料選》（成都市：四川教育出版
社，1988年），頁143。

採用群眾喜聞樂見的文藝形式，民間流行的舊文藝形式又回到了文藝界。這種號召迅速得到了回應，民間湧現了不少愛國歌謠，如一九三七年七月二十六日《立報》上刊載的〈宛平小調〉，該小調用「四季調」形式而作。勉勵「大家拿出力量來，好拿日兵才殺光！」

上海《新聞報》一九三七年七月十四日上刊載〈華北童謠〉五首則更有特色，文前附有小序一則：「據說最近在華北一帶，都盛行著一種含有意義的兒童歌謠。差不多在各縣的民間都你都能聽到。這也何嘗不顯示著人民的深心。現在我把所知道的幾首寫在下面。」全錄如下：

（一）

排排坐。吃果果。果果不買仇貨！爹一個。娘一個。留下個給哥哥。

（二）

南風沒有北風涼。大青山下做戰場。爸爸前線抬傷兵。媽媽做飯送給養。

（三）

小白雞。院裡奔。偽匪來了一大群。捉住爸爸要黃金。扯著媽媽索白銀。看見我們都沒有。綁上我走請財神。（注：請財神。即將小兒賣給富人家做奴隸。）

（四）

杜梨樹兒開白花。可恨偽匪占我家，嫂嫂年老刀刺死。妹妹年輕留給他。

（五）

搖搖搖。搖搖搖。一搖搖到外婆橋。外婆叫我好寶寶。好寶寶。年紀小。志氣高。捉住倭奴吃個飽。

　　這是互相聯繫的五首童謠，流傳在華北一帶，描寫了偽匪勾結日寇欺壓老百姓的惡行。

　　鼓詞是中國傳統的曲藝形式，在國難危急的關頭也成為愛國救亡的重要手段，趙景深和穆木天創作了以「七七」國難為題材的幾首鼓詞。

　　趙景深是著名的中國文學史和中國戲曲研究專家，抗戰初期在復旦大學任教，戰前曾出版《大鼓研究》一書，「七七」事變之後，殘酷的戰爭擾亂了學者原先的生活軌跡，為報刊上刊載的英勇事蹟所感動，先後創作了一系列時事大鼓詞，其中〈戰南口〉、〈居庸關〉二首以南口之戰為對象，描寫了我軍將士奮勇殺敵的壯烈場面。節奏抑揚頓挫，音調鏗鏘有力。

　　詩人穆木天此時也熱衷於通俗文藝的創作，一九三八年三月，他在漢口出版了《抗戰大鼓詞》，其中就收錄了反映「七七」事變的大鼓詞〈蘆溝橋〉，詳細敘述了盧溝橋事變發生的過程，揭露了敵人虛偽和談，暗地備戰的狡詐行徑，並提出「最後勝利，是要靠全面抗戰長久的鬥爭」，具有前瞻性。

　　老向的《七七獻金》為「七七」事變一週年而作，發表在抗到底第十三、十四期合刊（1938年7月25日）上，號召中國人積極捐金，支持前線抗戰。

　　「七七」事變後，平津淪陷，「八一三」事變繼而爆發，全國的焦點轉向了上海，抗戰進入新的階段，但是「七七事變」並沒有從人們的視野中消失，更沒有被忘記。在八年抗戰的歲月中，詩人的筆下也時時可見它的身影，藉以表達自己的愛國之情，如林野的〈遙祭盧溝橋〉、長虹的〈七七詩〉等。

第三節　「七七」國難戲劇

　　「七七」國難文學在體裁上豐富多樣，除了前面所述的詩歌、散文外，戲劇的創作也相當繁榮，「自抗戰以來，許多文化部門都暫時的受到相當的阻礙——但戲劇卻成了一個特殊的例外。」[39]「七七」事變爆發不久，正是戲劇走在了文藝救國運動的最前列。為全面抗戰熱潮所鼓舞的劇作家和業餘劇作者，激發著極大的愛國熱忱，以筆作槍，創作出了大量警醒中國人、同時又振奮人心的劇本，並及時付諸演出，形成了較大的社會反響，形成了「七七」國難戲劇創作與演出的熱潮。

一　戲劇文學中的前線與後方

　　從已經收集到的近三十部劇本來看，基本上都是圍繞「抗日救亡」主題的現實主義劇作。這一時期，不僅有許多著名的劇作家，如夏衍、田漢、陳白塵等有重要作品問世，還有一些不以劇作見長的文人也加入到創作的隊伍之中，如著名小說家丁玲創作了三幕話劇《河內一郎》。從創作時間上來說，既有事變發生後不久就完成上演的劇作，也有一年之後才出版面世的作品。創作形式也是多種多樣，既有個人獨立完成的作品，也有集體合作的成果；劇本既有多幕劇，也有獨幕劇。從發表出版的情況來看，各種抗戰報紙和期刊都給予了充分的重視，如《光明》、《文藝》、《戲劇時代》等重要的抗戰文學期刊都刊載或轉載了相關劇本，有的報紙甚至開專欄討論重要作品，如《大公報》一九三七年八月七日增刊第十二版就為「保衛盧溝橋公演特

---

39 邱明正：《上海文學通史》（上海市：復旦大學出版社，2005年），頁846。

刊」，詳細介紹了《保衛盧溝橋》的創作、演出情況，並討論其重要
意義。有的作品還被不同的劇本集收入。「七七國難戲劇」並沒有停
留在文本之上，它隨著抗戰戲劇運動的興起，由各支抗戰演劇隊從城
市帶入農村，從沿海深入內地，在國內廣泛上演，引起了民眾的強烈
關注，對提高廣大群眾的抗戰熱情、增強抗戰決心起到了積極的作
用，而這也反過來推動國難戲劇創作的進一步繁榮。

　　戲劇抗日早在「七七」事變之前就已經初現端倪。一九三六年，
于伶圍繞「豐臺事件」寫作了歷史劇《撤退宋家莊》[40]，抗日救亡的
呼聲和戲劇創作已緊密聯繫在一起。一九三七年春，全面抗戰爆發前
夕，年輕的劇作家王紹清寫成了三幕報告劇《亞細亞的怒潮》，作品
生動地描寫了中國北部海岸線上一個小港口的工人與賣國賊傅虛懷的
生死鬥爭。「七七國難戲劇」正是繼承了先前戲劇創作中的愛國主義
精神，以「七七」事變及其產生的影響為主要內容，以支持「愛國救
亡」為首要目的，時間上涵蓋了「七七」事變爆發前後一直到七月二
十九日北平淪陷為止這段歷史，在內容上可以分為三類：前線素描和
後方眾生相兩個方面。

　　從藝術表現的角度來看，「七七」國難戲劇對前方、後方兩方面
的抗戰做了生動的表現。

　　在對前方戰場的表現方面，《保衛盧溝橋》作為「七七」國難戲
劇的發軔之作，是此類的代表作。一九三七年七月七日，震驚世界的
「七七」事變爆發，消息很快傳到上海，激起社會各界人士的憤慨，
紛紛採取不同的方式支持前線抗戰，文學界的反映尤其迅速。十五
日，中國劇作者協會成立，並決定集體創作話劇《保衛盧溝橋》聲援
前線的二十九軍將士。十七位劇作家憑藉滿腔的愛國熱情，以驚人的

---

40 《抗戰紀事》（北京市：中國友誼出版公司，1989年），頁30。

速度在限定的三天之內完成初稿，「當劇本交付印刷，並出版發行時，還只是七月中旬。」[41]劇本的演出得到了社會各界的廣泛支持，當劇本尚未完成時，上海幾家著名的劇團，如業餘實驗劇團、四十年代劇社、中國旅行劇團已經爭先恐後地要求得到該劇的演出權。許多知名演員也積極要求參與演出，即使只是當個群眾角色，也深感光榮。演出前，推舉辛漢文、陳白塵、阿英、于伶等七人為籌備演出委員，洪深、唐槐秋、袁牧之、凌鶴、金山、宋之的等十九人為導演團。八月七日起，《保衛盧溝橋》在上海南市區的蓬萊大劇院正式舉行公演，近四千人擔任演出及劇務工作，演出場場爆滿，延期加演也不能滿足觀眾高漲的愛國熱情。這種熱烈的場面，一直持續到「八一三」事變爆發為止。

　　《保衛盧溝橋》由多位作家合作完成，全劇共三幕，第一幕「暴風雨的前夕」，由尤兢、崔嵬、鄭伯奇、張庚等執筆；第二幕「盧溝橋是我們的墳墓」，由王震之、馬彥祥、凌鶴、孫師毅等執筆；第三幕「全民的抗戰」，由夏衍、阿英、陳白塵、宋之的等執筆。劇本內有冼星海、周巍峙等六人所作的抗戰歌曲，阿英起草了代序，再版時還收入了郭沫若的題詩。

　　該劇作為第一部直接表現「七七事變」的戲劇，向觀眾展現了「七七事變」爆發的基本過程。其中「盧溝橋」一帶軍民英勇抗戰的壯烈場面是全劇表現的重點，也是該劇最引人注目的地方。第一幕題為「暴風雨的前夕」，描寫了「七七事變」前，日軍以演習為名在盧溝橋附近為所欲為，當地居民忍無可忍，「把鬼子兵趕出去」的口號預示著一場暴風驟雨即將來臨。第二幕描寫了「七七」事變爆發後，被日軍燒殺掠擄的村民向盧溝橋附近的駐軍求援，將士們積極要求出

---

41 齊衛平：《抗戰時期的上海文化》（上海市：上海人民出版社，2001年），頁189。

戰，上面卻傳來「不准輕舉妄動」、「和平阻止敵人前進，設法避免衝突」的命令，不讓出兵。但是，敵人囂張的氣焰和難民痛苦的哭訴，讓將士們終於奮起反戰，在「盧溝橋是我們的墳墓」的吶喊中，向敵人衝殺過去。第三幕描寫了軍民熱烈合作，共同反抗侵略的場面，也是整部戲劇的高潮。「七七」事變之後，廣大的民眾沒有選擇逃跑，而是拿起鋤頭、板斧、菜刀等一切可以作為武器的東西，堅定地和愛國將士一起奮戰在抗戰前線，面對敵人猛烈的炮火，他們也沒有害怕和後退，場面十分悲壯。全劇在軍民合作，英勇奮戰中結束。

《保衛盧溝橋》公演之後，產生了廣泛的社會影響，一時間「保衛盧溝橋」、「保衛中華民族」的口號響徹華夏，同時也催生了一批類似劇本的出現，如《血灑盧溝橋》（張季純作）、《盧溝橋之戰》（陳白塵作）、《盧溝橋》（胡紹軒作）、《咆哮的河北》（王震之作）、《城上》（杜漸作）等，它們繼承了《保衛盧溝橋》的創作思想，描寫了前線戰場上愛國將士和廣大民眾共同奮勇殺敵的悲壯場面。

在這類表現軍民合作抗戰的劇本中，值得注意的是，許多劇作家並沒有停留在正面交戰場面的描寫上，還敏銳地發現戰事初期上層領導集團的「不抵抗政策」[42]，並提出批評。如《盧溝橋之戰》（陳白塵作）中，在戰事危急關頭，宋委員長（即宋哲元）卻下令「馬上撤兵」，甚至以「斷絕接濟」威脅前線抗日的將士，這種錯誤的「不抵抗政策」不得軍心，也沒能阻止將士奮勇殺敵的愛國行為，他們不惜違抗軍令，奮起反抗，發出「盧溝橋是我們的墳墓」的吶喊，堅守在

---

42 「七七事變」之後，駐守平津一帶的二十九軍首當其衝，成為與日軍正面接觸的第一支中國軍隊，但是該軍主要由原馮玉祥的西北軍組成，非蔣介石的嫡系部隊，軍長宋哲元害怕該軍如果積極抗戰，會損失慘重，所以在抗戰態度上十分曖昧，採取「不抵抗政策」，既不向日本投降，也不主動出擊，直到七月二十七日才發出「自衛守土」的通電。但是實際上，前線的將士從戰事開始起就勇敢地與日軍展開頑強的戰鬥，多位將領壯烈犧牲，如趙登禹等。

抗日的前線，用自己的鮮血譜寫了一曲愛國壯歌。國難當頭之際，劇作家憑著一腔愛國熱情，真實記錄了這一歷史事實，雖然由於諸多原因，未能對「不抵抗政策」進行深入的分析，但借批評「不抵抗政策」鼓舞全民族動員積極抗戰的心情是完全可以理解的，而且也是應該的。

在描寫前線抗戰的劇本中，還有一類比較特殊的劇本──「反正」題材的戲劇。「七七」事變爆發後，在日軍向北平大舉進攻之時，位於通縣的傀儡政權──「冀東防共自治政府」所轄的保安隊第一、第二總隊官兵，不甘做亡國奴，在總隊長張慶餘、張硯田的率領下，於同年七月二十八日起義，全殲駐通縣城內的日本侵略軍四百餘人，並活捉大漢奸殷汝耕，收復通縣。這次集體「反正」沉重打擊了漢奸走狗的囂張氣焰，極大鼓舞了前線抗戰的將士。《反正》（冼群）和《通州城外》（尤兢）兩部獨幕劇就是反映這一事件的代表作。《反正》記錄了冀東自治政府保安隊第一大隊反正的過程，隊員吳國騰慷慨陳詞，以死明心跡，表達了廣大反正隊員的不願做漢奸叛徒的愛國熱情。《通州城外》則描寫了保安隊與二十九軍合作，活捉大漢奸殷汝耕的英雄事蹟。在這兩部劇本中，「反正」將士們雖沒有直接與日本侵略軍作戰，但他們通過剷除漢奸傀儡政權，極大地支持了正面抗戰，他們同樣也是奮戰在抗戰前線的愛國勇士。

在描寫前線的眾多劇本中，普遍存在著藝術手法粗糙的問題，表現為人物形象單一，缺乏立體豐富感。這主要是因為戰爭爆發後，為了快速宣傳抗日救亡知識、鼓動民眾的抗戰熱情，許多劇本家來不及精心構思人物形象，而只能從表面對戰場上的人物進行籠統的概括。但在這當中也有一個例外──《趙登禹之死》，該劇由大眾戲劇電影讀者會集體創作，執筆者有王震之、小魚、李實等人，原劇連載於《大公報》一九三七年八月八日至十三日，隨著「八一三」淞滬戰爭

的爆發而中斷,現僅存第一幕和第二幕的一小部分。它是眾多「七七國難戲劇」中唯一一部圍繞一個人物進行構思的劇本,記錄了著名愛國抗日將領趙登禹為國捐軀的英勇事蹟。從現有的片斷來看,《趙登禹之死》沒有將主人公的形象簡單化、概念化,而是注重表現人物內心的複雜性,力求全面真實地展現這位愛國將領。趙將軍雖然滿腔愛國熱血,對日軍的暴行十分憤慨,但由於受宋哲元「不抵抗政策」影響,對於主動抗擊日寇仍有所猶豫,最終在母親、手下將士和學生慰勞隊的鼓動下,清醒地意識到「我們再不需要和平!我們再不能夠退讓!」「只有反抗才是最好的防禦!只有抵抗才是唯一的生路!」堅定了積極抗戰的決心。雖然這部戲劇未能續完,但是它注重對人物形象進行深層次心理挖掘的創作思想,對於這一時期公式化、簡單化的創作手法是一個有利的糾正,在「七七國難戲劇」中獨具特色,是抗戰戲劇日漸走向成熟的有益嘗試。

「七七」國難戲劇的另一個舞臺是抗戰背景下的後方。

首先是表現後方將士踴躍要求參戰。例如,《古城的怒吼》(王震之作)描寫了北平城內的某部營長陳振國,開始受「不抵抗政策」影響,責罰了積極請戰的官兵,最終在家人和將士的鼓動下,率部衝上前線。《盧溝橋的烽火》(李白鳳作)則描寫了後方醫院的傷兵紛紛要求去前線作戰的動人場面。

除了將士們的主動請纓外,許多民眾也紛紛響應號召參軍入伍,投身到抗日的洪流中。《好男兒》(作者不詳)描寫了戰爭爆發後,一戶人家圍繞要不要參軍展開爭論,旨在破除當時「好男不當兵」的成見,鼓勵民眾踴躍參軍,保家衛國。

而以青年學生為主的知識分子,則組成了慰勞隊上前線支持愛國抗日的將士。大型四幕話劇《盧溝橋》(田漢作)就是這一題材的代表作,該劇係南京新聞界聯合南京四大戲院,為慰勞抗敵將士而舉行

的公演，劇作者田漢也穿上了長袍，登場扮演了華北的大學教授。[43]
當八月九日戲正式公演之時，國民黨當局迫於日本大使館的壓力竟然
通知停演該劇，洪深（本劇的導演之一）聞訊後異常憤慨，立即向國
民黨中宣部據理抗爭，才使得該劇得以順利上演。開演前，洪深滿腔
憤怒地向觀眾揭露了戲被禁演的真相，大聲責問：「中國人在自己的
首都、自己的國土上，為什麼不可以演保衛祖國的戲？現在政府已經
宣布抗戰了，我們為什麼還要屈服於敵人？我們能屈服嗎？」這義正
詞嚴的吼聲震動了每一個觀眾，他們被激怒了，「打到日本帝國主
義！」「我們要看抗戰戲！」的口號此起彼伏，頓時，舞臺上下激起
了一股抗日救亡的熱潮。該劇以七七事變前後為背景，熱情謳歌了宛
平縣人民群眾、青年學生和二十九軍士兵的愛國精神，號召全中國人
民「用拳頭抗戰」，「把我們的血肉著稱保衛北平的要塞」。「平津學生
救國運動擴大宣傳團」在盧溝橋畔向當地駐軍進行演說，分析國難形
勢和盧溝橋的戰略地位，鼓勵將士們「保衛華北！收復失地!把敵人
趕出去！」，引起士兵們強烈的共鳴。該劇同時憤怒地控訴揭露了日
本侵略者假談和真進攻的猙獰面目，抨擊蔣介石「不肯拿出一點誠心
誠意」，「把自己一家的利益，始終擺在國家民族的利益前面」，姑息
養奸的不抵抗政策。最後指出「前進便是勝利，後退便是滅亡」。表
達了抗戰必勝的信念和堅決鬥爭到底的決心，道出了當時廣大中國人
民的呼聲，起到了宣傳鼓動抗日的積極作用，不愧為抗日救國的戰鬥
號角。

在劇本中，劇作者田漢有意識地將詩與戲巧妙地糅合在一起，使
之成為整部作品有機組成部分，洋溢著濃鬱的詩意，歌戲交融，強烈
地感染著觀眾，同時引起文藝界的矚目。這也是田漢戲劇的重要特

---

43 《抗戰紀事》（北京市：中國友誼出版公司，1989年），頁34。

色,其抗戰劇本中的一些詩歌在當時廣為流傳。「我過去寫劇本,歡喜插進一些歌曲:〈南歸〉、〈回春之曲〉、〈洪水〉、〈盧溝橋〉和〈復活〉等都是如此,那是真正的『話劇加唱』,這種形勢我以為是有效果的。」[44]

《保衛盧溝橋》(文賽閣作)描寫了一位女記者不顧身命危險,到前線鼓勵自己的男友勇敢作戰,保衛盧溝橋。

「七七事變」後,二十九軍將士奮勇作戰,保衛北平,並取得局部戰鬥的勝利,特別是七月二十八日收復了豐臺、廊坊及通縣,消息傳開,全國一片振奮,紛紛慶祝這歡欣鼓舞的勝利,增強了抗日救亡的信心。《老爺不走了》(舒湮作)描寫了高老爺一家在「七七」事變之後原本打算逃離北平,但我軍在豐臺、廊坊等地勝利的消息傳來後,老爺決定不走了。身在上海的夏衍也根據這一題材創作了廣播劇《七·二八的那一天》。一個弄堂煙紙店的老闆在聽到「我軍克服豐臺」、「廊坊亦收回」的消息後,宣布不賣鞭炮,留下自己慶祝:

老闆 中國兵打勝了。克服豐臺,收迴廊坊!(想起似的)
喂,快把炮仗收起來,不賣了,不賣了!
老闆娘 為什麼?
老闆 我們自己放!自己放![45]

最後,慶祝的場面變成了大家積極獻金支持前線的愛國活動。該劇採用廣播戲劇這一新穎而又有廣泛教育作用的藝術形式,不僅反映

---

44 田漢:《田漢劇作選·後記》(北京市:人民文學出版社,1955年)。
45 夏衍:《七二八的那一天》,《夏衍全集·戲劇劇本卷》(杭州市:浙江文藝出版社,2005年),頁151。

並歌頌了當時中國人民普遍的對抗戰的要求與期望，同時也揭露了某些當權者造謠愚弄人民的惡行。

　　七月二十九日北平淪陷，但是「七七」事變給後方民眾帶來的深遠影響並沒有結束，它掀起的全國範圍的抗日救亡運動始終堅持著，許多人在北平淪陷後轉入長久抗戰中，許多劇本反映了這些抗戰運動。《七・二八之夜》（麗尼作）描寫了七月二十八日夜，原本正在慶祝豐臺等地勝利消息的北平某大學學生會，在聽聞二十九軍被迫撤出北平，北平即將淪陷後，化悲傷為動力，高唱〈義勇軍進行曲〉，加入了抗日游擊隊。《北平之夜》（倪平作）中，北平淪陷，遭受漢奸和日本浪人欺凌的姐妹，毅然加入到西山游擊隊中去。獨幕劇《王八蛋才逃》（左明作）寫「七七事變」一個月後，北平附近的一個農村遭受日軍的凌辱，軍人王義，無心拜堂成親，指責眾人苟且偷生，最終村民在王義夫婦被日本兵槍殺後義憤填膺，加入到抗日隊伍中去。

　　「七七事變」激發了中華兒女的民族自尊心，他們滿懷愛國熱情團結在「抗戰救亡」的旗幟下，用不同的方式有力地支持著前線抗戰運動，這是全民族抗戰的重要保證。但是除了以上這些愛國救亡運動外，劇作家還揭露了一群甘做奴隸的漢奸走狗。

　　顧一樵在《古城烽火・再版自序》寫道，「自暴日入寇以來，全國文學作品反映出中華民族正義的呼聲。最使中國人痛心的是：在戰事初期，就有少數敗類，恬不知恥，去向敵人獻媚。他們忘記了民族的利益，他們只顧到眼前的榮華富貴。」[46]《古城烽火》一劇描寫了北平淪陷後，前清遺老張文熙與其兒子張鴻圖賣國求榮的醜惡行徑，張鴻圖為了當上偽政府的員警廳長更是不惜出賣自己的親妹妹，最後他們被游擊隊俘獲，受到應有的懲處。這類劇本將漢奸叛徒的醜惡嘴

---

46 顧一樵：《古城烽火・再版自序》，《古城烽火》（上海市：正中書局，1947年），頁1。

臉公諸於世，作為反面教材威懾漢奸走狗，激勵民眾愛國抗日。

在「七七」國難戲劇中，也出現出取材角度較為獨特的作品，例如丁玲的劇本《河內一郎》。該劇本一九三八年七月由生活書店出版單行本，一九四九年後還收入《丁玲戲劇集》（中國戲劇出版社1983年版）。這部劇本是著名作家丁玲為數不多的幾部劇作之一，丁玲一向以小說創作見長，但在「七七」事變之後，卻相繼創作了《重逢》、《河內一郎》等劇本，獲得不俗的評價，其中這部《河內一郎》更是頗有新意。綜觀「七七國難戲劇」乃至整個「七七國難文學」，基本都以中國軍民為塑造的對象，而該劇別出心裁，以「七七」事變的爆發為歷史背景，將主要人物設定為日本下層士兵河內一郎，從「侵略國人民」的角度批判戰爭給兩國普通民眾帶來的深重災難，取得了與眾不同的效果。

全劇共三幕，講述了日本兵河內一郎如何由一名侵華日兵轉變成反戰勇士的故事。其中第一幕發生在日本東京附近的鄉村之中，時間為一九三七年七月六日——「七七」事變的前日。一戶普通日本農家正歡喜而焦急地等待男主人河內一郎的歸來。一郎在滿洲已經當兵三年，但家中上有年邁體弱的老父，下有出征前尚未出世的兒子，這些年全靠妻子貞子一人苦苦支撐，勉強為計，家中常因貧窮而被逼債收租，但作為家中唯一的壯年男子——河內一郎，卻長年在外當兵。這次一郎的回來給他們帶來了歡樂和信心，而一郎自己也盤算著重振家業的計劃。恰在這時，郵差送來信件，「七七」事變爆發，一郎又要歸隊作戰。一家人頓時陷入慌亂和絕望之中。後兩幕寫一郎在中國戰場上如何被游擊隊俘獲，接受教育，思想上發生徹底轉變。全劇在一郎發表反戰演講中結束。這裡表現的日本俘虜被改造並且反戰，並不是普遍的本質的現象，但卻表現了左翼作家對「日本人民」覺悟與反戰的期待。

二 國難戲劇的宣傳性與藝術性

「七七」國難戲劇作為整個抗戰戲劇的開端，創作於外敵入侵，民族危機的關頭，總體上呈現出很強的政治宣傳性。而這一點的形成，並非無意的，而是包括劇作家在內的廣大文藝工作者主動選擇、積極推動的結果。

岳昭在《抗戰文藝論集‧序》中形象地說到：

> 盧溝橋的炮聲。驚散了天河畔一年只能一度幽會的雙星，同時驚醒了象牙塔裡的睡眼惺忪的 Muse。但 Muse 不知是擺脫了一切美麗的夢幻，走到十字街頭，而且肩著槍，果敢地走上抗戰的前線去。她的這種新姿態，影響了中國一切的文藝作家。於是，無論年老的、年輕的作家，以及文藝青年，都一致地同意著：「現階段的文藝，應該服務於抗戰。」[47]

在國難當頭之際，文藝主動承擔起為民族存亡吶喊的責任，甘願成為政治宣傳的工具。這種文藝和政治緊密結合的情況在戲劇中表現的尤為明顯，鄭君里在《抗戰戲劇運動草案》的第一條中就指出：「自抗戰開始後，中國戲劇運動已踏入一新的階段，共主觀與客觀的條件都已變革。戲劇運動受抗戰所動員。為保障抗戰的勝利而存在。」[48]這種特殊的情況與戲劇本身的特點有著深刻聯繫。完整的戲劇由兩部分組成──劇本和表演，戲劇不能僅停留在文本之上，而必須在舞臺上表演出來，因此較之其他文學，更直觀、更形象，接受起

---

47 岳昭：《抗戰文藝論集‧序》，《抗戰文藝論集》（上海市：上海書店，1986年），頁2。引文中的著重號為引者所加。

48 鄭君里：《抗戰戲劇運動草案》，《抗戰戲劇半月刊》卷1第5期（1938年），頁162。

來比較容易。而在當時文盲率高達百分之九十的中國，讓眾多目不識丁的群眾，特別是廣大農民，接受愛國救亡的宣傳，投身到抗日運動中去，的確是一個棘手的問題。戲劇形象生動的表現方式，適應了宣傳教育的需要，讓它從各種文學形式中迅速脫穎而出，從而造就了抗戰初期戲劇創作的繁榮。對此，有人評論道，「關於抗戰初期，戲劇界（包括作家和演員）特別活躍，特別豐收，導源於它的宣傳性教育性很高的緣故。」[49]可以說，「七七」事變成就了戲劇文學的繁榮和豐收，而戲劇創作反過來也極大支持了愛國救亡運動的開展。

在這種條件下發展起來的「七七國難戲劇」對戲劇演出的效果予以高度重視。如前所述，此時戲劇演出的對象不再是城市中的知識分子、青年學生，而是長年為生計奔波勞累，不能直接閱讀文學作品的廣大農民，戲劇要動員全民族起來抗戰，就必須要深入到他們中去，用他們可以理解的方式鼓動他們，演出的效果自然就非常關鍵。具體來說，「七七國難戲劇」在該點上有以下三個特點。

首先，集體創作、演出的推廣。此時戲劇的演出不再像戰前那樣，不同劇團各自為陣，而是普遍採用了集體合作的形式，最大範圍的調動社會力量，讓更多的人參與到戲劇的創作和演出中來，如前文所說的《保衛盧溝橋》就是一個典範，它從醞釀、構思、成稿、排練直到演出都有社會各界的參與，特別是許多群眾演員不為名不為利，憑著一腔熱情，即使為布景釘一顆釘子，演出時喊一句口號也覺得光榮，這種參與的過程本身就是一種愛國救亡的宣傳和教育。這種集體創作、演出的形式也成為後來抗戰戲劇積極模仿的樣式。另一方面，許多劇作家為了讓戲劇發揮更大的宣傳效果，主動在劇本中注明「放棄排演權歡迎上演」，這樣讓戲劇得到更多的上演機會，接受宣傳教

---

49 劉心皇：《抗戰時期的文學》（臺北市：國立編譯館，1995年），頁684。

育的人群也就相應地擴大了，這種共用精神節省了劇本創作的時間，也是另一種形式的「集體創作」。

　　其次，獨幕劇的流行。與戰前戲劇相比，「七七」國難戲劇在形式上日趨短小，近三十部的「七七」國難戲劇中採用獨幕劇形式的劇本就有十九部。即使是多幕劇，也相對鬆散，幾乎每幕都可單獨演出。這種戲劇既容易創作，也方便演出，在當時深受廣大劇作家的歡迎。其中，街頭獨幕劇的形式更為突出。街頭劇以民眾關注的政治時事為題材，對觀眾進行形象化的宣傳，是一種快速反映時事的短小活潑的戲劇樣式，因經常在街頭演出而得名。這種戲劇形式短小精悍、演出時間短、通俗易懂、鼓動性強，漸漸成為抗戰戲劇的首選形式，在抗戰初期，對救亡宣傳起了很大的推動作用。如《當兵去》（胡紹軒作）與《訓子》（杜重石作）均為街頭獨幕劇，前者是「七七」事變後，怒吼劇社歌詠隊進行街頭宣傳，號召廣大老百姓當兵，和日寇戰鬥到底。後者是母親教育兒子要「先保國，後立家」，鼓勵兒子參軍入伍，積極抗日。

　　此外，對舞臺設計的重視。戲劇的演出離不開舞臺，舞臺設計的成功與否與演出效果的好壞有著直接影響，因而在「七七」國難戲劇中，許多劇作家在劇本後都附有「舞臺設計」一節，對演出的場景選擇、道具安排等都有詳細的解說。劉斐章編的劇本集《抗敵獨幕劇》（上海雜誌出版社1938年版，收入六部劇本），是「七七」國難戲劇的重要劇本集，達五部之多，分別為《血灑蘆溝橋》（張季純），《咆哮的河北》（王震之），《城上》（杜漸），《古城的怒吼》（王震之），《通州城外》（尤兢）。編者劉斐章為前四個劇寫作了舞臺設計，對實際演出具有很強的指導意義。如《咆哮的河北》一劇的〈舞臺設計〉就人物的站位提出建議，避免觀眾的誤會。對舞臺設計的關注也是對演出效果重視的結果。

　　「七七」國難戲劇注重演出的效果，在宣傳教育方面獲得了很大的成功，但在藝術審美上卻長期飽受評論界尖銳的批評。評論家指責它政治功利性太強，藝術上較為粗糙，如臺詞口號化、人物形象單一、缺乏對戰爭的深入思考等，以致在如今的現代戲劇史上這段歷史時期的戲劇往往被一筆帶過，僅稍提較有影響的《保衛盧溝橋》（中國劇作者協會集體創作）和《盧溝橋》（田漢作）等，但是當我們重新審視這些在炮火聲中誕生的「七七國難戲劇」時，卻可以發現它們在藝術上並非毫無建樹，只是長期未注意到而已。

　　首先，「七七」國難戲劇始終中貫穿著一種悲憤情緒。戰爭爆發後國難深重的危機感與奮起反抗的興奮感同時產生，在社會上形成了昂揚激奮的普遍心態，阿英在為《保衛盧溝橋》作的代序中就喊出，「我們有筆的時候用筆，有嘴的時候用嘴，到嘴筆都來不及用的時候，便勢將以血肉和敵人相搏於戰場。我們不甘心做奴隸，我們願意鮮血向敵人保證我們民族的永存。」此時文學自覺地以服務於民族救亡運動為己任，時代呼喚著一種熱烈鮮明、高亢激越的文學風格。這時的戲劇「與其說其中貫穿著熱烈的情節，不如說翻滾著沸騰的情緒。」[50]

　　這種悲憤激昂的情緒使戲劇充滿了悲壯高亢的氣氛，雖然在藝術上不免粗糙簡陋，但在近百年來中華民族第一次團結起來共禦外辱的時刻，激動興奮的心情在作家體內難以扼制，欲一吐而快，此類劇本大都一揮而就，也即許多評論家所批評的「急就章」，如田漢僅用五天就獨立完成了四幕劇《盧溝橋》，人物、情節等因素可以說都是作者這種悲憤情緒的外化。而在「一個連喊一句『打倒日本帝國主義』口號都會使觀眾激動不已的年代」[51]，廣大民眾需要的正是這種富於

50 廖全京：《大後方戲劇論稿》（成都市：四川教育出版社，1988年），頁10。
51 孫慶升：《中國現代戲劇思潮史》（北京市：北京大學出版社，1994年），頁279。

悲憤情緒的作品，來不斷渲染聖潔崇高的英雄主義氣概，激發鮮明強烈的集體抗戰精神。（「一把刀」「可以振氣，可以整齊軍隊的步伐」洪深《戰時的戲劇》）

其次，劇作家較成功地塑造了新的「盧溝橋」意象。「七七」事變讓原本偏於北平一角的宛平縣城走近中國人的視線，更讓盧溝橋，這座石拱橋成為億萬民眾的聚焦點。「盧溝曉月」本是「燕京八景」之一，盧溝橋與遠山、近水、曉月相映成趣，是構成這幅優美風景畫的重要意象，盧溝橋畔至今仍保留著乾隆親題「盧溝曉月」的漢白玉碑。但是事變之後，盧溝橋成為中國抗戰運動的最前線，中國軍民在這裡團結合作，與日本侵略者展開了殊死的搏鬥，此時的盧溝橋實際上成為北平存亡的屏障。盧溝橋作為風景畫中的意象不復存在，它重新凝聚了作家在民族危難時強烈的愛國熱情，成為中華民族生死存亡的集中象徵。

這種新的意象彌漫於整個「七七」國難戲劇之中。郭沫若在觀看《保衛盧溝橋》演出之後，慷慨題詩：

> 我們依然要保衛盧溝橋。
> 盧溝橋。它是不應失掉，
> 在我們精神中的盧溝橋，
> 那永遠是我們的墓表。
> 盧溝橋雖然失掉了，
> 我們依然要保衛盧溝橋。

《血灑盧溝橋》（張季純作）中，士兵吟誦著：

> 我愛盧溝橋。欄杆白玉雕。

橋上走車馬。橋下把船搖。

我愛蘆溝橋。死守不能逃。

敵人過來了。叫他吃一刀。

而在多部劇本中，士兵和民眾都喊出「蘆溝橋是我們的墳墓」、「保衛家鄉！保衛蘆溝橋！」的口號。在當時中國人的眼中，蘆溝橋不再與「遠山」、「近水」、「曉月」這樣的美景聯繫在一起，取而代之的是「墓表」、「墳墓」等悲壯的詞語，劇作家們在劇本中重新塑造了「蘆溝橋」的意象，使之成為中華民族生死存亡的新象徵，寄託了中國人對於全民族抗戰的決心和信心。

第四節 「七七」國難小說

「七七」事變後，和如火如荼的詩歌和散文創作相比，五四新文學的主要樣式——小說的創作卻陷入了相對的「沉寂」。對此，郭沫若在〈抗戰以來的文藝思潮〉一文中總結到，「抗戰初起時，由於戰爭的強烈刺激，在文藝界曾經激起過一番劇烈的震動，確是事實……小說的地位幾乎全被報告速寫所代替。」[52]但此時的以「七七」國難為題材的小說創作也並非一無所有，除了集體創作的《華北的烽火》外，經過多方搜集，我們還是可以發現一些相當珍貴和重要的短篇小說。這些小說大多發表在當時的報刊上，其中以《中流》期刊為冠，共有三篇——〈白刃戰〉（江羽）、〈七月八日的晚上〉（張春橋）、〈蘆溝橋上〉（田風），均發表於一九三七年八月五日二卷十期（本期為抗

---

52 郭沫若：〈抗戰以來的文藝思潮〉，《中國新文學大系：1937-1949：理論史料集》（北京市：中國文聯出版公司，1998年），頁253。

敵專號）上。《申報》有兩篇，《大晚報》、《廣播周報》、《光明》雜誌各一篇。從作家角度來看，李輝英有兩篇寫「七七」的小說，其餘作家大多不知名。

一　紀實性短篇小說

隨著事變的爆發和戰事的進展，以戰地通訊為代表的報告文學繁榮一時，成為炙手可熱的創作題材，但是這不能完全滿足讀者的閱讀渴望。「亙古未有的抗戰之火剛剛燃起，民眾對描寫實在而具體的卻又事實非常感興趣，對於那些離現實比較遠的描繪較為淡漠。報告文學固然能滿足民眾在這方面的要求，但囿於此也不能滿足有更多美學需要的民眾的意願。他們對於不像報告文學那樣忠實於生活、又不像一般小說那樣注意虛構的紀實小說是感興趣的，因為不僅了解社會變化發展的社會心裡能在這裡得到滿足，而且還能享受到與報告文學有別有不同於一般小說的藝術構思的天地。」[53]但是客觀局勢急劇變化，作家一面要從事現實的救亡活動，一面要進行文藝創作，而小說要不同於那種輕騎式的短小之作，需要作家的提煉概括。因而，在抗戰初期的小說創作中出現了將通訊報導直接小說化的傾向。

據一九三七年七月十日上海立報報導，八日夜，日軍欲搶奪盧溝橋，戰鬥中，我軍某排「兵士丟掉步槍，持大刀手榴彈黑地裡偷偷前進，行近日兵時，舉刀砍殺，聲震四野，日兵猝不及防，死三十餘人，該派兵士中有一十九歲青年連砍日兵十三人，並生擒一人，該日兵跪地求饒，亦被砍殺。」[54]該事件一經報導，成為中國人關注的焦

---

53 文天行：《火熱的小說世界》（成都市：四川教育出版社，1992年），頁106。

54 〈八、九兩日激戰經過〉，《立報》，1937年7月10日。

點，詩人紛紛作詩讚頌這位英勇殺敵的小英雄。在國難小說中也出現了數篇描寫此事的作品。在江羽的〈白刃戰〉中，這位小英雄成為「十九歲的班長」：

> 十九歲的班長瘋狂著，用大刀捲進敵營去。他底刀左右並排揮去，人頭滾著，屍身就也向左右並排倒下去。他心中默默計算著：
> 「十二個了！」
> 心中想著：
> 「第十三個了」
> 他抬起頭來，四下裡沒有敵兵了。屍身在地上泥裡扭曲著，蠕動著。[55]

而在田風的〈蘆溝橋上〉中，班長又變成了「中士張虎」，對其勇殺十三日兵的場景進行了更為細緻的描寫：

> 中士張虎，在沙場中橫衝直撞。猛然間，一雙槍刺正沖著他底胸口刺將過來。他急忙躲閃過去，順勢一刀，正砍中了敵兵的咽喉。於是脖頸像甘蔗的關節似地折斷了。這時候，另一個敵兵，又沖到他底眼前，他一刀砍掉了一雙肩膊。他完全失掉理性了。他底蒙著血的眼睛藉以辨別敵和友的，只靠著他們頭頂上的鋼盔或軍帽。他胡亂地跑著，有時向前也有時向後。他底刀每一下都見著血肉。他已經砍到了十二個敵軍。他還想要砍第十三個。不知是刀鈍了，還是他底力氣衰敗了，或是他失掉

---

55 江羽：〈白刃戰〉，《中流》卷2第10期（1937年8月5日），抗敵專號。

了夥伴間的聯絡；他被敵人捉住了。兩個敵兵拖住他兩雙胳膊，第三個舉起刺刀要取他底心。他們掙扎在永定河畔，他們要把他底心喂給河中的魚鱉。

「要心？，好，給你心！」

當刺刀落下來的當兒，他突地大吼一聲，掙脫開兩個敵兵的牽扯，順著槍刺下的方向，仰身跌倒河裡去了。像草原的英勇夏伯陽，他英勇地泅到永定河的對岸。但他沒有遭受到夏伯陽的命運。[56]

英勇事蹟的出現，民眾迫切地希望了解它的經過。但是究竟該士兵如何衝入敵營，如何與敵人拼搏，大家卻無從得知。記者只能通過事後的採訪，作簡要概述；而戰場上，將士忙於應對蜂擁而上的日軍，根本無暇也不可能關注自己的夥伴如何砍殺日寇的。但是在小說家的筆下，我們卻可以看到「歷史的再現」。

與強調真實的通訊報告不同，作家可以在小說中進行虛構，描寫一些散文中想寫而不能寫的東西。但是正因為它們直接來自於通訊報導，所以故事情節高度真實，以至於許多人將此類小說劃入報告文學範圍，如此二篇就曾被收入報告文學集《蘆溝橋之戰》中，這也從另一個角度證明它們與報告文學的密切關係，它們是通訊報導的小說化。

一九三七年七月二十二日，上海《大晚報》[57]刊登了署名集微的短篇小說〈晚汐〉。大晚報是一份與「九‧一八」國難一起成長起來的著名報紙，其第一期即為「大晚報國難特刊」，顯示了主編者的愛

---

56 田風：〈蘆溝橋上〉，《中流》卷2第10期（1937年8月5日），抗敵專號。

57 《大晚報》是中國現代著名的晚報。一九三二年二月十二日在上海創刊。張竹平主辦，曾虛白主編，初名《大晚報國難特刊》，到五月二日正式使用本名。一九三四年七月發行的副刊《火炬》則是三〇年代上海報界引人注意的文藝副刊之一。

國熱情。「七七」事變後,盧溝橋畔的槍聲傳到了上海,在這座國際大都市掀起了抗日救亡熱潮。〈晚汐〉一文正描寫了上海青年學生去郊區宣傳抗日救亡知識的場景。一日傍晚,四個青年學生唱著「我們萬眾一心,冒著敵人的炮火前進」的愛國旋律,來到上海的郊區,起初郊區的民眾誤以為他們是來遊玩,表示出質疑。但是四位學生耐心細緻地向民眾講解他們此行是為了宣傳抗日救亡知識,講述了宛平城盧溝橋的重要地理位置以及二十九軍將士英勇殺敵的場景,鼓動大家不分男女老幼積極參與救國救亡運動,最後連準備前來阻攔宣傳的員警也被感動了,發出「我們也有一顆堅決、熱烈、為國犧牲的心!只要有機會,我們就背起槍桿子上前線去!」的豪邁吼聲。文末,作家用洶湧的「晚汐」喻示著已經調動起來的民眾抗日熱情。

法國作家都德的名作《最後一課》,描寫了普法戰爭後被割讓給普魯士的阿爾薩斯省一所鄉村小學,向祖國語言告別的最後一堂法語課,通過一個童稚無知的小學生的自敘,生動地表現了法國人民遭受異國統治的痛苦和對自己祖國的熱愛。這篇小說在二十世紀初被介紹深受國難國恥的中國之後,產生了巨大影響,每當國難國恥發生,就會出現了類似的仿作,如一九一二年鄭伯奇在《創造季刊》發表的〈最初之課〉,一九二四年《前鋒》雜誌上勁風的〈課外一課〉,一九三二年「九一八」事變後李輝英創作的〈最後一課〉等,在中國文壇形成了一道獨特的風景線。「七七」事變之後,在眾多國難文學作品中,同樣沒有少掉這〈最後一課〉,一九三七年八月五日,《申報》刊登了署名子明[58]的短篇小說〈最後一課〉。故事的場景放在七月八日的

---

58 根據《中國現代文學作者筆名錄》,以「子明」為筆名的共有三位:魯迅、瞿秋白、吳燾,前兩位已分別於一九三六年、一九三五年去世,而吳燾出生於一八五八年,卒年不詳,即使他有幸活到一九三七年,也已七十九歲高齡,創作此文恐無可能。故而該「子明」究竟為誰,仍有待考證。

宛平縣城──事變的中心地，事變剛剛發生，面對懵懵懂懂的小學生，校長慷慨陳詞，譴責日軍藉故蓄意挑起事變，揭露他們的真實目的在於「壓逼北平」，「操縱整個華北」。年幼的孩子也漸漸從「驚異」、「恐懼」到發出「不能」的堅決呼喊，從「最後一課」走上了愛國救亡的道路，用自己稚嫩的身軀去捍衛偉大的祖國。

〈七月八日的晚上〉[59]同樣也是描寫「七七事變」後民眾的動態，但與前兩篇不一樣，它將視線放在普通工人身上。小說以八日夜一次工人聚談為背景，描寫了普通工人的抗日救亡的決心和熱情，「為了救國，爭取整個民族的自由解放」，他們甚至願意與平時欺壓他們的「老闆」合作，體現普通民眾為大局著想，緊密團結在抗日救亡旗幟下的愛國熱情。

以上三篇短篇小說，作家都是從正面展示了事變後全國各界的抗戰決心和愛國熱情，而著名小說家李輝英從另一角度展現了國難下中國人的心態。

事變之時，李輝英受上海的報紙委派，在北平城進行採訪，對戰事後北平有著較為深刻的認識，並寫作了〈古城困守記〉（《申報》1937年7月16日）和〈雨中巡街記〉（《立報》1937年7月23、24日）數篇通訊，向後方的民眾介紹了戰爭陰影下的北平。但是作家並沒有滿足於此，拿起了自己的本行──小說，創作了兩篇小說〈這是父親的意思〉、〈往那裡逃〉。

〈這是父親的意思〉發表在《申報》（1937年7月23日），署名東籬，描寫了兩位北平女大學生衝破家庭的束縛，積極投身抗日救亡運動。值得注意的是這篇小說長期以來沒有被納入李輝英的名下，如

---

59 該文發表在《中流》卷二，第十期，與前面的〈蘆溝橋上〉、《白刃戰》同期，並且都被收入到報告文學集《蘆溝橋之戰》之中。

《李輝英研究資料》一書所附的〈李輝英著作篇目繫年〉中未曾提及，此外李輝英的幾部選集、文集中亦未見收錄。這裡之所以認定此篇為李輝英之作，原因有二，其一本文署名「東籬」，李輝英曾用「李東籬」、「東籬」發表過小說、隨筆[60]，除李輝英外，暫未見有用此筆名的作家；其二，一九三七年春，李輝英受《申報》的委託，赴北平報導一些當地民生的文稿，而〈這是父親的意思〉就發表在《申報》上，因而推測，東籬就是李輝英亦不為過。由此看見，這篇小說應為李輝英的一篇軼文，相當珍貴，對我們全面了解這位作家的創作不乏幫助。

另一篇小說〈往那裡逃〉發表在一九三七年八月十日的《光明》三卷五號上，署名李輝英。小說描寫了「七七事變」後，北平城內人心惶惶，一戶家庭為要不要離開北平而發生爭執，最終長子為了愛國救亡留在了北平，膽小的父親則乘飛機離開了。

在這兩篇小說中，李輝英最大的成功就是塑造了一群只顧家庭，對戰事漠不關心的北平市民形象。盧溝橋畔的炮聲響起，的確驚醒了許多沉睡的民眾，他們激憤於日寇的兇殘，感動於將士的英勇，積極投身於愛國救亡的洪流中，〈晚汐〉中的四位青年，〈最後一課〉中的稚童，〈七月八日的晚上〉中的工人都是這樣的形象，李輝英筆下的王氏姐妹、素玄也是如此。但這並不是整個民眾的全部形象，在市民中還是有些人面對震耳欲聾的炮聲卻只想著自己的小家庭。〈這是父親的意思〉中的父親就認為，「學生的本分就是讀書，多讀書才能致用，除此之外不能多攬閒事」。當在街上看到洶湧澎湃的救亡運動時，想起的卻是，「自己家裡還未多預備糧米呢，萬一戰事延長下

---

60 一九三四年十一月二十五日，上海《新中華》卷二，第二十二期發表署名「李東籬」的小說〈繳槍〉；一九三五年七月二十五日，該雜誌又發表了署名「東籬」的隨筆〈吉林之一夜〉。

去，買起來一定要吃虧，他應該趕快回去，叫楊媽買上半包來。」在〈往那裡逃〉中，父親準備逃出北平，叫去前線支持抗戰的兒子進城，但兒子卻偏偏抗命，雙方發生激烈爭執：

> 「我叫你進城！你就得進城！」
> 「我不能聽命！」兒子反抗著，「我要救國！」
> 「但你也要救家！」
> 「家並不危急！」
> 「你不能固執！」
> 「命運決定我這樣作啊！」[61]

　　國家的危亡，民族的命運在這些的眼中彷彿都與自己無關，他們只看到了自己的「小家庭」，想著「往哪裡逃」，而忽視了國家這個「大家庭」。可惜這樣的人在事變中，並不在少數，如〈這是父親的意思〉的副標題〈北平圍城的故事〉所言，同樣的事仍發生著。此類作品揭露了抗戰後一些落後分子的陰暗心理，豐富了抗戰初期文學中的人物形象，也是「七七國難文學」中的優秀之作。

二　集體創作《華北的烽火》

　　與話劇《保衛蘆溝橋》相呼應，同樣以「七七」事變為題材的長篇小說《華北的烽火》也是由多位進步作家共同執筆創作。小說描寫了「七七」事變到平津淪陷期間，軍民合作抗日的英雄壯舉和動人事蹟。這部長篇小說的集體創作是新文學運動以來小說界前所未有之

---

61 李輝英：〈往那裡逃〉，《光明》卷3第5號（1937年8月10日），。

事，反映出抗戰初期作家們難以壓抑的悲憤之情。該小說由著名愛國報紙《救亡日報》連載，《救亡日報》於一九三七年八月二十四日在上海成立，是上海文化救亡協會的機關報，初期為國共雙方工作主辦，後來實際上由共產黨掌握。與其他報刊不同的是，《救亡日報》「不登中央社和外國通訊社的消息，也不登廣告，它是一張專靠特寫、評論、實地採訪以及文藝作品為內容的小型報。」[62]

　　一九三七年八月十三日，上海《大公報》增刊刊登了署名苑陵的文章〈中國小說作家創作華北事變演義〉，介紹了小說家協會準備創作一部集體小說：

> 自從中國劇作家協會的創作保衛盧溝上演以後，收穫了很好的效果。因此，中國小說作家協會日前在冠樂開會，決議創作一部華北事變演義。
>
> 自然，目前華北的形勢，是與盧溝橋事變初發生的時候的客觀形勢不同的，平津陷落了，南口危險了，對於敵人的殘暴，漢奸的誤國，以及我們今後救亡的工作方向諸問題，是應該有一個暴露，有一個批評，有一個指示的，保衛盧溝橋所表現的已經不夠客觀的形勢了，而且，小說的讀者更比戲劇的觀眾普遍，所以，中國小說家協會創作華北事變演義，這工作，是值得重視的。
>
> 日前在冠樂開會，到會的人有艾蕪，沙汀，夏徵農，蔣牧良，端木蕻良，周文，舒群，張天翼，宋之的，聶紺弩，金丁，羅烽，金人，夏衍，陳白塵等。決議《華北事變演義》分四組創作，由一個人起草大綱，再由每組分頭寫作，完成後再整理，整理以後修改，整理修改是由另一組的人擔任的。

---

62 丁淦林主編：《中國新聞事業史》（北京市：高等教育出版社，2007年），頁217。

第一組是寫七‧八事變以前華北民間生活的情形，執筆者為艾蕪，沙汀，夏徵農等。第二組寫盧溝橋事變，執筆者為蔣牧良，端木蕻良，周文等，第三部寫冀察當局的不戰不和的態度，執筆者為張天翼，陳白塵，宋之的，聶紺弩等，第四組寫平津失陷以後，執筆者為金丁，羅烽，金人等，第五組是擔任整理及修改工作的，為郭沫若，茅盾等，以此看來，他們的陣容是相當整齊的。

字數預定在十萬字以上，形式是愈通俗愈好，因為通俗，方能夠深入廣大的群眾，據說，雖然不用章回小說的形式寫，而是要接受章回小說的長處的。現在每一個都在積極的工作中了，明天就可以完成初稿初稿完成後再整理，整理以後，交給第五組修改整理，於是，整個的華北事變演義變成了，他們預定要在下一個星期，完成這一椿艱巨的工作。

出版的地方現在正在接洽中，因為要普遍的深入群眾，定價是打算愈低愈好，版稅及稿費的收入預備作戰地文藝工作團的基金。因為全面的戰爭一開始，中國的文藝工作者即組織一戰地文藝工作團，現在，正在籌畫中，文藝家茅盾，張天翼，陳白塵，端木蕻良，都預備在抗戰開始的時候，到前方去工作。

中華民族現在已經走入到一個危急的生死關頭，文藝工作者是時代的前驅，他們的責任當然更將重大，中國文藝工作家整個的動員起來了，這現象是異常可喜的，我們希望他們這一工作，更擴大，更深入，在這民族千鈞一髮的時候，盡文藝家應盡的任務。[63]

---

63 苑陵：〈中國小說家創作華北事變演義〉，《大公報本市增刊》（1937年8月13日）。

著名作家，同時也是該小說的創作者之一的艾蕪，在一次個人訪談中，也談及這部早已淡出人們視線的小說：

> 那是蘆溝橋事變剛剛發生後在上海寫的，很不成樣子的。
>
> 蘆溝橋事變後，《大公報》一個記者陸詒到蘆溝橋實地採訪，並寫了通訊。陸詒回來，夏衍組織文藝工作者開了個座談會，請他作報告。陸詒講完，夏衍就對張天翼、沙汀和我說：「你們幾個合起來一人寫一段，寫個《蘆溝橋演義》怎麼樣？」我們三個就一個寫事變前，一個寫事變中，一個寫事變後，合作寫了個《蘆溝橋演義》。這個東西寫我們是寫完了，但因為它完全是根據陸詒的報告加以想像發揮的，又是三個人湊起來的，到底是不成樣子的。報上雖然登過我們幾個合寫《蘆溝橋演義》的消息，但這個東西後來發表沒有，我就不知道了。不過，這也可以說明：當時文藝界激勵想創作鼓舞抗日情緒的作品，力爭為挽救民族危亡做一點貢獻。[64]

結合以上兩則資料，我們可以看出《華北事變演義》、《蘆溝橋演義》即後來的《華北的烽火》。這部長篇連載小說共分四個部分。

第一部分刊登了〈前夜〉和〈演習〉兩章，〈前夜〉由沙汀創作，於一九三八年二月八日至十四日連載在《救亡日報》上。它描寫了「七七事變」發生前夕，天津市內幾個中產階級的形象。日軍占領了冀東後，平津一帶已經受到日本人日益嚴重的威脅，市場蕭條，人心惶惶，漢奸走狗們蠢蠢欲動、活動在平津一帶的中產階級商人們面臨嚴酷的現實，正在起著潛在的分化：有的賣身求榮，與日本人勾結起來，打著「中日合資」的幌子壟斷市場，把持海河運輸；有的則被

---

64 黎明：〈艾蕪談抗戰時期的文藝活動〉，《抗戰文藝研究》第1期（1982年）。

擠壓得走投無路，日趨沒落，擔心自己也會像海河上被日本人殺害的
浮屍一樣被吞沒。一邊是無恥的賣國行徑，另一邊是沉沒前無助的掙
扎。作者塑造了開有三家估衣店的津油子尹壽山和錢莊老闆袁曉初兩
個典型人物，反映了中產階級商人的動向。同時，生活在底層的店員
袁曉初的兒子（南開中學學生）等人卻義憤填膺，他們認識到只有抵
抗才是唯一的出路。當晚，漢奸的暴動雖然被撲滅了，但是人們已經
認識到敵人的陰謀詭計不會就此打住，只有堅決地與侵略者進行頑強
的抗爭，才能找到一條活路，不被吞噬掉。

〈演習〉一章由艾蕪創作，刊登在一九三八年二月十五日至二十
日的《救亡日報》上。它描繪了盧溝橋附近的農村被舉行演習的日軍
蹂躪踐踏的淒慘景象：遠處有沉悶的槍聲，村裡的小店鋪全都關閉
了，大路上沉寂無人，只有一群麻雀在噪鳴。一個要耍猴戲的賣藝老
人饑疲不堪地走來，敲開了驚慌失措的大餅店主老太婆的們。老太婆
向他哭訴老頭已經被日軍抓走，連藏在床下的一小口袋麵粉也被日軍
搜去，作者通過他們的對話發展情節，讓我們看到賣藝老人帶著狗和
猴子走了一天，只見家家閉門，處處無聲，草鞋走爛了，喉嚨乾得快
要燃起來了，也找不到一口水喝，更找不到任何可以掙錢的活路。他
親眼看到賣大餅老太婆的兒子被日軍打死丟在河裡，也不敢告訴老太
婆，只是背過臉去，含糊地安慰了幾句，老太婆還在念叨著她的兒
子，希望當官的能夠認真打擊日本人。可是日軍演習的槍聲卻更加逼
近了。

第二部刊登了〈怒火〉、〈爆發〉和〈突破〉三章。

〈怒火〉由周文創作，刊登在一九三八年二月二十一日至三月四
日的《救亡日報》上。這一章描寫的是侵華日本軍官驕橫地在豐臺月
臺上看見中國老百姓在日軍的驅趕下四處奔逃，而中國軍隊卻不敢發
一槍一彈。日本軍官得意洋洋地率領著士兵向盧溝橋西的龍王廟開

去。農民的莊稼全被日軍給毀壞了，他們有的被拉去拖大炮，有的在號哭，有的在咒罵，有的在磨割牛草的彎刀，準備與鬼子兵拼命。中國士兵開過來了，農民們請求他們殺鬼子，士兵們都說：「要不是上頭有命令不叫打，我們早把鬼子打跑了。我們為什麼要退讓呢？這樣讓下去，只有亡國。」排長也說：「我們吃老百姓的飯，還讓日本兵糟踐他們，真該羞死。可是上頭不准我們開槍。」士兵們都說：「我們打了再說。」夜深了，日軍越來越逼近了，讓這些熱血男兒忍無可忍，排長便命令士兵們檢查槍支，準備戰鬥。

〈爆發〉由舒群創作，刊登在一九三八年三月六日至十三日的《救亡日報》上。這一章具體描述了「七七事變」爆發的全過程。七日夜，日軍蠻橫地向宛平縣駐軍團長吉星文發出通牒，說是演習時失落一個士兵，他們要求派軍隊搜查宛平城。吉團長知道這只不過是日軍企圖占領宛平，進而占領北平的一個藉口，斷然拒絕了這一無理要求，並命令士兵立即戒嚴，準備戰鬥。士兵們聽到命令，都歡快起來了。駐守五里店的官兵們馬上還擊了來襲的敵軍，但終因寡不敵眾，全部壯烈犧牲。

〈突破〉由蔣牧良創作，刊登在一九三八年三月十四日至二十日的《救亡日報》上。這一章的重點在描寫增援五里店的官兵反擊、奪回盧溝橋的戰鬥景象，塑造了普通士兵鄔大頭、劉永富和林玉山等人，彰顯了他們為國捐軀的愛國主義精神。他們用劣勢的武器與裝備精良的日軍搏鬥，他們和人民同心協力，終於殲滅橋上眾多的敵軍，突破敵人的防線，重新奪回盧溝橋。

基層官兵們和人民一起同仇敵愾，儘管身處劣勢，卻使用著劣等的武器甚至鋤頭、大刀與擁有優良武器的敵人頑強地決鬥，並擊退了侵略者，取得了勝利。與此相反，那些身居高位的國民黨將領們又是如何表演的呢？從第三部分開始，作家的筆觸開始由前線轉向後方，

觀察那些「居高者」。

第三部刊登了〈找和平〉、〈左右為人難〉和〈全線總進攻〉三章，詳細刻畫了處在「和」與「戰」的關鍵時刻，國民黨上層將領的各種動態和表現。

〈找和平〉由聶紺弩創作，刊登在一九三八年三月二十一日至二十八日的《救亡日報》上，主要描寫駐守華北的二十九軍最高長官宋哲元在天津被投降派北寧路局局長齊燮元和漢奸陳覺生等包圍，誘騙他與日本人舉行談判，尋求「和平解決」的途徑。宋哲元猶豫不決，結果讓日軍做好了軍事部署，錯失反擊的良機。日軍調兵遣將，部署既定，逼宋投降，而全國各界人民紛紛通電要求他抗擊敵軍，他只好回到北平去了。

〈左右為人難〉一章由張天翼創作，刊登在一九三八年三月三十一日至四月十一日的《救亡日報》上。本章緊接著上一章〈找和平〉，繼續描寫宋哲元回到北平後，仍在「和」與「戰」之間矛盾彷徨的情景。齊燮元和陳覺生等人繼續糾纏他，要他仿效大漢奸殷汝耕搞什麼「防共自治」，使他命令吉星文團長不准反擊，甚至北平城的防禦工事也全部拆除了。但宋哲元解釋說：「我只是想和平，但絕不當漢奸。」宋的部屬秦德純、馮治安等將領卻堅決主張要生存只有抗戰，和平解決平津已無可能了。投降派與主戰派在宋哲元面前劍拔弩張，而宋既不願投靠日軍遺臭萬年，又不敢積極抗戰得罪日本人，「左右為人難」，仍在尋找所謂「第三條道路」。

〈全線總進攻〉一章由陳白塵創作，刊登在一九三八年四月十二日至二十一日的《救亡日報》上。這一章中，宋哲元在兵臨城下的危急時刻仍然瞻前顧後，拿不定主意，而北平城內的老百姓已經激憤起來了，眼見修好的禦敵工事被拆除掉，都氣憤地罵起來，學生們在街頭宣傳抗日卻挨了打。愛國將領趙登禹帶兵進城保衛北平，主張的將

領沖進宋的居所,報告日軍還在不斷增兵,北平城已然岌岌可危。他們當面揭穿了漢奸陳覺生玩弄的欺騙花招。走到山窮水盡的地步,宋哲元才下了抵抗敵人的命令,而漢奸卻領著日軍來下最後的通牒,叫宋立即退出北平城。宋勃然大怒,立刻布置「全線總進攻」,但為時已晚,北平已經保不住了,宋哲元只好撤退到保定。

第四部僅有了〈反正〉一章,由羅烽創作,刊登在一九三八年四月二十二日至二十八日的《救亡日報》上。這一章是從敵人營壘的分化來側面描寫抗日是大勢所趨,人心所向的。它描寫了「七七事變」中的一位反正英雄——張慶餘將軍,張將軍本是敵偽冀東防共自治政府的保安隊長,該政權投靠日本人,在中國的土地上為非作歹,甘做漢奸,為人所不齒。張慶餘身在敵營,目睹了漢奸走狗諂媚日寇,欺壓中國人的醜惡嘴臉,最終在「一致抗日」的呼聲中覺悟起來,反正起義。敘述張慶餘在一個深夜向殷汝耕偽稱部下圖謀叛變,挾持殷汝耕從通州逃出來,他準備把殷賊送交北平長官宋哲元處置,而宋此時已經離開北平,張慶餘便殺死殷汝耕,通電全國,這一舉動使漢奸們聞風喪膽,舉國上下拍手稱快。

《華北的烽火》從一九三八年二月八日期開始,一直連載到四月二十八日為止,歷時將近五十天,從已經刊登出來的部分來看,九位元知名作家參與了此次集體創作,四部分合計約有四五萬字,但可以肯定的是這些還不是該書的全貌。《救亡日報》就曾於一九三八年八月十九日連續數日在中縫上刊登了這樣的廣告:

> 新書預告:《華北的烽火》,沙汀等著,現由周剛鳴整理,茅盾作序,不日出版。這是抗戰以來,動員了全國優秀作家最偉大的一部集體創作。一部分曾在《救亡日報》「文化崗位」欄發表,博得了千萬讀者的喝彩。

　　據這則消息以及之前的資料，《華北的烽火》共有二十多位作家
參加創作，但從《救亡日報》已刊登出來的部分來看，只是七位元作
家十章作品公開發表，規模不及預期的一半。估計可能是由於戰時環
境惡劣，條件有限，一些作家未能按照原先的計劃完成創作，也可能
部分作家完成了創作，但幾經輾轉，又遺失了。

　　以「七七事變」為題材的話劇《保衛盧溝橋》不僅出版了單行
本，還被多處收錄，在現代文學史上雖未濃墨重彩，但也是抗戰初期
必談的作品。與之相反，根據同樣題材，同樣有龐大創作團隊的《華
北的烽火》在其問世後就很快消失匿跡了，多部現代文學史都未曾提
到，僅在陳青生的〈抗戰時期的上海文學〉等極為有限的論著中偶露
身影。久而久之，甚至出現了以訛傳訛的情況，如藍海（田仲濟）的
《中國抗戰文藝史》，作為中國第一本抗戰文學史，是抗戰文學研究
的開山之作，具有很重要的價值。一九四七年版中未提及該小說，到
了一九八〇年代，該書在修訂的基礎上又再版，新版中則提到了《華
北的烽火》一書，但放在〈通俗文藝與新型文藝〉一章中，且敘述有
誤，「利用章回體創作通俗小說也取得了一定成績，張天翼、沙汀、
艾蕪集體創作的《盧溝橋演義》，是利用章回體寫的鼓動抗戰的通俗
小說。」[65]從已獲得第一手資料，顯而易見，這部集體作品無論在最
初討論時，還是最後刊登在報紙，都沒有採用所謂的「章回體小說」
的形式，至於藍海如何認定這部小說的，我們也無從得知了。而《抗
戰文學概觀》一書中更是將《盧溝橋演義》和《華北烽火》視作兩部
不同的作品。[66]

　　之所以出現如此巨大的差異，源於抗戰的現實需要。與小說相

---

65 藍海：《中國抗戰文藝史》（濟南市：山東文藝出版社，1984年），頁82。

66 參見蘇光文：《抗戰文學概觀》（重慶市：西南師範大學出版社，1985年），頁189。

比，戲劇的宣傳效果更加突出，話劇《保衛蘆溝橋》在上海「八一三」事變發生前就已經完成了腳本，並組成了包括知名演員在內的近百人演出隊伍，聲勢之浩大，場面之壯觀，在上海戲劇舞臺乃至中國戲劇表演史上都是絕無僅有的。演出的效果也是相當強烈，充分激發了上海市民的愛國熱情，調動了全民救亡的激情。為了擴大宣傳的影響，戲劇時代出版社在七月份就印出了劇本，九月又再版。同時，作為主創方的中國劇作家協會還專門刊登了「放棄上演權，歡迎國內外劇團自由排演」的啟事，可以說，《保衛蘆溝橋》正是在這一浪高過一浪的演出和宣傳中，奠定了其在抗戰戲劇史，乃至整個抗戰文學史上的非常地位。與之相較，圍繞同樣激憤人心的創作題材，擁有同樣龐大優秀的創作集體的《華北的烽火》，其命運卻是「天壤之別」。首先，小說的創作更加嚴格，需要作家們更多的思考和沉澱，但是時代沒有賦予他們那樣的條件，當他們尚在執筆寫作時，「八一三」事變帶來的隆隆炮火已經震動了整個上海，為了保存實力和堅持長期抗戰，作家們紛紛離開上海，奔赴前線和內地，作為刊載方的《救亡日報》也隨之轉入地下，十二月十一日，上海就全部淪陷。《救亡日報》遷至廣州後，於次年元旦俯瞰，二月八日起就用了五十天的時間連載了這部長篇小說，可見該報的編者對這部作品的重視。以後，由周剛鳴整理，準備印行單行本，八月間，出版的廣告已經刊登出了，眼見就要出書了，但是形勢斗轉，十月上旬，日本就打到了廣州，月底即告淪陷。至今我們能從已然破舊不堪的舊報紙上讀到這些殘存的篇什，實乃不幸中之萬幸，讓我們對「七七」事變對小說創作的影響也有了更為深入和全面的了解，同樣糾正了部分文學史上的訛傳。

綜上，「七七事變」之後，中國社會的主要矛盾發生了重大轉變，抗日救亡、爭取民族獨立成為時代的主旋律、社會的重心，而作為現實反映的文學活動對此也必然發生相應的變化，展現軍民抗戰的

現實，歌頌壯烈的事蹟成為作家和作者最為關注的。「七七」國難文學成為文壇的最強音，抗戰成為文學的主旋律，並由此呈現出以下一些時代特點：

一、國際國內政治形勢的這種變化給文藝創作帶來了新的面貌，抗戰之後民族矛盾上陞為主要矛盾，階級矛盾則在一個時期內，特別是抗戰初期居於次要地位。文學與政治形勢相適應，翻開抗戰初期的報刊，幾乎清一色的都是反映抗日救亡的，表現抗日戰爭成為作家創作的統一主題。這種「統一」同時也表現為新舊文人的大聯合。魯迅曾說過，「我以為文藝在抗日問題上的聯合是無條件的，只要他不是漢奸，願意或抗日，則不論叫哥哥妹妹，之乎者也，或鴛鴦蝴蝶都無妨。」[67]

二，五四以來，新文學運動如火如荼，迅速占據了文壇的主流，舊體詩詞等紛紛敗下陣地來。七七事變之後，這些舊派文學彷彿又煥發了青春，國難詩歌中，唱響的不僅有新詩，還有舊體詩的韻律。

三、小型作品成為文壇的時代寵兒。戰爭使國土淪陷，人民傷亡，帶來了逃難、離亂、貧困和疾病。戰爭的殘酷現實在作家的心裡產生了深刻的影響。「戰爭以其強制的力量顛倒混亂了生活，戰時中國作家已不是五四時代書桌前和三十年代徘徊十字街頭的文學青年，他們中的大部分被迫離開自己日常生活的軌道，離開文化中心的城市，拋妻別子或攜老扶幼輾轉流亡於東南、西南、西北甚至南洋海外。」[68]作家被抗日的炮火趕出了「書齋」，投身於抗日救亡的實際工作中，不僅暫時放棄了原先的寫作計劃，還失卻了冷靜思考的時間。

---

67 魯迅：〈答徐懋庸並關於抗日統一戰線問題〉，《且介亭雜文末編》（北京市：人民文學出版社，1973年），頁57。

68 許志英、鄒恬主編：《中國現代文學主潮》（南京市：南京大學出版社，2008年），頁442。

於是他們被迫放下了早已熟悉的創作題材和形式，而轉用「急就章」式的短小形式進行創作，詩歌、通訊時評開始流行，而需要加工提煉的小說創作則陷入沉寂，唯一一部長篇《華北的烽火》，亦是合眾人之力完成。

四、文藝走向大眾化。抗日戰爭是一場民族解放戰爭，能否充分調動人民群眾的力量是取勝的關鍵。在文藝為政治服務的大背景下，文藝的創作日漸走向大眾化。戰爭迫使作家向抗戰的主體——廣大人民群眾靠攏，認識並理解他們的思想感情和文藝要求，用民眾喜聞樂見的形式創作，通俗歌曲、大鼓詞在抗戰文學中開始走俏，戲劇寫作中，方便在街頭演出的獨幕劇成為劇作家的重要手段。而這在一定程度上也糾正了五四以來新文藝存在的歐化和脫離群眾的缺陷。

參考文獻舉要

說明

　　以下所列參考文獻，不包括作為本書研究對象的文學文本（小說、詩歌、劇本等作品題名、篇名）及原始文獻（當時的期刊雜誌書籍）。

一　工具書‧文獻資料集

上海市圖書館：《中國近代期刊篇目匯錄》（上海市：上海市人民出版社，1984年）

北京市圖書館：《民國時期總書目》（中國文學卷）（北京市：書目文獻出版社，1986年）

全國圖書聯合目錄編輯組：《1833-1949全國中文期刊聯合目錄（增訂本）》（北京市：書目文獻出版社，1981年）

沈雲龍主編：《中國近代史料叢刊》（3編）（臺北市：文海出版社，2005年）

張星烺編注，朱傑勤校訂：《中西交通史料彙編》（北京市：中華書局，1977年）

胡秋原主編：《近代中國對西方及列強認識資料彙編》（臺北市：中央研究院近代史研究所，1972年）

文慶等編：《籌辦夷務始末》（臺北市：文海出版社，1970年）

重慶市圖書館：《抗戰時期出版圖書書目》（第1、2輯）（重慶市：重慶圖書館，1957-1958年）

王繼權、夏生元：《中國近代小說目錄》（南昌市：百花洲文藝出版社，1998年）

唐沅等：《中國現代文學期刊目錄彙編》（天津市：天津人民出版社，1988年）

董健主編：《中國現代戲劇總目提要》（南京市：南京大學出版社，2003年）

賈植芳、俞元桂主編：《中國現代文學總書目》（福州市：福建教育出版社，1993年）

周元正編：《抗日戰爭史參考資料目錄：1937-1945》（成都市：四川大學出版社，1985年）

四川省社會科學院：《抗戰文藝報刊篇目彙編》（成都市：四川省社會科學院出版社，1984年）

四川省社會科學院：《抗戰文藝報刊篇目彙編》（續1）（成都市：四川省社會科學院出版社，1984年）

阿　英：《百年來國難大系》（北京市：北新書局，1937年）

阿　英：《近代國難史從鈔》（臺北市：潮鋒出版社，1940年）

阿　英：《晚清文學叢鈔》（北京市：中華書局，1960年）

鄭振鐸：《晚清文選》（上海市：上海市書店，1987年）

於潤琦主編：《清末民初小說書系‧愛國卷》（北京市：中國文聯出版公司，1997年）

於潤琦主編：《清末民初小說書系‧社會卷》（北京市：中國文聯出版公司，1997年）

董文成、李勤學主編：《中國近代珍稀小說》（瀋陽市：春風文藝出版社，1997年）

孫文光主編：《中國近代文學大辭典》（合肥市：黃山書社，1995年）

周　錦：《中國作家本名筆名索引》（臺北市：成文出版社，1980年）

陳玉堂：《中國近現代人物名號大辭典》（杭州市：浙江古籍出版社，
　　　　2005年）

徐乃翔，欽鴻：《中國現代文學作者筆名錄》（長沙市：湖南文藝出版
　　　　社，1988年）

曾健戎、劉耀華：《中國現代文壇筆名錄》（重慶市：重慶出版社，
　　　　1986年）

苗士心：《中國現代作家筆名索引》（濟南市：山東大學出版社，1986
　　　　年）

唐紹華：《一百種抗戰劇本說明》（臺北市：正中書局，1940年）

潘國琪、蔡清富選注：《近現代愛國詩詞選注》（北京市：北京市師範
　　　　大學出版社，1990年）

葛傑、馮海榮選注：《近代愛國詩詞選》（上海市：上海市古籍出版
　　　　社，1988年）

程　英：《中國近代反帝反封建歷史歌謠選》（北京市：中華書局，
　　　　1962年）

於潤琦主編：《清末民初小說書系》（愛國卷）（北京市：中國文聯出
　　　　版公司，1997年）

王孝廉等編：《晚清小說大系》（臺北市：廣雅出版公司，1983-1984
　　　　年）

錢仲聯主編：《近代文學大系》（全30卷）（上海市：上海市書店，
　　　　1996年）

錢理群主編：《中國淪陷區文學大系》（全8卷）（南寧市：廣西教育出
　　　　版社，1998年）

黃俊英：《小說研究史料選》（成都市：四川教育出版社，1988年）

蘇光文：《文學理論史料選》（成都市：四川教育出版社，1988年）

華南師範大學近代文學研究室：《中國近代文學評林》（鄭州市：中州
　　　古籍出版社，1984年）

牛仰山：《中國近代文學論文集》（概論、詩文卷）（北京市：中國社
　　　會科學出版社，1988年）

中國社會科學院文學研究所近代文學研究組：《中國近代文學論文集》
　　　（小說卷）（北京市：中國社會科學出版社，1983年）

阿　英：《鴉片戰爭文學集》（上下）（北京市：中華書局，1957年）

齊思和等《鴉片戰爭》（6冊）（上海市：人民出版社，1957年）

廣東省文史研究館：《三元里人民抗英鬥爭史料》（北京市：中華書
　　　局，1959年）

廣東文史研究館：《鴉片戰爭與林則徐史料選譯》（廣州市：廣東人民
　　　出版社，1983年）

胡　濱譯：《英國檔案有關鴉片戰爭資料選譯》（上下）（北京市：中
　　　華書局，1983年）

齊思和主編：《黃爵滋奏疏許乃濟奏議合刊》（北京市：中華書局，
　　　1959年）

中國第一歷史檔案館：《鴉片戰爭檔案史料》（7冊）（天津市：天津古
　　　籍出版社，1992年）

中國第一歷史檔案館：《鴉片戰爭在舟山史料選編》（杭州市：浙江人
　　　民出版社，1992年）

列　島：《鴉片戰爭史論文專集》（北京市：三聯書店，1958年）

寧　靖主編：《鴉片戰爭史論文續編》（北京市：人民出版社，1984
　　　年）

阿　英：《中法戰爭文學集》（北京市：中華書局，1957年）

臺灣廣雅出版有限公司編輯部：《中法戰爭文學集》（臺北市：臺灣廣
　　　雅出版公司，1982年）

黃振南：《中法戰爭史熱點問題聚焦》（南寧市：廣西人民出版社，
　　　　1994年）

黃振南：《中法戰爭諸役考》（南寧市：廣西師範大學出版社，1998年）

佚　名：《中法戰爭資料》（臺北市：文海出版社，1967年）

楊家駱：《中法戰爭文獻彙編》（臺北市：鼎文書局，1973年）

中央研究院近代史研究所：《中法越南交涉檔》（臺北市：臺灣精華印
　　　　書館公司，1962年）

張振鵾：《中國近代史資料叢刊續編‧中法戰爭（1-4)》（北京市：中
　　　　華書局，2002年）

鎮海海防歷史遺跡領導小組：《中法戰爭鎮海之役一百一十週年學術
　　　　研討會論文集》（北京市：人民出版社，1996年）

中法鎮海之役資料選輯委員會：《中法戰爭鎮海之役史料》（北京市：
　　　　光明日報出版社，1988年）

中國史學會：《中國近代史資料叢刊‧中法戰爭（1-7)》（上海市：上
　　　　海市人民出版社，上海市書店出版社，2000年）

福建社會科學歷史研究所：《中法戰爭史學術討論會論文集──紀念
　　　　馬江戰役一百週年》（福州市：福建論壇雜誌社，1984年）

廣西中法戰爭史研究會：《中法戰爭論文集（1-4)》（南寧市：廣西人
　　　　民出版社，1986、1986、1989、1992年）

阿　英：《甲午中日戰爭文學集》（北京市：中華書局，1958年）

中國甲午戰爭博物館：《中日甲午戰爭論著索引》（濟南市：齊魯出版
　　　　社，1994年7月）

中國史學會：《中國近代史資料叢刊‧中日戰爭》（全7冊）（上海市：
　　　　上海市人民出版社，2000年）

戚其章主編：《中國近代史資料叢刊續編‧中日戰爭》（全12冊）北京
　　　　市：中華書局，1994年）

戚其章：《中國近代史資料叢刊續編·中日戰爭》（全11冊）（北京市：中華書局，1989-1996年）

王芸生編著：《六十年來中國與日本》（全8卷）（北京市：三聯書店，2005年）

王寶平：《晚清東遊日記彙編》（上海市：上海市古籍出版社，2001年）

韓俊英：《史鑒：甲午戰爭研究備要》（北京市：中央民族大學出版社，1997年）

戚其章、王如繪：《甲午戰爭與近代中國和世界──甲午戰爭一百週年國際學術研討會文集》（北京市：人民出版社，1995年）

戚其章：《甲午戰爭九十週年紀念論文集》（濟南市：齊魯書社，1986年）

阿　英：《庚子事變文學集》（北京市：中華書局，1959年）

翦伯贊：《義和團》（共4冊）（上海市：上海市人民出版社，2000年）

中國社會科學院近代史研究所近代史資料編輯組：《義和團史料》（上下冊）（北京市：中國社會科學出版，1982年）

徐緒典：《義和團運動時期報刊資料選編》（濟南市：齊魯書社，1990年）

王明倫：《反洋教揭帖文書選》（山東市：齊魯書社，1984年）

黃紀蓮：《中日「二十一條」交涉史料全編》（合肥市：安徽大學出版社，2001年）

青溪散人：《中日交涉記事本末》（上海市：進步書局，1915年）

楊塵因：《國恥》（上海市：知恥社，1915年）

黃　毅、方夢超合編：《中國最近恥辱記》（國恥社，1915年）

畢公天編著：《辱國春秋》（上海市：辱國春秋社，1915年）

許指嚴：《新華秘記》（上海市：清華書局，1918年）

上海市社會科學院歷史研究所：《五卅運動史料》（上海市：上海市人民出版社，1986年）

晨報編輯處、清華學生會：《五卅痛史》（臺北市：文海出版社，1986年）

痛心人：《濟南慘案全書》（出版地與時間不明）

阮淵澄：《五卅慘案》（大成出版公司，1948年）

國立廣東大學秘書處出版部：《五卅紀念》（1926年）

楊漢輝編述：《五三新血》（中央陸軍軍官學校政治部，1928年）

郁道庵編輯：《五三血》（上海市：上海市自強書社，1928年）

濟南慘案外交後援會：《濟南慘案》（1928年）

齊鴻福：《濟南慘案》（中國國民黨廣東省黨務指導委員會民眾訓練委員會，1928年）

陳覺：《九一八後國難痛史資料》（東北問題研究會，1932年）

綏遠社會教育所編：《國難新劇》（綏遠華北印刷局，1932年）

秦孝儀主編：《盧溝橋事變史料》（臺北市：中央文物供應社，1986年）

全國政協文史資料委員會：《七七事變：原國民黨將領抗日戰爭親歷記》（北京市：中國文史出版社，1986年）

政協北京市市委文史資料委員會：《抗戰紀事》（北京市：北京市出版社，1995年）

中國人民抗日戰爭紀念館：《抗戰紀事》（北京市：中國友誼出版公司，1989年）

李惠蘭等主編：《七七事變前後：抹去灰塵的記憶》（北京市：中國檔案出版社，2007年）

人民出版社：《七七事變五十週年紀念文集》（北京市：人民出版社，1987年）

武月星等：《盧溝橋事變風雲篇》（北京市：中國人民大學出版社，
　　　　1987年）

張承鈞主編：《盧溝橋抗戰詩詞選》（北京市：燕山出版社，1997年）

楊金亭主編：《中國抗戰詩詞精選》（北京市：燕山出版社，1997年）

李基林選編：《抗戰文學期刊選輯》（北京市：書目文獻出版社，1982
　　　　年）

音樂出版社編輯部：《抗戰歌曲選》（北京市：音樂出版社，1958年）

梁茂春：《民族戰歌：抗戰歌曲一百二十首》（北京市：中央音樂學院
　　　　出版社，2005年）

當代文學史料研究社：《抗戰文學專輯（上）》（臺北市：大呂出版
　　　　社，1987年）

錢理群主編：《中國淪陷區文學大系》（全8冊）（南寧市：廣西教育出
　　　　版社，1998年）

李建平、張中良：《抗戰文化研究》（第1、2輯）（桂林市：廣西師範
　　　　大學出版社，2007、2008年）

魏紹昌：《李伯元研究資料》（上海市：上海市古籍出版社，1980年）

魏紹昌：《吳趼人研究資料》（上海市：上海市古籍出版社，1980年）

魏紹昌：《孽海花資料》（上海市：上海市古籍出版社，1982年）

陳荒煤主編：《周瘦鵑研究資料》（天津市：天津人民出版社，1993
　　　　年）

時　萌：《曾樸研究》（上海市：上海市古籍出版社，1982年）

二　專著

趙爾巽等：《清史稿》（北京市：中華書局，1977年）

陸士諤：《清史演義》（上海市：上海市民眾書局，1911年）

蔡東藩：《清史演義》（上海市：上海市文化出版社，1983年）

范文瀾：《中國近代史》（北京市：人民文學出版社，1958年）

胡　繩：《從鴉片戰爭到五四運動》（上下）（北京市：人民出版社，
　　　　1980年）

金煒主編：《中華民族恥辱史》（北京市：中國廣播電視出版社，1995
　　　　年）

張憲文：《中華民國史綱》（鄭州市：河南人民出版社，1985年）

蔣廷黻：《中國近代史》（上海市：上海市古籍出版社，2006年）

王建朗：《中國近代通史》（南京市：江蘇人民出版社，2007年）

費正清：《劍橋中華民國史：1912-1949》（北京市：中國社會科學出
　　　　版社，1994年）

阿　英：《近代外禍史》（臺北市：潮鋒出版社，1947年）

陶緒著：《晚清民族主義思潮》（北京市：人民出版社，1995年）

茅海建：《天朝的崩潰》（北京市：三聯書店，1995年）

蕭功秦：《儒家文化的困境——中國近代士大夫與西方挑戰》（成都
　　　　市：四川人民出版社，1986年）

鍾叔河：《從東方到西方》（上海市：上海市人民出版社，1989年）

沈渭濱：《困厄中的近代化》（上海市：上海市遠東出版社，2001年）

馮　峰：《「國難」之際的思想界——1930年代中國政治出路的思想論
　　　　爭》（西安市：三秦出版社，2007年）

齊衛平等：《抗戰時期的上海市文化》（上海市：上海市人民出版社，
　　　　2001年）

劉德軍編：《抗日戰爭研究述評》（濟南市：齊魯書社，2005年）

楊思信：《文化民族主義與近代中國》（北京市：人民出版社，2003
　　　　年）

陳玉申：《晚清報業史》（濟南市：山東畫報出版社，2003年）

秦紹德：《上海市近代報刊史論》（上海市：復旦大學出版社，1993
　　年）

曾建雄：《中國新聞評論發展史（近代部分）》（桂林市：廣西師大出
　　版社，1996年）

來新夏等：《中國近代圖書事業史》（上海市：上海市人民出版社，
　　2000年）

方漢奇：《中國近代報刊史》（太原市：山西教育出版社，1981年）

葉再生：《中國近代現代出版通史》（北京市：華文出版社，2002年）

郭武群：《打開歷史的塵封：民國報紙文藝副刊研究》（天津市：百花
　　文藝出版社，2007年）

李焱勝：《中國報刊圖史》（武漢市：湖北人民出版社，2005年）

劉淑玲.：《大公報與中國現代文學》（石家莊：河北教育出版社，
　　2004年）

陳紀瀅：《抗戰時期的大公報》（臺北市：黎明文化事業公司，1981
　　年）

廣西日報新聞研究室：《《救亡日報》的風雨歲月》（北京市：新華出
　　版社，1987年）

高　寧：《烽火年代的呼喚：《救亡日報》史話》（重慶市：重慶出版
　　社，1988年）

熊　復：《中國抗日戰爭時期大後方出版史》（重慶市：重慶出版社，
　　1999年）

李白堅：《中國新聞文學史》（上海市：上海市大學出版社，2004年）

鄭翔貴：《晚清傳媒視野中的日本》（上海市：上海市古籍出版社，
　　2003年）

姚薇元：《鴉片戰爭實考：魏源〈道光洋艘征撫記〉考訂》（北京市：
　　人民出版社，1984年）

印光任、張汝霖：《澳門紀略》（廣東市：高等教育出版社，1988年）

蕭致治：《鴉片戰爭史（上下）》（福建市：人民出版社，1996年）

牟安臣：《鴉片戰爭》（北京市：人民文學出版社，1986年）

戴學稷主編：《鴉片戰爭人物傳》（福州市：福州教育出版社，1985年）

廖宗麟：《中法戰爭史》（天津市：天津古籍出版社，2002年）

邵循正：《中法越南關係始末》（石家莊：河北教育出版社，2000年）

羅香林：《劉永福歷史草》（臺北市：正中書局，1969年）

石　泉：《甲午戰爭前後之晚清政局》（北京市：三聯書店，1997年）

叢笑難：《甲午戰爭百年祭》（北京市：華夏出版社，1994年）

戴　逸、楊東梁、華立：《甲午戰爭與東亞政治》（北京市：中國社會科學出版社，1994年）

關　捷、劉志超：《沉淪與抗爭──甲午中日戰爭》（北京市：文物出版社，1991年）

戚其章：《國際法視角下的甲午戰爭》（北京市：人民出版社，2001年）

戚其章：《甲午戰爭國際關係史》（北京市：人民出版社，1994年）

戚其章：《中日甲午戰爭史論叢》（濟南市：山東教育出版社，1983年）

戚其章、王如繪主編：《甲午戰爭與近代中國和世界》（北京市：人民出版社，1995年）

王信忠：《中日甲午戰爭之外交背景》（臺北市：文海出版社，1985年）

孫克復、關　捷：《甲午中日海戰史》（哈爾濱市：黑龍江人民出版社，1981年）

孫克復、關　捷：《甲午中日陸戰史》（哈爾濱市：黑龍江人民出版社，1984年）

韓俊英、王　若、辛　欣：《史鑒──甲午戰爭研究備要》（北京市：
　　中央民族大學出版社，1997年）

季平子：《從鴉片戰爭到甲午戰爭》（臺北市：雲龍出版社，2001年）

雙傳學、李信：《甲午悲歌──中日戰爭》（南京市：江蘇人民出版
　　社，1998年）

鄭彭年：《甲午悲歌──北洋水師的覆滅》（北京市：中國社會科學出
　　版社，2000年）

楊念群：《甲午戰爭百年祭──多元視野下的中日戰爭》（北京市：知
　　識出版社，1995年）

王錫祺：《小方壺齋輿地叢鈔》（杭州市：杭州古籍書店，1985年）

王樹增：《1901年：一個帝國的背影》（海口市：海南出版社，2004
　　年）

吳永口述、劉治襄記：《庚子西狩叢談》（湖南市：嶽麓書社，1985
　　年）

〔英〕威爾著，冷汰、陳詒先譯：《庚子使館被圍記》（上海市：上海
　　市書店出版社，2000年）

〔美〕周錫瑞著，張俊義、王棟譯：《義和團運動的起源》（南京市：
　　江蘇人民出版社，1994年）

〔美〕柯文著，杜繼東譯：《歷史三調──作為事件、經歷和神話的
　　義和團》（南京市：江蘇人民出版社，2000年）

〔德〕瓦德西著，王光祈譯：《瓦德西拳亂筆記》（上海市：上海市書
　　店出版社，2000年）

李毓澍：《中日二十一條交涉》（臺北市：中央研究院近代史研究所，
　　1982年）

唐巨川：《日本蹂躪山東痛史》（大東書局，1928年）

劉大可等著：《日本侵略山東史》（濟南市：山東人民出版社，1991
　　年）

任建樹、張銓：《五卅運動簡史》（上海市：上海市人民出版社，1985年）

相瑞花、白雲濤：《南京路上的血泊——上海市五卅慘案》（北京市：中國華僑出版社，1993年）

賀貴嚴等著：《濟南五三慘案親歷記》（北京市：中國文史出版社，1987年）

李家振著：《濟南慘案》（北京市：中國政法大學出版社，1987年）

楊　葉：《盧溝橋事變》（保定市：河北人民出版社，1958年）

沈繼英、柳成昌：《盧溝橋事變前後》（北京市：北京市出版社，1986年）

胡德坤：《七七事變》（北京市：解放軍出版社，1987年）

野慶裕：《七七事變》（北京市：中國國際廣播出版社，1996年）

曲　子：《七七事變》（香港：廣角鏡出版社，1998年）

陳萬松：《「七七事變」與全民族抗戰》（成都市：四川大學出版社，1998年）

趙淑玲：《「七‧七」盧溝橋事變》（北京市：中國民主法制出版社，1999年）

馬仲廉：《盧溝橋事變與華北抗戰》（北京市：北京市燕山出版社，1987

李雲漢：《盧溝橋事變》（臺北市：東大圖書公司，1987年）

劉綺菲：《盧溝橋殘陽如血：七七事變實錄》（北京市：團結出版社，1994年）

楊　健：《盧溝橋事變》（北京市：新華出版社，1991年）

榮維木：《炮火下的覺醒：盧溝橋事變》（桂林市：廣西師範大學出版社，1996年）

曲家源、白照芹：《盧溝橋事變史論》（北京市：人民出版社，1997年）

中央檔案館：《華北事變》（北京市：中華書局，2000年）

〔英〕詹姆斯‧貝特蘭著，林淡秋等譯：《華北前線》（北京市：新華
　　　出版社，1986年）

李溫民：《日本侵略中國史綱》（國民外交研究會，1932年）

〔日〕石島紀之著，鄭玉純、紀宏譯：《中國抗日戰爭史》（長春市：
　　　吉林教育出版社，1990年）

中國社會科學院近代史研究所編：《日本侵華七十年史》（北京市：中
　　　國社會科學出版社，1992年）

李玉等主編：《中國的中日關係史研究》（北京市：世界知識出版社，
　　　2000年）

王曉秋：《近代中日文化交流史》（北京市：中華書局，2000年）

王向遠：《「筆部隊」和侵華戰爭》（北京市：崑崙出版社，2005年）

王向遠：《日本對中國的文化侵略》（北京市：崑崙出版社，2005年）

盧冀野：《近代中國文學講話》（上海市：會文堂新記書局，1930年）

陳子展：《中國近代文學之變遷》（上海市：上海古籍出版社，2000
　　　年）

陳子展：《中國近代文學之變遷‧最近三十年中國文學史》（上海市：
　　　上海古籍出版社，2000年）

任訪秋：《中國近代文學史》（鄭州市：河南大學出版社，1988年）

葉　易：《中國近代文藝思潮史》（北京市：高等教育出版社，1990
　　　年）

葉　易：《中國近代文藝思想論稿》（上海市：復旦大學出版社，1985
　　　年）

陳則光：《中國近代文學史（上）》（廣州市：中山大學出版社，1987
　　　年）

管　林、鍾賢培：《中國近代文學發展史》（北京市：中國文聯出版公
　　　司，1991年）

上海市書店編：《中國近代文學的歷史軌跡》（上海市：上海書店，
　　　1999年）

范伯群主編：《中國近現代通俗文學史》（南京市：江蘇教育出版社，
　　　1999-2000年）

張炯等主編：《中華文學通史・近代卷》（北京市：華藝出版社，1997
　　　年）

中山大學中文系：《中國近代文學的特點、性質和分期》（廣州市：中
　　　山大學出版社，1986年）

郭延禮：《中國近代文學新探》（鄭州市：中州古籍出版社，1989年）

郭延禮：《中國近代文學發展史》（3冊）（濟南市：山東教育出版社，
　　　2001年）

郭延禮：《近代西學與中國文學》（南昌市：百花洲文藝出版社，2000
　　　年）

郭延禮：《愛國主義與近代文學》（山東市：山東教育出版社，1992
　　　年）

郭延禮：《近代西學與中國文學》（南昌市：百花洲文藝出版社，2000
　　　年）

郭延禮、武潤婷：《中國文學精神（近代卷）》（濟南市：山東教育出
　　　版社，2003年）

陳平原：《二十世紀中國小說史（第1卷）》（北京市：北京大學出版
　　　社，1989年）

陳伯海：《近四百年中國文學思潮史》（上海市：東方出版中心，1997
　　　年）

劉　納：《嬗變──辛亥革命到五四運動時期的中國文學》（北京市：
　　　中國社會科學出版社，1998年）

袁　進：《中國文學的近代變革》（桂林市：廣西師範大學出版社，
　　　2006年）

時　萌：《中國近代文學論稿》（上海市：上海古籍出版社，1986年）

王立興：《中國近代文學考論》（南京市：南京大學出版社，1992年）

鄭方澤：《中國近代文學史事編年》（長春市：吉林人民出版社，1983
　　　　年）

邱明正：《上海市文學通史》（上海市：復旦大學出版社，2005年）

鍾賢培、汪松濤：《廣東近代文學史》（廣州市：廣東人民出版社，
　　　　1996年）

魏中林：《愛國主義與近代愛國詩潮（博士論文）》（北京市：國家圖
　　　　書館博士論文文庫，1980年）

阿　英：《晚清小說史》（北京市：東方出版社，1989年）

阿　英：《小說閒談四種》（上海市：上海古籍出版社，1985年）

歐陽健：《晚清小說史》（杭州市：浙江古籍出版社，1997年）

伍潤婷：《中國近代小說演變史》（濟南市：山東人民出版社，2000
　　　　年）

歐陽健：《晚清小說史》（杭州市：浙江古籍出版社，1997年）

〔美〕韓南著，徐俠譯：《中國近代小說的興起》（上海市：上海教育
　　　　出版社，2004年）

湯哲聲：《中國現代通俗小說思辨錄》（北京市：北京大學出版社，
　　　　2008年）

顏廷亮：《晚清小說理論》（北京市：中華書局，1996年）

劉揚體：《流變中的流派──「鴛鴦蝴蝶派」新論》（北京市：中國文
　　　　聯出版公司，1997年）

周鈞韜：《中國通俗小說家評傳》（鄭州市：中州古籍出版社，1993
　　　　年）

蘇光文：《1937-1949中國文學愛國主義母題研究》（重慶市：重慶出
　　　　版社，2001年）

謝飄雲：《中國近代散文史》（北京市：中國文聯出版公司，1997年）

張春寧：《中國報告文學史稿》（北京市：群言出版社，1993年）

包禮祥：《近代文學與傳播》（南昌市：江西人民出版社，2001年）

蔣曉麗：《中國近代大眾傳媒與中國近代文學》（成都市：巴蜀書社，
　　　　2005年）

徐鵬緒、張俊才：《中國近代文學研究概論》（天津市：天津教育出版
　　　　社，1992年）

袁健、鄭榮：《晚清文學研究概說》（天津市：天津教育出版社出版，
　　　　1989年）

裴效維主編：《20世紀中國文學研究・近代文學研究》（北京市：北京
　　　　市出版社，2001年）

郭延禮：《20世紀中國近代文學研究學術史》（南昌市：江西高校出版
　　　　社，2004年）

王繼權、周榕芳編：《臺灣・香港・海外學者論中國近代小說》（南昌
　　　　市：百花洲文藝出版社，1991年）

許豪炯：《五卅時期文學史論》（上海市：上海社會科學院出版社，
　　　　1997年）

張毓茂：《東北現代文學史論》（瀋陽市：瀋陽出版社，1996年）

馮為群、李春燕：《東北淪陷區時期文學新論》（長春市：吉林大學出
　　　　版社，1991年）

劉中樹：《鐐銬下的謬斯——東北淪陷區文學史綱》（長春市：吉林大
　　　　學出版社，1999年）

阿　英：《抗戰期間的文學》（上海市：戰時出版社，1938年）

胡春冰：《抗戰文藝論》（廣州市：中山日報社，1938年）

仲子通：《抗戰與歌曲》（長沙市：商務印書館，1938年）

姚蘇鳳：《抗戰與電影》（長沙市：商務印書館，1938年）

蒲　風：《抗戰詩歌講話》（廣州市：詩歌出版社，1938年）

徐中玉：《抗戰中的文學》（重慶市：國民圖書出版社，1941年）

藍　海：《中國抗戰文藝史》（濟南市：山東文藝出版社，1984年）

李瑞騰：《抗戰文藝概說》（臺北市：文訊月刊雜誌社，1987年）

蘇光文：《抗戰文學概論》（重慶市：西南師範大學，1985年）

蘇文光：《抗戰文學紀程》（重慶市：西南師範大學出版社，1986年）

嶽　昭：《抗戰文藝論集（影印本）》（上海市：上海市書店，1986
　　　　年）

徐逎翔、黃萬華：《中國抗戰時期淪陷區文學史》（福州市：福建教育
　　　　出版社，1995年）

黃萬華：《史述和史論：戰時中國文學研究》（濟南市：山東大學出版
　　　　社，2005年）

蘇雪林：《抗戰時期文學回憶錄》（臺北市：文訊月刊雜誌社，1987
　　　　年）

劉心皇：《抗戰時期淪陷區文學史》（臺北市：成文出版社，1980年）

劉心皇：《抗戰時期淪陷區地下文學》（臺北市：正中書局，1985年）

劉心皇：《抗戰時期的文學》（臺北市：國立編譯館，1995年）

蘇光文：《大後方文學論稿》（重慶市：西南師範大學出版社，1994
　　　　年）

蘇光文：《1937-1945年中國文學愛國主義母題研究》（重慶市：重慶
　　　　出版社，2001年）

蘇光文：《抗戰詩歌史稿》（成都市：四川教育出版社，1991年）

舒　蘭：《抗戰時期的新詩作家和作品》（臺北市：成文出版社，1980
　　　　年）

房福賢：《中國抗日戰爭小說史論》（濟南市：黃河出版社，1999年）

周　錦：《抗戰時期的現代小說》（臺北市：成文出版社，1980年）

吳　野：《戰火中的文學沉思》（成都市：四川教育出版社，1990年）

陳青生：《抗戰時期的上海市文學》（上海市：上海人民出版社，1995年）

秦賢次：《抗戰時期文學史料》（臺北市：成文出版社，1980年）

孔慶東：《超越雅俗——抗戰時期的通俗小說》（北京市：北京大學出版社，1998年）

王文軍：《局部抗戰時期中國報告文學研究》（上海市：上海社會科學院出版社，2007年）

田　漢：《抗戰與戲劇》（長沙市：商務印書館，1937年）

喬玲梅：《抗戰時期的中國戲劇》（北京市：中國友誼出版公司，2001年）

趙清閣：《抗戰戲劇概論》（廣州市：中山文化教育館，1939年）

鄭君里：《論抗戰戲劇運動》（重慶市：生活書店，1939年）

廖全京：《大後方戲劇論稿》（成都市：四川教育出版社，1988年）

劉增傑：《抗戰詩歌》（開封市：河南大學出版社，2005年）

田本相：《抗戰戲劇》（開封市：河南大學出版社，2005年）

田本相：《抗戰電影》（開封市：河南大學出版社，2005年）

李良志：《抗戰時評》（開封市：河南大學出版社，2005年）

王曉華：《抗戰海報》（開封市：河南大學出版社，2005年）

阿　英：《阿英全集》（合肥市：安徽教育出版社，2003年）

三　研究論文

孔建林：〈中國近代文學研究四十年〉，《山東社會科學》第5期（1989年）

張永芳：〈略說中國近代文學的基本特徵〉，《南開學報》第3期（1988年）

張正吾：〈愛國，開放——中國近代文學的基本特徵〉，《中山大學學報》第1期（1991年）

王志明、潘世秀：〈陽剛之美的變革文學——論近世文學的總體風貌〉，《蘭州大學學報》第1期（1990年）

管　林：〈論中國近代文學的過渡性特點〉，《華南師範大學學報》第3期（1986年）

鍾賢培：〈論中國近代文學思想的衍變及其流向〉，《山東社會科學》第1期（1990年）

張　方：〈近代文學思想的特徵與研究方法芻議〉，《中南民族學院學報》第3期（1988年）

鄭方澤：〈創新紀元的一代文學——論中國近代文學的歷史地位〉，《松遼學刊》第3期（1984年）

鍾賢培：〈論中國近代文學思想的衍變及其流向〉，《山東社會科學》第1期（1990年）

陳　穎：〈中國近代反侵略小說縱論〉，《福建師範大學學報》第2期（1997年）

魯　歌：〈乾坤留正氣，詩歌喚國魂——略論近代愛國詩歌〉，《內蒙古大學學報》第4期（1985年）

任昭坤：〈試論中國近代反侵略文學〉，《社會科學研究》第4期（1997年）

王培元：〈在文化衝突中覺醒與抉擇——論近代文學的愛國主義意識〉，《學術月刊》第2期（1988年）

王培元：〈愛國主義的文化特徵〉，《文學評論》第4期（1989年）

王培元：〈關於中國現代反帝愛國文學的思考——從中西文化衝突出發〉，《文學評論》第5期（1987年）

魏玉川：〈論中國近代詩歌的愛國主題〉，《唐都學刊》第1期（1998年）

季桂起：〈中國近代文學的愛國主義主題的時代特徵〉,《語文教學與研究》第12期（1989年）

黃萬機：〈中國近代文學愛國主義主題的嬗變〉,《貴州社會科學》第6期（1997年）

魏中林：〈近代詩歌愛國主義主題的雙向復變〉,《內蒙古大學學報》第4期（1988年）

黃志輝：〈我國近代詩歌的愛國主義傳統〉,《韶關師專學報》第2-3期（1985年）

陳則光：〈中國近代文學的社會基礎及其特徵〉,《中山大學學報》第1-2期（1959年）

程翔章：〈中國近代文學的愛國主義主題的時代特徵〉,《語文教學與研究》第12期（1989年）

方建春：〈中國近代詩歌中的憂患意識與尚武精神〉,《固原師專學報》第4期（2000年）

趙慎修：〈近代文學中的尚武精神〉,《文史知識》第9期（1984年）

陳永標：〈試論近代文學審美觀念和思維方式的演變〉,《華南大學學報》（1986年），第3期

王學鈞：〈改造國民性 —— 近現代文學的內在聯繫〉,《蘇州大學學報》（1987年），第2期

鍾賢培：〈時代的民族的詩魂 —— 中國近代愛國詩歌略論〉,《社會科學戰線》（1985年），第2期

鮑善淳：〈論我國近代反帝詩歌〉,《合肥師院學報》第5-6期（1960年）

陳　穎：〈20世紀中國戰爭小說概觀〉,《福建師範大學學報》第4期（1994年）

陳　穎：〈中國近代反侵略戰爭小說綜論〉,《福建師範大學學報》第2期（1997年）

喻季欣：〈透過硝煙的沉思——中國近代戰爭文學三談〉，《益陽師專
　　　學報》第1期（1989年）

曾慶全：〈近代土家族文學中的愛國精神〉，《廣西師範大學學報》第1
　　　期（1991年）

趙慎修：〈近代文學中的尚武精神〉，《文史知識》第9期（1984年）

莊　嚴：〈論晚清小說中的愛國題材〉，《寧波師院學報》第3期（1984
　　　年）

魏玉川：〈論中國近代詩歌的愛國主題〉，《唐都學刊》第1期（1998
　　　年）

魏中林：〈近代詩歌愛國主題的雙向復變〉，《內蒙古大學學報》第4期
　　　（1988年）

辛　耕：〈近代愛國詩歌的愛國主義〉，《教與學》第4期（1981年）

閻　毅：〈論中國近代詩歌的愛國主義思想〉，《昭烏達蒙族師專學
　　　報》第4期（1992年）

郭延禮：〈阿英與中國近代文學研究〉，《東嶽論叢》第6期（2002年）

郭延禮：〈二十世紀中國近代文學研究學術歷程之回顧〉，《文學遺
　　　產》第3期（2000年）

郭延禮：〈試論中國近代文學精神〉，《山東大學學報》第5期（2003
　　　年）

黃　徵：〈近代詩文集的史料價值及其他〉，《南京大學學報》第3期
　　　（1987年）

孫燕京：〈鴉片戰爭前後的愛國詩歌〉，《北京師範大學學報》第6期
　　　（1990年）

孫燕京：〈論甲午詩的思想特色〉，《北京師範大學學報》第5期（1994
　　　年）

曹思彬：〈人間黑霧沉於海——禁煙詩文閱讀筆記〉，《南方日報》，
　　　1964年5月31日

王　驤：〈反映鴉片戰爭鎮江之役的詩歌〉，《光明日報》，1965年12月
　　　　13日

洪克夷：〈評鴉片戰爭時期的愛國詩歌〉，《杭州大學學報》第2期
　　　　（1978年）

黃澄河：〈略論反映鴉片戰爭的詩歌〉，《華東師大學報》第6期（1980
　　　　年）

梁淑安：〈鴉片戰爭前後曲風的變化〉，《戲劇論叢》第3期（1983年）

王　飆：〈鴉片戰爭前後的「志士之詩」及其詩風新變〉，《文學遺
　　　　產》第2期（1984年）

王　飆：〈潮卷國魂怒未平──論鴉片戰爭時期的愛國主義詩歌〉，
　　　　《文學評論》第5期（1990年）

魏中林：〈我國愛國主義詩歌的歷史性發展：略論鴉片戰爭詩歌〉，
　　　　《內蒙古社會科學》第2期（1985年）

魏中林：〈鴉片戰爭時期的愛國詩歌藝術風貌的整體性嬗變〉，《內蒙
　　　　古大學學報》第3期（1986年）

王祖獻：〈論鴉片戰爭至甲午時期小說的特點〉，《明清小說研究》第2
　　　　期（1990年）

孫燕京：〈鴉片戰爭前後的愛國主義詩歌〉，《北京師範大學學報》第1
　　　　期（1990年）

龔喜平：〈論鴉片戰爭詩潮的「詩史」特徵〉，《文學遺產》第1期
　　　　（1992年）

曹振華：〈論鴉片戰爭愛國詩潮現實主義的復歸和深化〉，《南京大學
　　　　學報》第3期（1994年）

武衛華：〈詩的新變──鴉片戰爭對近代詩人心態的撞擊〉，《安徽大
　　　　學學報》第5期（1994年）

向　云：〈鴉片戰爭時期的愛國主義〉，《山東大學學報》（1995年），
　　　　第1期

鍾賢培：〈時代的、民族的詩魂──中國近代愛國詩歌略論〉，《華南
　　　　大學學報》第4期（1996年）

王永建：〈試論貝青喬的〈咄咄吟〉〉，《明清詩文研究叢刊》第1期
　　　　（1987年）

蔣芳生：〈晚清廣西作家朱琦和他反映鴉片戰爭的詩歌〉，《玉林師專
　　　　學報》第2-3期（1983年）

王俊義：〈「猶訴蒼蒼寒漏危」的愛國主義詩人張際亮〉，《光明日
　　　　報》，1984年7月4日

王　　飆：〈一個黑暗社會所不容的狂士──張際亮〉，《廈門大學學
　　　　報》第2期（1986年）

陳友琴：〈略談張維屏的詩及其著作〉，《古典文學論叢3輯》（1982
　　　　年）

王松濤：〈張維屏小傳〉，《中國近代文學研究叢刊》（2輯）（1985年）

陳宗樞：〈清代的紀亂詩人──金和（附年譜）〉，《鈴鐺》4期，1935
　　　　年），第7期

梁淑安：〈中國近代傳奇雜劇簡目〉，《文獻》（4輯）（1980年）

洪克夷：〈論晚清詩人姚燮〉，《杭州大學學報》第1期（1983年）

鍾賢培：〈龔自珍傷時憂國情思錄〉，《蘇州大學學報》第4期（1984
　　　　年）

趙杏根：〈晚清詩人魯一同的詩歌創作〉，《蘇州大學學報》第2期
　　　　（1986年）

王祖獻：〈論鴉片戰爭至甲午時期小說的特點〉，《明清小說研究》第2
　　　　期（1990年）

王祖獻：〈鴉片戰爭後愛國主義詩歌勃興及其時代特點〉，《安徽大學
　　　　學報》第3期（1990年）

廖宗麟：〈劉永福在近代反侵略鬥爭中的功績和地位〉，《學術論壇》
　　　　第4期（1997年）

韋華雄、陸宏輝：〈淺析劉永福的長恨詩〉，《曲靖師專學報》第4期
　　（1993年）

裴效維：〈甲午百年祭──近代中日甲午戰爭文學略論〉，《文學遺
　　產》第5期（1995年）

蔡國梁：〈甲午戰爭的重現──〈中東大戰演義〉〉，《河北大學學報》
　　第2期（1988年）

李　侃：〈甲午衝擊在思想文學領域引起的變化〉，《近代史研究》第5
　　期（1984年）

李　堅：〈甲午戰爭時期的新聞輿論〉，《河北學刊》第1期（1999年）

李生輝：〈風雲甲午正氣篇──甲午戰爭詩歌綜論〉，《遼寧師範大學
　　學報》第2期（1994年）

李生輝：〈論甲午戰爭詩歌的藝術成就〉，《丹東師專學報》第2期
　　（1994年）

劉鎮偉、鄭淑秋、王英波：〈甲午戰爭詩歌探析〉，《東北師大學報哲
　　社版》第5期（1995年）

恭喜平：〈黃遵憲詩歌的詩史特徵及其意義〉，《天水行政學院學報》
　　第5期（2000年）

李　慶：〈論黃遵憲的日本觀──以〈日本雜事詩〉為中心〉《復旦學
　　報》第4期（1994年）

賴雨桐：〈略論丘逢甲愛鄉愛國精神的統一〉，《嶺南文史》第2期
　　（2000年）

張永芳：〈以詩紀史，寫恥抒憤──黃遵憲詠寫甲午戰爭的一組長
　　詩〉，第12期《黨史縱橫》（1994年）

張海珊：〈甲午、乙未百年祭──重讀〈普天忠憤集〉〉，《天津師範大
　　學學報》第2期（1995年）

阿　英：〈庚子事變在小說上的反映〉，《文學》卷5第2期（1935年）

潮　晨：〈歷史的見證、人民的戰歌——談義和團歌謠〉，《河北文
　　　藝》第3期（1976年）

段寶林：〈論義和團歌謠的戰鬥性〉，《光明日報》，1965年7月4日

顧頡剛：〈關於義和團傳說故事〉，《民間文學》第4期（1958年）

何　近：〈義和團反帝鬥爭的壯麗戰歌〉，《吉林師範大學學報》第4期
　　　（1975年）

江東陽：〈從《庚子國變彈詞》看李伯元作品的思想傾向〉，《光明日
　　　報》，1965年11月14日

梁　球：〈最早的長篇反帝文學作品《庚子國變彈詞》〉，《學術論壇》
　　　第3期（1983年）

劉學照：〈庚子史詩中的義和團和清政府〉，《華東師大學報》第3期
　　　（1981年）

汪曾祺：〈仇恨、蔑視、自豪——讀《義和團傳說故事》札記〉，《民
　　　間文學》第4期（1958年）

張　文：〈義和團故事的繼承與革新〉，《民間文學》第8期（1979年）

鄭振鐸：〈敘拳亂的兩部傳奇〉，《文學周報》第185期（1925年）

宗　璽：〈看《義和團故事》想到的〉，《中國青年報》（1959年3月6
　　　日）

王加華：〈戲劇對義和團運動的影響〉，《清史研究》第3期（2005年）

於俊青：〈祖國重也——論「二十一條」國難短篇小說〉，《現代語
　　　文》（文學研究版）第11期（2006年）

許豪炯：〈五卅運動與中國現代文學〉，《延邊大學學報（社科版）》第
　　　4期（1994年）

許豪炯：〈五卅時期文學的研究價值和歷史經驗〉，《畢節師範高等專
　　　科學校學報》第1期（1999年）

許豪炯：〈鮮明的時代特徵珍貴的歷史價值——「五卅」文學的思想
　　　特色〉，《五邑大學學報（社會科學版）》第3期（1988年）

李雁南：〈橫光利一〈上海〉中的魔幻世界〉，《解放軍外國語學院學報》第2期（2006年）

楊淑英：〈「五卅」慘案與郭沫若前期反帝愛國思想的演變〉，《郭沫若學刊》第3期（1999年）

陳　珺：〈三十年代「國難小說」及舊派通俗小說的歷史轉型〉，《中國現代文學研究叢刊》第3期（2006年）

秦　弓：〈張恨水的「國難小說」〉，《涪陵師專學報》第2期（2000年）

陳建章：〈利心熱透道心微——彭玉麟其詩其人〉，《湖南師範大學社會科學報》第6期（1989年）

方志欽：〈鄭觀應詩歌的愛國情懷〉，《嶺南文史》第3期（2002年）

李文初：〈如何評價鄭觀應的詩歌〉，《嶺南文史》第1期（2003年）

葛鳳花：〈晚清擊出的愛國詩人黃遵憲〉，《河北師範大學學報》（1986年）增刊

賴啟進：〈黃遵憲詩歌愛國主義精神的時代特色〉，《華中師範大學學報》第4期（1990年）

榆　杉：〈黃遵憲詩歌的愛國主義精神〉，《理論學習》第3期（1978年）

王延齡：〈吳趼人作品中的愛國和重科學的思想〉，《讀書》第9期（1979年）

楊　畬：〈吳趼人及其作品中的愛國主義思想〉，《青海民族學院學報》第1期（1989年）

王祖獻：〈一部具有愛國與民主思想的歷史小說——評〈孽海花〉的主導傾向〉，《安徽大學學報》第1期（1981年）

蔡福源：〈蔡東藩及其撰寫的《中國歷代通俗演義》〉，《文史精華》第4期（1998年）

蔡福源：〈奇舉有心，丹心無限 —— 蔡東藩和他的中國歷史通俗演義〉，《江淮文史》第2期（2000年）

章紹嗣：〈抗戰文藝研究60年回眸〉，《抗日戰爭研究》第4期（1998年）

秦　弓：〈抗戰文學研究的概況與問題〉，《抗日戰爭研究》第4期（2007年）

宋力、曾祥健：〈近10年來盧溝橋事變研究綜述〉，《抗日戰爭研究》第3期（1997年）

康麗娜：〈抗戰文學研究回顧〉，《哈爾濱學院學報》第1期（2002年）

石天河：〈關於抗戰文學研究的幾點建議〉，《重慶社會科學》第11期（2005年）

房福賢：〈風雨60年：從文學抗日到抗日文學〉，《理論學刊》第9期（2005年）

田仲濟：〈關於抗戰文學的思考〉，《中國現代文學研究叢刊》第3期（1987年）

房福賢：〈抗日文學中的幾個理論問題〉，《東嶽論叢》第5期（2005年）

王文英：〈抗戰文學的精神品格〉，《社會科學》第8期（2005年）

陳思和：〈簡論抗戰為文學史分界的兩個問題〉，第8期《社會科學》（2005年）

曾鎮南：〈抗戰文學的歷史地位與現實啟示〉，《求是》第18期（1995年）

曹萬生、李琴：〈中國「抗戰文學」特點之再思考〉，《四川師範大學學報》第2期（2007年）

吳偉強、李怡：〈中國抗戰文學研究的新的可能〉，《西南大學學報》第6期（2006年）

邵國義：〈整體觀：研究抗戰文學的一個重要問題〉，《蘭州學刊》第7
　　　期（2006年）

何　　休：〈論「抗戰文學」的特點〉，《重慶三峽學院學報》第2期
　　　（2006年）

徐文欣：〈世界反法西斯敘事文學的幾種創作模式和中國抗戰文學的
　　　特點〉，《中國現代文學研究叢刊》第3期（1995年）

蘇光文：〈論抗戰文學的歷史地位〉，《西南師範大學學報》第3期
　　　（1995年）

朱德發：〈關於抗戰文學研究的幾點思考〉，《中國現代文學研究叢
　　　刊》第4期（1988年）

張　　泉：〈臺灣版抗戰文學研究專著三種合評〉，《抗戰文藝研究》第2
　　　期（1985年）

王建中：〈略論東北抗聯時期的革命文學創作〉，《綏化師專學報》第2
　　　期（2001年）

劉淑玲：〈《大公報》的日本問題研究及其獨樹一幟的抗戰文學〉，《社
　　　會科學論壇》第12期（2003年）

黃萬華：〈戰時中國文學——可以被一再審視的文學空間〉，《求索》
　　　第6期（2005年）

薛成榮：〈記得有這麼一個時代——東北淪陷時期的黑龍江抗戰文
　　　藝〉，《黑龍江史志》第7期（2005年）

溫朝霞：〈民族精神光耀千秋——論中國抗戰文學對中華民族凝聚力
　　　的推動〉，《廣東青年幹部學院學報》第2期（2006年）

秦　　弓：〈抗戰文學對正面戰場問題的表現——抗戰文學與正面戰場
　　　研究〉，《陝西師範大學學報》第2期（2006年）

季紅真：〈民族危難時刻的集體記憶——漫談抗戰文學〉，《南方文
　　　壇》第2期（2006年）

武月星：〈〈盧溝橋歌〉的發現與利用〉，《北京檔案史料》第2期
　　　（2005年）

劉增傑：〈文學路向的兩次調整：抗戰文學的勃興與分流〉，《江海學
　　　刊》第1期（2004年）

胡迎建：〈戰時期舊體詩歌的復興〉，《抗日戰爭研究》第1期（2001
　　　年）

安　源：〈抗戰文學：研究視野之擴展〉，《廣播電視大學學報》第2期
　　　（2000年）

文天行：〈民族正氣貫長虹 —— 中國抗戰文學概感〉，《中山大學學
　　　報》第3期（2000年）

高文波：〈文化視野中的抗戰文學〉，《延安大學學報》（哲社版）第4
　　　期（1999年）

尤冬克：〈「生存意識」與抗戰文學 —— 談抗戰時期的小說創作〉，《北
　　　方論叢》第4期（1998年）

楊小敏：〈馮玉祥將軍的抗戰「丘八詩」〉，《天水師專學報》第2期
　　　（1997年）

史　莽：〈簡論抗戰文學中的報告文學〉，《文藝理論與批評》第1期
　　　（1996年）

袁　泉：〈抗日戰爭題材作品的主調變奏〉，《青島大學師範學院學
　　　報》第3期（1995年）

陳　穎：〈20世紀中國戰爭小說概觀（下篇）〉，《福建師範大學學報》
　　　第1期（1995年）

陳　穎：〈20世紀中國戰爭小說概觀（上篇）〉，《福建師範大學學報》
　　　第4期（1994年）

史　彥：〈抗戰初期國統區通俗文藝創作潮〉，《抗戰文藝研究》第2期
　　　（1988年）

史　彥：〈抗戰初期國統區通俗文藝創作潮〉（續），《抗戰文藝研究》
　　　　第3期（1988年）

毛　文：〈抗戰文藝史上的光輝篇章——關於《保衛蘆溝橋》和《華
　　　　北的烽火》〉，《抗戰文藝研究》第4期（1984年）

張　泉：〈淪陷區文學研究應當堅持歷史的原則——談淪陷區文學評
　　　　價中的史實準確與政治正確問題〉，《抗日戰爭研究》第1期
　　　　（2002年）

後記

　　本書和我已經出版的《佛心梵影——中國作家與印度文化》（2007年）一樣，是我和學生們合作研究的結晶。

　　十二年前，也就是一九九九年七月，我的《「筆部隊」和侵華戰爭——對日本侵華文學的研究和批判》一書，作為北京市哲學社會科學「九五」規劃「精品工程項目」的第一本出版發行。我在該書的「後記」中，提到下一步我打算「研究自鴉片戰爭至抗日戰爭結束百餘年間的中國國難文學，書名暫定為《中國近現代國難文學史》」。同年九月，我在北京市有關部門和北師大聯合舉辦的「《「筆部隊」和侵華戰爭》出版座談會」上，又向與會者談了我的研究計劃：在《「筆部隊」和侵華戰爭》一書以後，打算寫兩本相關的書：一是將研究範圍由文學進一步擴大到文化領域，寫出《日本對中國的文化侵略》；二是立足於中國文學，寫出《中國近代國難文學史》。（見《中國教育報》一九九九年九月二十六日第二版相關文章）。二〇〇五年，《日本對中國文化侵略——學者、文化人的侵華戰爭》正式出版；現在，《中國百年國難文學史》也完稿並要出版了，雖然從一九九九到二〇一〇用了整整十二年時間，但總算兌現了自己當初的承諾。

　　這本書的寫作之所以耗費了這麼長時間，主要是因為該選題作為一種開拓性的基礎研究，工作量巨大，非曠日持久不可。特別是原始資料的收集與利用，需要跑各大圖書館，查閱那些塵封已久的書報雜誌，很費工夫。儘管近年來許多文獻都陸陸續續數位化了，但直到今天，與本書相關的大多數文獻，仍然需要跑各圖書館，使用手工檢索

查閱，更不用說是在若干年之前了。這既是腦力勞動，也是耗人的體力活兒。這樣的巨大的勞動量是我個人無法承擔的，有效而可行的方法就是和學生們合作。

為此，我首先設計了全書的內容框架，提出了寫作的基本宗旨與要求，以《中國近現代國難文學史系列研究》（後來改為《中國百年國難文學史》）為總標題，將全書各章以「系列研究之一、之二、之三……」的方式，做了子課題的劃分，然後在三屆碩士研究生中，挑選出有興趣的、適合研究選題的學生做了分工，有計劃、有步驟地展開了研究。其中，最終納入本書的各子課題及其承擔者（按章節順序）分別是：《鴉片戰爭文學》（王錚）、《中法戰爭文學》（周錦）、《甲午戰爭文學》（王永娟、李明韻）、《庚子事變文學》（李珊珊）、《「二十一條」國難文學》（於俊青）、《五卅及一九二〇年代國難文學》（楊書）、《九‧一八事變文學》（陳煒）、《「七七」國難文學》（李鋒）。他們最終都將該課題作為自己的碩士學位論文。作為學位論文來寫有一個很大的好處，就是能夠保證作者對課題研究的高度重視，並確保時間與精力的充分投入。在寫作過程中，我多次召集作者們開會碰頭，互相交流材料收集與研究寫作的經驗與信息，並根據作者提出的問題，隨時給予點撥與指導。各位子課題承擔者都很年輕，缺乏研究經驗，但他們都很善於學習，都努力理解和貫徹我提出的學術意圖、研究宗旨和寫作要求，因此整個研究過程總體上是順利的。

當然，在這個過程中，也遇到了許多困難，特別是經費問題。在各地圖書館查閱並複製資料是很費錢的，在不靠任何專案資助的情況下，我們自己掏錢陸續收集複製了一箱箱、一摞摞的原始資料，保證了研究的順利進行。對此我本人尤其感到光榮與滿足。眾所週知，這些年來，靠幾頁未必可靠的「項目申請表」，甚至靠「公關」活動，就有可能將納稅人的幾萬、十幾的錢款圈到手裡，而大學管理者則每

每以老師們能否圈到國家的錢、圈到多少錢來分等級、論英雄,如此,學術勢必淪為金錢的附庸,簡直是價值顛倒,令人痛心疾首。為了研究,我也申請並且得到過幾個項目經費,但我認為那些項目既然花了國家的錢,搞出好成果來是必須的、應該的,搞不出好成果來是負罪的,而沒有花國家的錢而搞出的成果(例如這部《中國近代國難文學史》),卻更令我感到沾沾自足。

各子課題作為碩士論文寫就並最終答辯時,我們約請了在京的文史研究領域中相關著名專家教授組成了答辯委員會。在委員會的專家主要有:中國社會科學院歷史研究所中國現代史專家陳鐵健研究員、中國社會科學院文學所中國現代文學史、抗日戰爭史專家張中良(秦弓)研究員,北京師範大學歷史學院晚清史與近代史研究專家孫燕京教授、北京社會科學院淪陷區文學研究專家張泉研究員、首都師範大學日本侵華史研究專家史桂芳教授、清華大學中文系日本文學專家王忠忱教授、北京師範大學文學院現代文學研究專家黃開發教授等,這些專家教授都從不同的學科視角,對本課題的研究給予了有力的指導與肯定。我還曾經和張中良、孫燕京兩位教授說過:將來出版的時候希望賜序,兩位都慨然應允,但是現在看來,在這麼短的時間內請他們看完全書並寫出序言,感覺太失禮了,只好作罷。不管怎樣,以上所提到各位專家教授都對本書傾注過心血與智慧,我衷心感謝他們,並期待著他們及學界朋友的批評指正。

分頭撰寫的各子課題及作為最後成果的各篇學位論文,對於一部統一的專著來說,都還只是初稿,我的任務就是如何將它們修改整理為一部統一的學術著作。這就好比是將不同的原材料做成一盤色香俱佳的菜肴,我需要做的是選料、刀功、勾兌、火候、炒製、出鍋。這個任務比我預想的實際上要繁難得多。從文字表述,到材料觀點,都需要加以調整、增刪、打磨、潤色,許多段落則需要我改寫和重寫。

不過雖經反覆修改，我對有些章節、有些地方仍然感覺不滿足，只是學力所限，改不動，只好如此。到今年六月，我整理好全書的參考文獻、統一注腳格式，寫好「緒論」。剩下的事情，就是找機會送給哪家出版社了。

事情很湊巧，書稿剛剛整理完畢，上海人民出版社的林青先生就打來電話，問我手頭有沒有合適的書稿。我告訴他：我有這麼一本書，但沒有任何名堂的項目資助，因此我沒有錢用來補貼出版；要是你們不怕賠錢，我願意將書稿寄上請審閱。林青先生表示該選題有意思，希望盡快寄給他。書稿寄去不到半個月，林先生便告訴我：社裡決定接受並出版這本書，並可以在今年（2010年）內出版。對於這家名牌大社的敏銳的學術眼光、極高的辦事效率，我只有由衷的感動和欽敬。回想二十多年前，我的第一部著作《東方文學史通論》寫成後，因為喜歡上海人們出版社正在陸續出版的一套叢書，於是抱著試一試的想法，以「上海人民出版社編輯同志收」的方式投稿，該社編輯羅湘女士收閱了我的書稿，給了我這個無名小輩以熱情的讚賞和鼓勵，她說按上海出版界的分工，這本書適合在文藝出版社出版，並把書稿推薦給了鄰近的上海文藝出版社，使得該書最終得以在文藝社出版。不料二十年後，我終於有了在上海人民出版社出書的榮幸。這豈不就是緣分嗎？

本書的寫成，同樣靠著也是「緣分」。我的合作者們，曾從各大學陸續投考到我的門下，三年學成之後，又陸續走出校門，分別做了教師、編輯記者、公務員或者出國留學深造，今後相聚不是那麼容易了，然而我們共同參與的這部《中國百年國難文學史》，卻可以成為師生之緣的永遠的證明。

王向遠

二〇一〇年七月七日

東方學研究叢書　1800002

中國百年國難文學史（1840-1937）下冊

作　　　者　王向遠等
責任編輯　楊家瑜

發 行 人　陳滿銘
總 經 理　梁錦興
總 編 輯　陳滿銘
副總編輯　張晏瑞
編 輯 所　萬卷樓圖書股份有限公司
排　　版　林曉敏
印　　刷　維中科技有限公司
封面設計　菩薩蠻數位科技公司

發　　行　萬卷樓圖書股份有限公司
臺北市羅斯福路二段 41 號 6 樓之 3
電話 (02)23216565
傳真 (02)23218698
電郵 SERVICE@WANJUAN.COM.TW
大陸經銷
廈門外圖臺灣書店有限公司
　　電郵 JKB188@188.COM
香港經銷　香港聯合書刊物流有限公司
　　電話 (852)21502100
　　傳真 (852)23560735

ISBN 978-986-478-105-8
2019 年 8 月初版二刷
2018 年 12 月初版一刷
定價：新臺幣 420 元

如何購買本書：

1. 劃撥購書，請透過以下郵政劃撥帳號：
　　帳號：15624015
　　戶名：萬卷樓圖書股份有限公司
2. 轉帳購書，請透過以下帳戶
　　合作金庫銀行　古亭分行
　　戶名：萬卷樓圖書股份有限公司
　　帳號：0877717092596
3. 網路購書，請透過萬卷樓網站
　　網址 WWW.WANJUAN.COM.TW

大量購書，請直接聯繫我們，將有專人為
您服務。客服：(02)23216565 分機 610

如有缺頁、破損或裝訂錯誤，請寄回更換
版權所有·翻印必究
Copyright©2018 by WanJuanLou Books
CO., Ltd.
All Right Reserved　　　Printed in Taiwan

國家圖書館出版品預行編目資料

中國百年國難文學史（1840-1937）/ 王向遠
等著. -- 初版. -- 臺北市：萬卷樓,2018.12
　冊；　公分. -- (東方學研究叢書)
ISBN 978-986-478-105-8(下冊：平裝)
1.中國文學史
820.9　　　　　　　　　106012215

本著作物經廈門墨客知識產權代理有限公司代理，由作者王向遠等授權萬卷樓圖書
股份有限公司出版、發行中文繁體字版版權。